———— 阅读之前 没有真相

午 夜 文 库

黑曜馆事件

时晨 著

新 星 出 版 社　NEW STAR PRESS

献给我的儿子时则行

出场人物介绍

黑曜馆（一九九四·冬）

古永辉（三十五岁）　　　　黑曜馆馆主
刘国权（四十岁）　　　　　主任医师
周伟成（五十二岁）　　　　文学教授
河源（三十七岁）　　　　　电影导演
骆小玲（二十三岁）　　　　女明星
齐莉（二十九岁）　　　　　作家

赵守仁（二十五岁）　　　　青年刑警
方慧（二十七岁）　　　　　古永辉之妻

黑曜馆（二〇一四·夏）

古阳（二十七岁）　　　　　古永辉之子
祝丽欣（二十五岁）　　　　古阳女友
朱建平（四十七岁）　　　　魔术师
郑学鸿（六十五岁）　　　　物理学家
王芳仪（四十一岁）　　　　犯罪心理学家
陶振坤（四十八岁）　　　　精神病医生
柴叔（五十二岁）　　　　　管家

赵守仁(四十五岁)　　　刑侦队长
陈燔(二十七岁)　　　　数学家
韩晋(三十岁)　　　　　陈燔友人

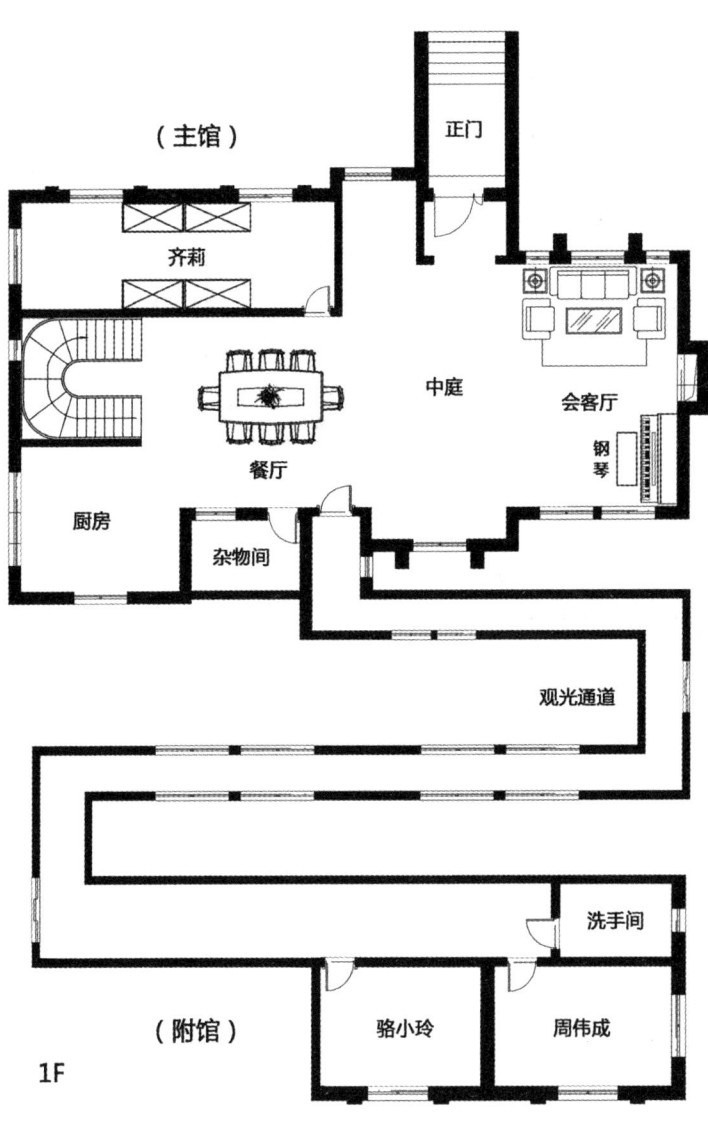

黑曜馆一层平面图

黑曜馆二、三层平面图

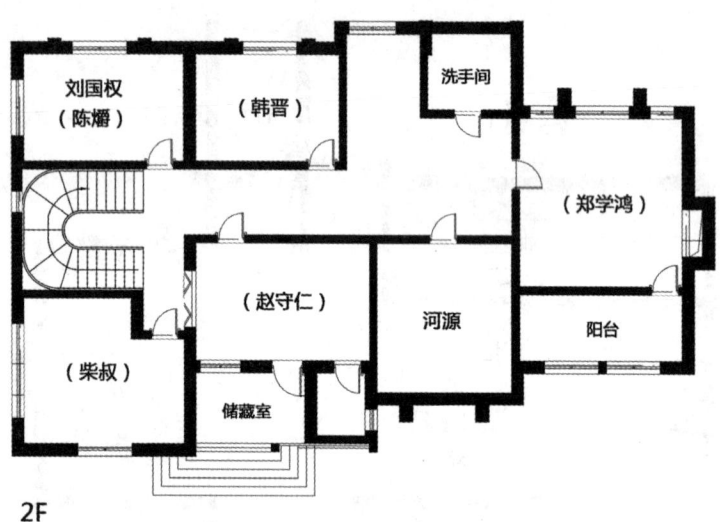

2F

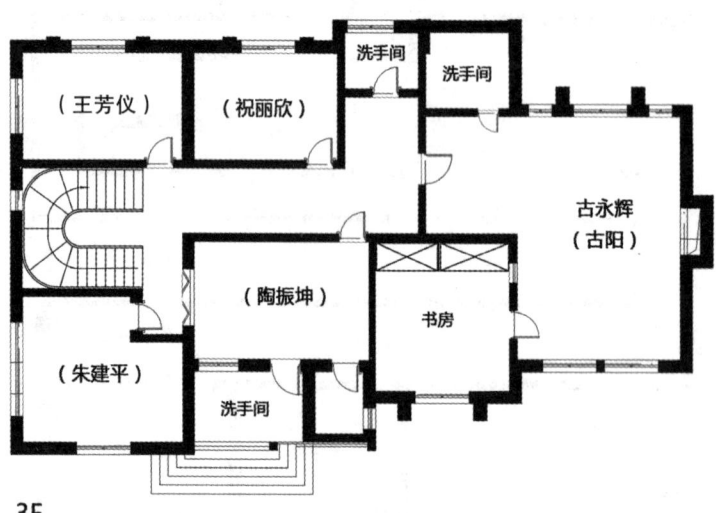

3F

密室里的白雪公主

很久很久以前,有一个叫作奥比斯甸的国家。

在这个遥远的国度里,住着一位英俊的王子,大家都叫他青蛙王子。为什么要叫青蛙王子呢?原来这个名字的背后,还隐藏着一个故事。王子年幼的时候,被一个狠毒的女巫施了魔法,被永远困在了水潭里。

他每天都很悲伤,每天都唱着别人听不懂的歌。

忽然有一天,从很远的地方来了一位美丽的公主,大家都叫她白雪公主。白雪公主的皮肤白得像雪一般,双颊红得有如苹果,头发乌黑柔顺,长得非常漂亮。公主不仅漂亮,而且非常善良、有爱心,经常和动物一起玩耍。森林里的动物,像小鹿、小兔子、松鼠、小鸟都喜欢她,因为白雪公主会给它们食物,还会讲故事给它们听。

就是这位善良的犹如天使般的公主,在水潭边遇见了青蛙王子。

"小青蛙啊小青蛙,你为何如此悲伤?"白雪公主问他。

"我原本是这个国家的王子,可是被邪恶的女巫诅咒了,所以变成了一只青蛙。"

"我可怜的王子,怎么才能让你变回原来的样子呢?"

青蛙抬起他可怜巴巴的圆眼睛恳求道:"亲爱的公主,只有您的吻能够解除女巫施在我身上的诅咒。"白雪公主被他迫切的恳求打动了，她弯下腰，捧起这个滑溜溜的动物，亲吻了这只小青蛙。

得到白雪公主的吻后，青蛙立刻变成了一位两眼炯炯有神、满面笑容的王子。

白雪公主见到英俊的王子，不由心动了，王子也非常喜欢美丽的公主。于是，遵照奥比斯甸国王的旨意，他们俩可以成婚，从此幸福地生活在一起。

这场婚事，不知何故，传到了蓝胡子的耳朵里。

蓝胡子是位于奥比斯甸北方邪恶的国王，他的国家民不聊生。他经常掳劫年轻貌美的少女，把他们关在他亲手搭建的密室里，慢慢地折磨她们，最后才杀死她们。据说，蓝胡子喜欢少女的鲜血，并且要把鲜血献给恶魔。由于一直有失踪案发生，当地的百姓都谣传蓝胡子的城堡里有吃人的魔鬼。

蓝胡子一直垂涎白雪公主的美貌，听说她要嫁给青蛙王子后，勃然大怒。于是他和恶魔签订契约，使用了被禁止的黑魔法。他制造了一阵旋风，旋风将远在万里之外的白雪公主刮到了城堡。而和白雪公主同行的青蛙王子，因为不会使用魔法，只能眼睁睁地看着自己心爱的未婚妻被怪风刮走，却无能为力。

抓住白雪公主的蓝胡子非常得意，将她关在一间特殊的房间里，整个房子呈"工"字形。蓝胡子拿走了钥匙。走之前他告诉白雪公主，如果半年之内没有人来找她，她就要嫁给自己。白雪公主说："青蛙王子一定会来救我的，你这个丑陋的恶魔！"

被关在密室的公主百无聊赖，她想起自己闺房的那本厚厚的《智慧之书》，她平时最爱读了，每次都能认识一些新字新词。她四处张望，心情不由难过起来。她想念父王，更想念青蛙王子。

白雪公主在黑暗的屋子里走来走去，忽然，她发现了地上的斑斑血迹，再往前，她又看见了靠墙一字躺着的几个女人的尸体。白雪公主不停地后退，不小心撞到了一个柜子上。她心想：这是储物柜吧？里面究竟有什么呢？于是她小心翼翼地打开柜门，却发现柜子里塞满了一罐罐用玻璃瓶装的鲜血。白雪公主害怕极了，但是她无法离开这间恐怖的密室。她不停地在心里呼唤着青蛙王子的名字，希望王子能够来营救她。

在远方的青蛙王子非常焦急，好几天吃不下饭，睡不着觉，满脑子都是白雪公主。

"她究竟被那阵怪风刮去哪里了呢？"青蛙王子想不明白。

这时，他想到了聪明的亨利。亨利是王子的仆人，也是奥比斯甸最聪明的人之一。他命令侍卫把亨利叫来，问他白雪公主被风刮去哪儿了？

亨利听了青蛙王子的描述，大叫起来："王子殿下，这是恶魔的黑魔法！公主准是被那个邪恶的蓝胡子抓去啦！"

听见蓝胡子的名号，青蛙王子也大吃一惊。他知道，这个魔鬼什么事都干得出来，白雪公主落在他手里非常危险。

青蛙王子决定，立刻动身去城堡营救白雪公主。

可是仆人亨利却不让王子去。他说："蓝胡子会黑魔法，再锋利的剑、再坚硬的锤都伤不了他。王子殿下就这样去，太危险了！"

"我需要找几个伙伴！"

王子立刻在全国征召勇士，和他一起去北方营救公主。可是大家一听说是去和蓝胡子战斗，平时大胆的勇士们都退缩了。就算王子奖励金币、小麦和骏马，也没人愿意陪伴王子，他们怕蓝胡子怕得要命。

"就算只有一个人,我也要去救公主!"

就这样,青蛙王子拿着剑、骑着马准备出发了。

没有人敢跟随他。

临走之前,仆人亨利找到了王子,对他说:"王子殿下,您这次的路线,将会经过风之国、花之国、黑暗之国、水之国和雪之国,而蓝胡子的城堡就在雪之国的北面。每个国家都会有一个最勇敢的人,你可以找到他们,邀请他们一起去和蓝胡子战斗。"

青蛙王子接受了亨利的建议,跟他保证会找到这五位勇士,让他们追随自己。

第二天,青蛙王子就出发了。

走了两个星期,青蛙王子终于来到了风之国。

这个国家很奇怪,家家户户的房子都没有窗户,只有门。青蛙王子走在路上,感到风真的很大,走起路来非常吃力。

在路上,青蛙王子见到了一位老人,于是他问这位老人:"为什么房子都没有窗户呢?"

"因为风之国的风太大了。"老人回答道。

"那为什么有门?"

"因为人要从门走进屋子里。"

青蛙王子想到了自己此行的目的,于是问老人:"风之国最勇敢的人是谁?"

老人想都没想,直接说:"汉斯!刺猬汉斯是风之国最勇敢的人!"

随后,青蛙王子又问了好多人,大家都说风之国最勇敢的人是刺猬汉斯。王子心想:我一定要找到汉斯。

青蛙王子沿着河一直走,一直走,直到见到一个渔民。

他问渔民:"好心的人,你知道汉斯在哪里吗?"

渔民摇了摇头说:"我很想告诉你,可是我连话都不能说了。我不知道该说什么!"

青蛙王子觉得这个人很奇怪,没有搭理他,继续往前走。

又过了好久,王子看见河边蹲着一只刺猬。

那只圆滚滚的刺猬很认真地在画画,他把水里的一条鱼画成好几条,又画了好多鱼缸,将他们都装进去。

"只有一条鱼,你为什么要画这么多呢?"青蛙王子感到很奇怪。

"因为我想要许多许多鱼在水里游啊游,真是一道亮丽的风景!"

那只刺猬放下笔和纸,诚实地回答道。

"请问你知道汉斯住在哪里吗?"

"你找汉斯有什么事?"刺猬问他。

青蛙王子很耐心地把事情从头至尾讲了一遍。那只刺猬很认真地听完王子的故事,然后对他说:"蓝胡子太可恶了,我和你一起去!"

"可是,我要找的是风之国最勇敢的汉斯啊!"

"我就是汉斯!弓箭手汉斯!"那只刺猬骄傲地说。

青蛙王子看着这只小刺猬,显得有些失望。他说:"原来你就是汉斯,虽然你很勇敢,可是你太小了,不是蓝胡子的对手。"

刺猬汉斯知道王子在想什么,他取出弓箭,指着河对岸的苹果树说:"我能把苹果都射下来!"

听他这么说,青蛙王子半信半疑。

汉斯从身上拔出三根刺,搭在弓弦上,然后"嗖"得一下射了出去!

对岸的苹果树上果然掉下了三颗苹果。汉斯神乎其技的射术，让青蛙王子喜出望外，他对汉斯说："你真是个神箭手！我需要你，汉斯！"

于是，刺猬汉斯成了青蛙王子第一个伙伴。

在路上，汉斯有些闷闷不乐，青蛙王子问他为什么不高兴，汉斯说他把画板丢了。青蛙王子答应他，只要成功地救出白雪公主，一定给他一百块崭新的画板，汉斯这才高兴地笑了起来。他们在风之国住了一晚，第二天早晨就出发了。青蛙王子一路上打着哈欠，昨晚他明显没有睡好。谁让汉斯是刺猬呢？他的刺猬窝臭烘烘的，又怎么能和奥比斯甸王国的皇宫相比？

就这样又走了两个星期，他们来到了花之国。

花之国的空气中弥漫着浓郁的花香，青蛙王子陶醉在这香味中，可刺猬汉斯却不停地在打喷嚏，看来汉斯对花粉有些过敏。

他们俩沿着大路走啊走，看见了一只奇怪的猫——那是一只穿着靴子的猫。它不仅穿着靴子，腰里还别着佩剑，头上戴着白色的帽子。

穿靴子的猫显然也看见了他们，向他们慢慢走来。

"你们有没有见过我的回忆水晶？"那只猫满面愁容地说。

"很抱歉，我们没有见过。"

"就是长方形的回忆水晶，我把它弄丢了，所以我什么都记不住。我甚至快不知道自己是谁了！"

"你不记得自己的名字了吗？"

"不记得了。你看我像什么，那我就是什么。"

"一只穿靴子的猫！"刺猬汉斯笑道。

"我要去找回忆水晶，不然我就没有回忆了。"穿靴子的猫说。

"猫先生，我们想打听一下，花之国最勇敢的人是谁？"青蛙王子问道。

穿靴子的猫听他这么说，拔出佩剑，抬头说："花之国最勇敢的人就是我，这是我唯一记得的事。即使失去回忆水晶，但是每场战斗我都能取得胜利。所以我知道，花之国最勇敢的人就是我！"

青蛙王子和刺猬汉斯面面相觑，没想到这么快就能找到花之国最勇敢的人。

"猫先生，能不能和我一同去蓝胡子那里呢？"

"我为什么要去找蓝胡子？我只想找到我的回忆水晶……"

"当然，战胜蓝胡子之后，我们一定会帮助你找到回忆水晶的！"

青蛙王子拍着胸脯保证。

这个时候，刺猬汉斯灵机一动，对穿靴子的猫说："猫先生，你的回忆水晶有没有可能是被坏人偷走的？"

穿靴子的猫想了想，点点头。

刺猬汉斯又说："这个世界上最坏的人，就是北方的蓝胡子。世界上所有好东西他都想拥有。这位王子的未婚妻——美丽的白雪公主，就是被他抢走的！我想，你的回忆水晶或许也是这个坏蛋偷去藏在他的城堡里的！"

穿靴子的猫说："我怎么没想到呢！世界上最坏的人就是蓝胡子，我的回忆水晶一定是被他偷走的！我要去找蓝胡子算账！"

就这样，穿靴子的猫也加入了青蛙王子的队伍。

现在，王子又多了两位伙伴了，在路上也不寂寞，有说有笑。他们一起穿过树林，一起走过那黄砖铺砌的路。

花之国的人民见到奥比斯甸来的王子，表现得非常热情，送了青蛙王子很多花和很多水果。他们又说了很多勉励的话，希望王子能够打败蓝胡子,救出白雪公主。青蛙王子一一谢过花之国的国民,然后在一位善良可靠的农夫家过夜。他们从农夫那儿听说,穿靴子的猫很久以前是个行侠仗义的剑客,他的剑法很好,没有人比得过他。穿靴子的猫现在四海为家,从前是有家的,住在一栋很漂亮的别墅里。

可是有一天,一个邪恶的女巫现身,对猫剑客施弄了妖术,令他永远失去回忆。

没有了回忆,穿靴子的猫再也不帮助需要帮助的人了。它整天坐在家里,想着昨天自己干了些什么。幸好奥比斯甸的国王路过花之国,听闻了猫剑客的故事,于是送了他回忆水晶。水晶只要佩戴在身上,就可以储存回忆。

听了猫剑客的故事,大家都感到非常遗憾,青蛙王子保证,在打败蓝胡子之后一定替穿靴子的猫找到回忆水晶。

又过了一天,青蛙王子他们再次上路,这次的目的地是传说中的黑暗之国。

据说,黑暗之国天上的云层很厚,厚到阳光都无法射穿它,所以整个国家都被笼罩在一片黑暗之中。尽管如此,大家还是快乐地生活,他们用蜡烛做灯,过着和其他国家一样的生活。他们三个日夜赶路,天色越来越暗,直到什么都看不见时,青蛙王子才知道,他们到达了目的地。

"这里好黑,什么都看不见。"刺猬汉斯抱怨说。

他们三个就这样摸黑走了好久好久。最终他们来到一条小道,要穿过这里才能到达黑暗之国。

"我们点个火把,怎么样?"穿靴子的猫建议道。

"不用了,我们就这样摸黑走过去吧,反正也没多少路程。"

青蛙王子认为没有必要点火把,因为要抓紧时间。他们沿着小道走，忽然闻到了一股青苹果的香味。

"哇，小道两边都是苹果树，有好多青苹果！"

"我也闻到苹果味了。但是没有经过农夫同意，我们就不可以摘别人的果子。"

通过这条小道，他们来到了黑暗之国。

因为昼夜都是黑色，所以青蛙王子不知道现在几点，只能靠路上的行人来判断。索性走在路上的人还很多，说明现在是白天。

王子问路上的行人："黑暗之国最勇敢的人是谁？"

路上行人你看我，我看你，最后决定把这项殊荣颁给灰姑娘。

好几年前，有个孩子在仙女山的悬崖上玩耍，由于路太黑了，孩子失足掉下了山崖。幸好灰姑娘路过，她有一双神奇的水晶鞋，穿着它可以到处飞翔。灰姑娘就穿着那双水晶鞋，救了那个年幼的孩子。

"那这位灰姑娘住在哪儿，我们怎么才能找到她？"青蛙王子问大家。

"她住在仙女山上。可是那里很危险，你们确定要去找她吗？"路人说。

"当然，我们要找到黑暗之国最勇敢的人！"

青蛙王子的回答很坚定。

仙女山的悬崖很险峻，山路也难走，加上四周黑漆漆的，什么也看不见，手里的火把也只能照出前方一小段路程。就在他们努力爬山的时候，天公不作美，突然下起雨来。

雨势越来越大，刺猬汉斯开始打退堂鼓："王子殿下，雨这样大，不如我们明天再来吧！"

青蛙王子摇摇头："不行，白雪公主现在很危险，我们要抓紧时间。"

说完，他们三个继续爬山。

又开始打雷了，轰隆隆的雷声太恐怖了，穿靴子的猫犹豫道："王子殿下，雷这样响，不如我们明天再来吧！"

青蛙王子又摇摇头，还是说："不行，白雪公主现在很危险，我们要抓紧时间。"

他们顶着风雨，已经筋疲力尽了。

因为下雨的关系，眼前的雾气比平时更浓，地上的泥土比平时更滑。刺猬汉斯一脚踩在泥地上，没有站稳，翻身掉下了悬崖。

"危险！"

青蛙王子和穿靴子的猫想伸手抓紧汉斯，可是迟了一步，汉斯已经掉了下去。

眼看汉斯就要粉身碎骨了，青蛙王子心里非常愧疚，猫剑客都快急出眼泪了。

就在这个时候，一个仙女般的姑娘从山顶俯冲下来，飞快地掠过青蛙王子和穿靴子的猫，接住了正在下坠的刺猬汉斯。

她将汉斯带回山上，问青蛙王子："这样大的雨，你们为什么还要上山？"

"因为我们要找灰姑娘。"

"我就是灰姑娘。请问为什么要找我呢？"

"啊，灰姑娘，我们需要你的帮助。"青蛙王子说，"白雪公主被蓝胡子抓走了，我们需要找到每个国家最勇敢的人，一起去对付他。靠我一个人的能力，实在不是蓝胡子的对手。"

灰姑娘很惊讶，她当然听说过臭名昭彰的蓝胡子。她也愤慨蓝胡子对天真无邪的白雪公主下手，所以毫不犹豫就答应了青蛙王子的请求。

找到了灰姑娘,所有人都很高兴。

当天晚上,大家就在仙女山上过了一夜。灰姑娘的家很宽敞,有好多窗户,可以看见天上的星星,还有不少好吃的,有烤牛肉,有炖土豆,还有新鲜的玉米。大家吃饱喝足后都美美地睡了一觉。唯一美中不足的就是有点冷,灰姑娘也很抱歉,说家里没准备毯子,大家只能将就一下。

有了灰姑娘,他们再也不需要靠腿来走路了。第二天一早,穿着水晶鞋的灰姑娘就和青蛙王子他们手牵着手,一起飞往下一站——水之国。

由于太过匆忙,灰姑娘把她的外套都忘在了家里,没有带出来。

飞行果然要比走路来得快,原本两星期的路程,用不了一天就到了。

水之国到处是水,如果没有灰姑娘,青蛙王子他们恐怕要坐船才能来到这里。这里的房子都直接建造在水上,就好像一个个漂浮在碧波上浪漫的梦。

青蛙王子他们租了船,沿着蜿蜒的水巷前进。他们一边划船,一边都在问:"水之国最勇敢的人是谁?"

可是人们似乎很害怕的样子,对他们的问题充耳不闻,匆匆而去。

刺猬汉斯实在忍不住了,粗暴地抓了个男人,问他:"你们为什么不理我们?水之国的人民对待陌生人都这样吗?"

男人瑟瑟发抖地说:"月亮要圆了,在户外就是找死,你们也赶快找间屋子躲躲吧!"

"对不起,我听不懂您说话的意思。"

"狼人就要来了！"

"水之国经常遭受狼人的袭击？"

"是的，狼人吃了很多人。他们喜欢这样。在水之国，只有小红帽敢和狼人战斗。"

"那么，小红帽是水之国最勇敢的人？"

"可以这么说。"

青蛙王子又向他问了小红帽的住址，准备去拜访她。

在水之国，小红帽是个有名的魔法师。

她常常披着红色的斗篷，所以当地人喜欢称她为"小红帽"。他们见到小红帽，非常高兴，邀请她加入队伍。可小红帽却为了狼人的事情忧心忡忡。

她说："这世界上我最恨两件事，监狱和狼人。监狱把人锁在屋子里，不让人出去，我最受不了没有自由，失去自由我会发抖。狼人吃人不吐骨头，伤害水之国善良的人民，非常邪恶！"

在狼人肆意的水之国，也只有小红帽才能阻止他们。

可毕竟寡不敌众，虽然勉力维持着水之国的安定，可每当月圆之日，狼人的能力就会增强，变得很难对付。

这些都是小红帽见到青蛙王子他们之后，亲口说的。青蛙王子闻到小红帽脸上有香草的香味，手上散发着玫瑰的香气。就算是魔法师，毕竟是个女孩子，还是会用花粉来打扮自己的，青蛙王子这样想。

"我也需要你们的帮助。"小红帽对大家说，"你们都是各国来的勇士，有着非凡的勇气，我请求你们能救一救水之国的民众。"

尽管要急着救被关在城堡里的白雪公主，可是青蛙王子还是答应了。

"这些可恶的狼人,我们一定要消灭他们。在此之前,你们可以在我屋子里休息一会儿。"

大家来到了小红帽的家。青蛙王子看见一台漂亮的钢琴,于是坐下忘情地弹奏起来。大家都陶醉其中,直夸青蛙王子多才多艺。

灰姑娘和穿靴子的猫忽然离开了,不知去了哪里,或许在厨房吃东西吧。

小红帽说,你们先坐一会儿,我给你们去拿点水喝,也走了。

刺猬汉斯一直在听青蛙王子弹奏,一个小时后才离开。

而他刚走开,灰姑娘和穿靴子的猫就出现了,他们说在储藏室里找到一些面包。又过了好一会儿,小红帽拿着水杯出现了。大家开开心心地吃了顿晚餐。

狼人就快要来了。小红帽布置了一下战术,会剑术的青蛙王子和穿靴子的猫在地面抵挡狼人部队的进攻;刺猬汉斯作为弓箭手,在他们后方给予援助;会飞的灰姑娘在空中投掷石块来攻击狼人,他们不会飞;而小红帽则在户外实施魔法攻击狼人。

圆圆的月亮悬在空中,远处传来了狼嚎。

"他们来了。"小红帽压低声音说道,"我们行动吧!"

趁着月色,他们透过窗户看见外面一群狼人正在进入城市,四处寻找人类。

每年月圆之夜,总有很多人被他们吃掉。

"伙计们,冲啊!"

青蛙王子拔出佩剑,带头冲了出去!

外面少说也有七八只狼人,他们看见青蛙王子,都向他扑来。王子左闪右避,躲过他们的利齿,用手上的剑还以颜色,瞬间刺死了两只狼人。

另一边，猫剑客也干掉了三只，他的剑法果然名不虚传。

站在高地上的刺猬汉斯，因为他百发百中的箭法，令其余狼人无法靠近他的同伴，有些狼人还被灰姑娘从高处丢掷下来的石头砸死。

见到自己同伴被杀，剩下的狼人愈加疯狂。

他们张开血盆大口，露出森森白牙，一边嚎叫一边冲向王子他们！

千钧一发之际，小红帽打开了她的魔法盒，嘴里默念咒语。她用魔法将那些被杀死的狼人回魂，去和活着的狼人自相残杀。

回魂后的狼人失去了意识，他们的思想完全由小红帽控制，所以即使面对自己的亲人，他们也一样奋力拼杀。

这一场战斗持续了一个晚上，战况非常惨烈，最终狼人被击退了。

水之国百姓非常感谢他们，把全国最大最好的船赠予青蛙王子，让他们开船去雪之国。当然，小红帽也遵守约定，加入他们，成了伙伴。人员齐整。从孤零零的青蛙王子，到现在浩浩荡荡的部队，一路向北，去拯救被困在城堡里的白雪公主。

船往北边行驶了一周，湖面开始有浮冰出现，青蛙王子知道，他此行的最后一站——雪之国到了。点点雪花从空中缓缓落下，形成一幅如诗般的美景。

他们极目眺望，远处雪山上的城堡，就是蓝胡子的家。

上岸后，他们看见不少人饿死在路边，据说是因为蓝胡子的暴政，把大家的粮食都抢了过去。百姓们因为惧怕他的黑魔法，所以都敢怒不敢言。知道这次青蛙王子的到来，大家欢呼雀跃，希望王子能一举铲除这个魔鬼。

"我一定会尽全力，打败蓝胡子的！"

他们继续向城堡进军。

得知这个消息的蓝胡子毫不在意，披上了蓝色的盔甲，只身走出了城堡。

蓝胡子的身形并没有他们想象得大，但是披上了盔甲还是显得很威风。他深蓝色的披风迎风飞扬，双眼恶狠狠地盯着青蛙王子一行。

"你们这是来送死。"蓝胡子咧开血盆大口，开始嘲笑青蛙王子，"白雪公主会和我结婚，而不是你。"

"请把她还给我！"

愤怒的青蛙王子持剑冲了过去，尽管他的速度很快，可哪里是蓝胡子的对手，他每次举剑都砍空，蓝胡子有黑魔法傍身，普通的进攻难不倒他。只见蓝胡子闪躲着他的进攻，偶尔还举手还上几招，不一会儿，青蛙王子就左支右绌，渐渐支撑不住了。

猫剑客看不过眼，也挺剑上前，他的剑法非常精妙，在蓝胡子面前舞出好几朵剑花，把蓝胡子整个人都笼罩在里面。蓝胡子哈哈大笑起来，左手对付青蛙王子，空出右手来教训猫剑客，瞬间就扭转了局势，蓝胡子力大无穷，让猫剑客难以抵挡。

没有几个回合，他们就被蓝胡子打倒在地。

刺猬汉斯张弓搭箭，朝蓝胡子的要害连射数箭，虽然箭箭不落空，可他的箭射在蓝胡子的厚皮上，简直像是给他挠痒痒。

飞翔在空中的灰姑娘，想分散蓝胡子的注意力，助同伴一臂之力。可蓝胡子不吃这套，他根本不去看灰姑娘，即便是灰姑娘投掷的雪块也被他一一接住，然后反丢回去。灰姑娘一不小心，被蓝胡子扔来的雪块击中肚子，从天上掉了下来，摔成重伤。

只剩下魔法师小红帽和他周旋了，可白魔法哪里是黑魔法的对手？况且小红帽的魔法盒竟忘在了水之国，没有带来战场，最后被蓝胡子定住了身体，动弹不得。最后小红帽被蓝胡子用黑魔法击败，倒在地上，原本浑身上下都散发着玫瑰的香味，但随着力气减弱，气味越来越淡。

谁也没想到结局会是这样。

战斗瞬间就结束了，青蛙王子他们失败了，蓝胡子胜利了。

最后，蓝胡子在雪之国杀死了奥比斯甸的王子。

青蛙王子的鲜血染红了雪之国的大地，他虽然奋力斗争，却依旧不是蓝胡子的对手。

拥有恶魔眷顾的蓝胡子，不是一般人能够打败的。

他的黑魔法说是天下第一也不为过。

青蛙王子并不是输给了蓝胡子，而是输给了命运。

杀死青蛙王子之后，蓝胡子娶了白雪公主为妻。

结婚之后，白雪公主受尽了蓝胡子的凌辱，整日以泪洗面。她在城堡里又冷又饿，一天吃不上一顿饭，感冒了也没有人来替她加件衣服。

白雪公主凄惨的哭声，总会在蓝胡子那黑暗的城堡里回荡。

其余的人，如刺猬汉斯、穿靴子的猫、灰姑娘和小红帽，都被蓝胡子囚禁在密室之中。

他们将在这漆黑的密室中度过余生，今世不得翻身……

第一章

1

可能是因为过了上下班高峰时段，地铁上的人少得可怜。我坐在车尾，看着窗外飞逝而去的景色，恍惚间有种错觉，仿佛自己并非身处繁华的上海，而是某座静谧的小城。我向来讨厌嘈杂和拥挤，同样地，我也讨厌竞争。

我的名字叫韩晋，二〇〇八年从上海师范大学毕业，通过了国家教师资格证的考试，正式成为一名教师，被学校分配到普陀区的一所初级中学教授历史。我承认，在那段时间里，作为一名实习教师，我很不适应。

教师是最缺乏合作意识的专业群体，竞争机制更是导致教师人际关系紧张的导火线。作为一个团体，教师间的明争暗斗是学校教育体系的毒瘤，经验和知识无法共享，最终受害的还是学生。君子和而不同终究是个梦想，当我越发觉得自己无法适应这个环境时，我选择了辞去这份工作，回归社会，寻找更好的出路。二〇一〇年底，我在一本名为《历史参考》的杂志找到了一份文字编辑的工作，这份工作对我来说意义重大，我热爱这份工作。之后，我在这个岗位上兢兢业业干了三年，直到杂志社关门大吉，我再次失去工作。按照合同规定，我可以得到三个月的报酬，拿了这份钱，我又在家待了半年，这期间我没有找工作的欲望，整日整夜用游戏麻痹自己。

我一直很独立，无论是生活上还是经济上。毕业之后我就从家里搬了出来，在外租房子住。刚开始父母非常反对，但在我一再坚持下，他们才勉强点头。所以对我来说，除了吃喝需要钱之外，还有房租的负担。我不屑靠父母的救济来维持生活，毕竟我已经到了这个年龄，毕竟父母平时的生活已如此拮据。

有一天夜里，我在便利店买日常用品，结账的时候，银行卡竟刷不出一分钱，我才意识到了事态的严重性。我开始疯狂投递简历，形势逼人强，无论什么工作，只要给我薪水，我都能做。那个时候，我满脑子都是这个念头。功夫不负有心人，在海投攻势下，我接到了不少面试通知。可是，由于缺乏相关经验，一轮轮面试我都败下阵来，我感到前途渺茫，在这个硕士博士满街走的时代，我这个本科生更是一文不值。

眼看房租时限越来越紧，我开始打电话给从前的朋友、同事，让他们替我物色一下有没有合适的工作，顺便找一些便宜的房子。像我这样的穷困潦倒的旧友，大多数人是唯恐避之不及的，又怎会帮我？

除了石敬周。

他是我小学和初中的同学，我们可以说是非常要好的朋友。可进入大学后联系渐少，我这次打电话过去，还未开口说话，就被他劈头骂了一顿，说你小子怎么才来找我？我跟他说了困难，他毫不犹豫要借钱给我。虽然婉拒了他的好意，但心里却是满怀感动。真是衣不如新，人不如故。他说有个朋友搞了个教育机构，是做课外辅导的，正巧我当过教师，问我有没有兴趣试试做家教。我哪里还有选择，当即答应了他。

关于住房的问题，石敬周神秘地说："你介不介意与人合租呢？那个人你也认识的。"

我忙答道："合租当然不介意，只要租金合理就行。你也知道，我现在囊中羞涩，太好太贵的房子可租不起。对了，你说那合租人我认识，究竟是谁？"

对此，石敬周却讳莫如深，只是笑着对我说："到时候就知道啦！咱们约个时间面聊！"

我们约在第二天下午见面，他说可以直接带我去看房子，顺便见见老朋友。我好奇心重，可也了解石敬周这家伙，喜欢故弄玄虚，所以不再理他。这天晚上我心情大好，一通电话便解决了工作和住处两大难题，心下感喟，真是天无绝人之路。

地铁到了，我随着匆匆人流出了站。

我和石敬周约在思南路上的一家咖啡厅见面。他比从前胖了不少，肚子鼓了起来，整个人看上去很喜庆。一见到我，就跑来使劲拍打我的肩膀，笑声震耳，一如从前。我们聊了聊读书时候的趣事，又谈到谁结婚了，谁连孩子都养好了，纷纷感叹时光匆匆。

"说到老同学，你还记不记得有个叫陈燔的家伙？"石敬周突然问道。

这个名字有些熟悉，却又想不起来哪里听过，我冲他摇头。

石敬周轻拍桌面，提示道："你真不记得了？咱们的小学同学，那个小学霸，有点孤僻又有点张扬的那个，读了一年就转学了。体育器材室那个事件，就是他解决的！"

"陈燔……"我猛地抬起头，"是那个跳级的小孩？比咱们小几岁那个？"

"对啦！就是他！"石敬周应道。

我怎么会不记得他呢？虽然印象模糊，长相也一点记不起来，可陈燨的事迹当年在学校里可是无人不知的。那时我正在念四年级，记得非常清楚。有一日，班主任带了一个胸前系着绿领巾的小孩走进教室，简单介绍一番后，就说这位小同学日后与我们一同上课，不过他年龄尚小，才念一年级，大家要好好照顾他。而这个跳级的小同学，名字就叫陈燨。他学习成绩非常好，可惜的是，在我们班级没待多久就转学离开了。

"怎么突然提到他？"我问道。

石敬周不说话，就对着我笑。这时我才明白过来，接着追问他："你怎么找上他了？都多少年没联系啦！"

"说来也巧，那天我正在华山医院看病，你知道，我从小膝盖不太好。在门诊等候时，就看见显示屏上有'陈燨'两个字。这名字我瞧着眼熟，突然就想起来啦！像这种怪名字，我想中国也找不出第二。于是，我立刻绕到那人身前，问他是不是念过咱们小学，这一对就对上了，你说巧不巧，地球小不小？"

"我印象中他念书特别好，现在混得不错吧？"

"人家可是海归，刚从美国回来的，你说混得好不好？他的事迹，我待会儿一边走一边跟你讲。服务员，买单！对了，他的房子就在这条路上，好像是思南路两百号，我约了他今天见面，就当办一次小型的同学聚会嘛。"

我们两个一边走一边聊，说的都是关于陈燨现状的事儿。

石敬周说，他只知道陈燨刚从美国回来没多久，至于做什么职业、为什么回国之类的问题则一概不知。在我有限的记忆中，陈燨在教室里不常说话，可能是年龄的关系，几乎不怎么和同学玩耍。班主任一度认为他有孤独症，劝其家长带孩子去医院检查一下，他母亲也确实这么做了，检查报告说是陈燨患有阿斯伯格综合征,类似社交障碍的一种心理疾病。

那时候我们年纪小,也听不明白,只是班主任反复强调要关爱陈燨,让他体会四(二)班集体的温暖。

我和石敬周漫步在这条路上,忽然发现思南路的景色很美。道路两边种着一棵棵荫翳蔽日的法国梧桐,它们伸出茂密的枝丫,在马路上连成了一道避荫长廊。阳光透过树枝的缝隙洒落下来,路面树影斑驳。偶有行人或车辆在空寂的路上穿行。路两边的围墙里、树木掩映下,耸立着一栋栋各种式样的小洋房。

"这儿租金应该不便宜吧?"望着这些美景,我开始担忧起来。

"废话,你也不瞧瞧这是什么地段,从前的法租界,现在的市中心啊。"

"我看还是算了吧,就算分担房租,我怕还是租不起的。"

"说什么话呢!既然都来了,总要进去瞧瞧吧。就算谈不拢,见见老同学也好。"石敬周见我打退堂鼓,硬拖着我往前走。

思南路并不长,它的北端和淮海路相接,南边和泰康路相连。我们穿过孙中山故居和周公馆,大约向南行了几分钟,终于找到了思南路两百号的门牌。让我惊讶的是,这里并非蜿蜒崎岖的石库门弄堂,而是一栋红瓦屋顶、卵石镶壁的洋房。见到这番景象,不止我,连石敬周都惊愕得张大了嘴。

"会不会搞错了?就他一个人住?"我看着石敬周,"你知道这一栋房子值多少钱吗?"

"好几个亿吧,可能还不止呢。"他的声音有些颤抖,翻找出手机,确定地址没错后,才抬手叩门。我怀着忐忑的心情等待着,过了好一会儿,屋里才有动静。

出来应门的是个青年,有些睡眼惺忪,顶着一头乱发。他推开门后,呆立了几秒,才回过神来,对石敬周说:"是小石啊,请进请进。"说完,他又转过头来看我,并与我握手,"韩晋是吧?你好,我是陈燨,好久不见。"

和过往印象不同,现在的他看上去似乎很开朗。

陈燨个子高瘦,身高有一百八十二厘米左右,穿着一件黑色的衬衫,配了一条做旧的牛仔裤。他长相俊秀,睫毛很长,尖尖的下巴,肤色很白,头发梳得很整齐。要说缺点的话,只是生得有些病态,不是很有活力。不过他的那双眼睛,和其表现出来的懒散的气场完全不同——锐利并且明亮。

我们三人穿过院子,进入这栋新古典主义的洋房建筑。房子一共三层,据陈燨介绍,这栋房子是栋历史保护建筑,原主人是民国时期一位很有名气的生物学家,叫作陈而现。房子进门之后有两条通道,保姆和业主通道分开,一楼的客厅和餐厅朝南,厨房朝北;二楼的两间套卧都朝南,一间朝北,主卧带阳台,是他的房间,如果我愿意住下,另外两间随便挑。三楼有两个房间、一个桑拿间和约三十平方米的露台。

走进屋子后,首先映入眼帘的是一大片书墙和四处堆积的书籍,这里的藏书量令人叹为观止,除了在图书馆,我从未见过如此丰富的藏书。此刻,石敬周坐在沙发上张望,陈燨去给我们沏茶,而我则流连在这面书墙前。这里大多数都是外文书籍,内容涉及文学、历史、艺术、数学和物理学,偶有几本中文书也都是如《春秋左氏传》或《资治通鉴》这样的古籍。书架上的书应有尽有,此外,我还发现有一块区域,都是讲刑侦调查和犯罪学的。书墙的尽头架着一块大黑板,黑板上涂写着密密麻麻的数学公式和方程组,作为文科生,我完全看不懂他写的是什么。

"一个数学问题。"陈燨站在我身后说道,"这可能是最基本的数学问题，在某种意义上，这是加法和乘法纠缠不清的关系。抱歉，在无聊的时候，我总会做一些无谓的尝试，希望你别介意。"他边说边用黑板擦抹掉了黑板上的符号和数字，粉笔掉落地上，他也毫不在意。这种凌乱与整洁、理性与感性的混搭似乎在这间屋子里形成一种独特的美感，必须承认，我已经开始慢慢喜欢这里了。

"你大学念的是数学专业？"坐下后，我喝了一口陈燨泡的红茶。

"嗯，是啊。"

"真厉害啊！记得小时候你的数学成绩就在班里名列前茅，没想到真的念了数学专业！很难吧？"石敬周由衷赞叹道。

"数字可比人简单多了。"陈燨端起红茶，意味深长地说道。

随后我向陈燨表达了我对这栋房子的喜爱，只是表示经济上可能承担不起这里的租金。别说这里，就连我那一室一厅的小屋，我都快付不起房租了。陈燨听了我的话，沉吟片刻，说出了一句我意想不到的话。

"这房子不是我的，你喜欢的话可以住下来，不需要租金，只需要分担一些日常的花销。"

怎么会有这种好事？我不敢相信自己的耳朵。

陈燨似乎看出了我的疑虑，开始告诉我关于这栋房子的故事。洋房的业主是陈燨在美国的朋友，由于这里发生过谋杀案，所以暂时无法买卖。陈燨是个唯物主义者，对此自然不在乎，那位美国朋友便把这栋房子租借给了他，象征性地收取了一些租金。

"这房子原来是凶宅啊？怪不得我走进来的时候，就感觉阴仄仄的。"石敬周双手环抱住胸口，摆出一副胆小的样子。

"可以这么说。一个富商半夜发疯，把他的妻子和女儿都杀死了，然后把尸体埋在花园里。喏，就你们刚才走进来的地方。"陈燔又问我，"韩晋，你介不介意？"

他说这些话的时候语调平静，看不出情绪的波澜，似乎在陈述一件很正常的事。

说实话，我有点介意。尽管我是个唯物主义者，对怪力乱神之事嗤之以鼻，但当真让我搬进一栋死过人的鬼屋，我确实犯怵，感情上也不能接受。可是，世界上最可怕的鬼，是穷鬼。不住这里，我又能怎么办？

现在住的房子租期就要到了，我无力支付下半年的租金，再过几日可能会流落街头。我可不想回家面对父母的嘲讽。住凶宅总比当流浪汉好吧？大不了等将来有了钱，再搬出去。另一方面，我也不想让陈燔和石敬周瞧不起。

怕什么凶宅！我是受过高等教育的人，怎么可以和山村野夫一样的见识，于是我硬着头皮，点头答应下来。

石敬周对我竖起了大拇指，佩服道："韩晋，我知道你胆子大，没想到这样大，死过人都敢住，小弟自愧不如啊！"

后来我们才知道，当时陈燔的这番话里，有很大一部分都是编造的谎言。不过这都是后话，留待将来再说。

2

翌日清晨，我收拾了行李，告别旧居，搬进了思南路的新住处。

陈燔没想到我来得这么早，于是和我一起把行李搬上二楼的房间。我用了一天时间布置房间，将带来的东西各归其位。陈燔对我说，除了他卧室里的东西，其他都可以共用，特别是客厅里的书籍，如果有兴趣可随时拿去看，不用和他打招呼。

他得知我的职业后，告诉我他有套珍藏的二十四史，中华书局版，在书架的底层，打开橱门就可以看见，我对此表示了感谢。他书虽然多，却不藏书，把书当工具而已。

至于工作方面，通过石敬周的介绍，我顺利入职成为一名家教。这样让我多了一份收入，并且不需要每天打卡上班。因为没有租金的负担，我的日子似乎过得比从前更舒适了，也多了不少闲钱，可以购置一些自己喜欢的东西。

生活就这样渐渐走上了正轨。

然而，经过几天的接触，我越来越觉得我的室友浑身散发出一种神秘感。

陈燏通常都很晚睡觉，也许是凌晨两点或是三点，总之我从未见他在晚上十二点之前就寝。很多时候，他总是在房间里偷偷地接一些电话，一聊就是好几小时，我总是听见"尸体""谋杀"这样的词汇，这更让我对他的职业有了兴趣。

有时候接到一通电话，他会立刻动身离开，一两天不回家。有时候从早到晚把自己锁在房间里，一言不发，或在黑板上整日整夜地进行着复杂的运算。对此我都不闻不问，我认为每个人都有隐私，没必要刻意去打探，这是基本的礼貌。

直到有一天，我们在饭桌上聊到了一起轰动全国的谋杀案。

那天下午，我从学生家赶回住地，路过的超市正在大减价，于是买了许多菜。回到住处后，我和陈燏两人联手忙碌了一番，总算搞出了一顿像样的晚餐。说到这儿，我不得不承认陈燏厨艺之精湛，是我无法比拟的。他对烹饪有着自己独特的理解，不过这是后话，先按下不表。

去年四月十二日下午五时许，某陈姓女白领被害于虹口区东宝兴路的出租屋中，警方勘验发现，受害人颈部被切开，身体裸露在外，上身共有刀伤二十处。这个案子引起虹口警方重视，成立专案组进行调查，可由于线索少，出租屋周围人流量大，排查有一定困难，侦破工作陷入僵局。同年八月二十日，在普陀区曹安路上，又发现一位女性遇害，颈部被切开，上身共有刀伤三十六处。

经过法医鉴定，手法系同一人所为。就这样，相同的案件接二连三发生，引起市民高度恐慌，媒体称凶手为"新开膛手"，用大幅版面进行报道。直至今年的四月十五日，已有十名女性被害，凶手依旧逍遥法外。

之后，上海市公安局向社会发布《上海市公安局侦破系列杀人案件宣传提纲》，悬赏二十万元向全社会征集线索，以期早日破案。没想到就在近日，这起困扰警方许久的案件竟然突然告破，凶手是某公司普通职员，被抓后身边同事和邻居都表示不敢相信，还说凶手平时为人善良热情，完全不像一个杀人狂。

当我读到报道后，高兴地对陈爝说："所以嘛，在中国杀人一定会被抓。想要骗过刑侦大队的老刑警？真是异想天开！"

没想到陈爝却不以为然，对我说道："刑警们的破案手段相当单一，而且不注重逻辑，喜欢靠经验来办案。当然，经验老到的警察常常能一眼看穿谁是凶手，但也会有走眼的时候。如果运用科学的方法，犯错的概率则会下降很多。"

"但是你不能否认，他们成功了！"我把手中的报纸递给陈爝，"他们在凶手家中找到了大量的证据，而且凶手也自己亲口承认了罪行。"

陈爝接过报纸，冷笑道："这个案子是我破的。"

"什么！"我以为他在开玩笑。

"我说，这个案子是我破的。上周市局刑侦总队的宋伯雄队长来找过我，让我去参加一次案情讨论会。我在会议上给他们提了些意见。"

陈熵低头吃饭，那口气，就像是在讲一件稀松平常的事。

"我知道你聪明，可这也太离奇了吧？他们为什么请你去？"

"这就要去问他们了。宋队长来电话的时候说，教授，请您务必要帮这个忙。我左右无事，所以就去了。总之我拿到了悬赏的钱，够我花一阵了。"

看陈熵的样子也不像在撒谎。还是他的演技特别好？

"教授？你……你是教授？"

"可以说是，也可以说不是。"他拿起餐桌上的红酒，抿了一口。

"怎么可能，你是怎么破获这个案子的？你又给了他们什么建议？"我平生最讨厌撒谎的人，虽然我和陈熵平时交流并不多，可没想到他竟然是一个信口雌黄的家伙。刑警队怎么可能让一个普通人去参与侦查凶案？又不是侦探小说！

所以我一定要打破砂锅问到底，直到他亲口承认自己是开玩笑的为止。

陈熵看我如此认真，也放下了手中的餐具。他站起身，走到了黑板前，然后用粉笔写下了一条复杂的公式：

$$P_{ij} = k \sum_{n=1}^{c} \left(\frac{\phi}{\left(|x_i - x_n| + |y_j - y_n|\right)^f} + \frac{(1-\phi)\left(B^{g-f}\right)}{\left(2B - |x_i - x_n| - |y_j - y_n|\right)^g} \right)$$

"这是什么？"

"罗斯莫公式。这是一种分析犯罪行为的数学模型。"陈熵说道,"只要进行一些细微的调整,我们就能计算出凶手的所在地。"

"怎么可能……"

陈燨不理会我的反应,继续解释道:"当你在物理条件非常确定的情况下运用数学时,只要用得正确,数学总能给你正确的答案。连环杀手总会选择他认为随机挑选的地点下手,试图不暴露他真正的住处,可这个公式却可以揭露真相,以很高的概率来锁定凶手的住处,把大海捞针变为杯里捞针。韩晋,如果你有兴趣,我很乐意替你解释一下罗斯莫公式的运算原理。"

我连连摆手:"不用了,我是文科生。那你就是用这个公式算出了凶手的住址?"

陈燨点点头,说道:"当然,这是很重要的一环。接下去只需要一些逻辑推理来辅助这个公式,便可使警方的排查工作更为顺利。其实侦破谋杀案和解决数学难题,本质上是一样的。给你已知的条件,探求未知的解答。只要条件正确,经过缜密的验算,总会得到答案的。"

这件事对我打击很大。

首先不能以貌取人,你认为他只不过是个小白脸,谁会想到竟然是市公安刑警队的特别顾问。自此之后,我对陈燨的兴趣大增,一有空闲,我总会冲上两杯咖啡,和他在客厅中闲聊。因为这样,我也知道了不少关于陈燨过去的事。

他的身世简直像一部小说,若非我亲耳听闻,一定会认为是胡说八道。

陈燨的父亲叫什么名字,他并不愿意告诉我,母亲也从未提起过。我只知道他的母亲姓袁,从事音乐方面的工作。陈燨因为从小在数学方面有惊人的天赋,进入小学后便连跳三级,在一九九九年获得过国际数学奥林匹克竞赛的冠军。终于学校的课程跟不上他的步伐，初中毕业后，他选择退学，在家中自学数学。十六岁那年，他在《符号逻辑杂志》(*Journal of Symbolic Logic*)发表了关于"连续统假说"的论文，引起数学界关注，被普林斯顿大学数学系录取。他二〇〇四年获得学士学位、二〇〇五年获得硕士学位、二〇〇九年获得博士学位，于二〇一一年受聘加州大学洛杉矶分校任数学系副教授，主攻"解析数论"。

陈燔曾一度被称为"中国最有希望获得菲尔兹奖的青年教授"。这期间，他利用自己的数学知识和逻辑推理，协助洛杉矶警方破获了多起连续杀人案，成为洛杉矶警察厅刑事顾问。因此，洛杉矶郡郡长麦克·安东诺维奇（Michael D. Antonovich）在洛杉矶市政厅，亲自授予陈燔"洛杉矶荣誉市民"称号，并颁发了荣誉证书。

如同网文小说的主角，那一年，他才二十四岁。

可就在两年之后，陈燔突然被驱逐出了学界，遭学校解聘后回国。

其中发生了什么事，陈燔讳莫如深，一直不愿提起。我知道的是，因为他的过失，使学生付出了生命的代价。校方认为陈燔作为一名教职人员，品行不端，言语不逊，没有为人师表的资格。离开美国之后，陈燔辗转去了许多国家，不过都没有长住。他还曾利用自己的数学知识在澳大利亚的赌场赢了不少钱，可回国之后又被诈骗电话骗去大半。

这件事听得我哭笑不得。

经过和陈燔相处的这些日子，我开始发现一些端倪。我说过，他是阿斯伯格综合征患者，有典型的反社会型人格障碍倾向。他对社会适应不良，有时候会说一些匪夷所思的话，毫不顾忌别人的感受。他不会考虑很多，喜欢直接点穿，令别人无法下台。而且，他还从不觉得自己有什么问题。

"我又没说错，那人就是个笨蛋。他为什么还生气呢？"他经常这样问我。

"你不能当面说别人的缺点，这是不礼貌的。"我解释道。

"韩晋，我要是当面说他聪明，这才是讽刺他呢！"

对于他的某些话，我确实无法反驳。他喜欢与人争辩，说话太直容易招人恨，这就是为什么他几乎没有朋友的原因。除此之外，傲慢的性格也是别人不愿和他相处的理由。有些话说得很绝对，不近人情。

记得有一次，我和他在公园散步，我突然说："我发现你很像福尔摩斯。同样的反社会、同样的敏锐，只不过他是化学家，而你是数学家。"

"你错了。"陈爝摇头道，"福尔摩斯并不是一个优秀的化学家，作为化学家，他是不合格的。"

"你凭什么这样说？"我反问道。

陈爝并没有因为我的质问而恼怒，反而平静地说："你是否还记得，在《铜山毛榉案》中，福尔摩斯得知他在某一时间需要赶火车，表示要推迟对丙酮的分析？"

"那又如何？"

"丙酮是一种特定的化合物，分子式是 CH_3COCH_3，在小说中，福尔摩斯将丙酮和酮搞错了。还有在《血字的研究》中，福尔摩斯弄错了血液稀释的比例；在《身份案》中，他将二硫化钡和硫酸钡说成了硫酸氢钡；在《工程师的大拇指案》中，他把不含汞的混合物当成了汞合金……这类低级失误在《福尔摩斯探案集》中不胜枚举，你怎么能称他是个化学家呢？在我看来，福尔摩斯只是个业余爱好者而已。"

"那你怎么看同为数学家的莫里亚蒂[①]教授？他可是比福尔摩斯还要聪明的人！"

"你说的是那本可笑的《一颗小行星动力学》(The Dynamics Of An Asteroid) 的作者？"陈燨忍不住笑出声来。

"有什么可笑的？莫里亚蒂教授在二十一岁发表了一篇关于二项式定理的论文，而且风靡欧洲数学界。"

"在莫里亚蒂教授发表这篇论文前四十年，挪威数学家阿贝尔（Niels Henrik Abel）就完整地搞出了被称为'二次项定理'的数学课题的最后细节。也就是说，他早就让四十年后的天才莫里亚蒂无事可做，这个问题早被完全解决了。好，我们再来谈论一下那本著名的《一颗小行星动力学》著作。一八五二年之后，以牛顿视角来看，小行星的运动研究已经没有更进一步的事可做了。除非莫里亚蒂预知了爱因斯坦的相对论，或者解决了引力中被称为'三体问题'的课题。但如果真是这样，这种情况对所有运动物体都普遍适用，而不仅仅是针对一颗小行星！"

我被他呛得哑口无言，心里非常愤怒，又说："他们只是小说里的人物，你不需要这样认真吧？你只要承认福尔摩斯伟大就可以了。"

陈燨耸耸肩，表情无奈地对我说："你看，我就是这么一个煞风景的人。"

[①] 詹姆斯·莫里亚蒂（Professor James Moriarty），是一个虚构角色，为知名的侦探夏洛克·福尔摩斯的主要对手，被福尔摩斯称为"犯罪界的拿破仑"。

3

平静的日子一天天过去，转眼就到了八月酷暑。

由于暑假的关系，家教的工作异常忙碌，我几乎整天都在学生的家中度过，回家也都是夜里八九点。我平日里喜欢早起，陈爝则是个夜猫子，我俩有时候一天碰不到几次面。这天，我和往常一样徒步回家，发现一楼客厅灯火通明，感到有些奇怪。除非有人来访，不然陈爝绝不会开灯。

果然，当我走进屋子的时候，看见沙发上坐着一位陌生的男子。

那男子见了我，站起身来，陈爝也随之为我们做了简单的介绍。

来访者名叫古阳，是陈爝在普林斯顿大学的校友，目前正接手家族企业的管理工作。他的父亲古永辉，曾是中国改革开放后第一代富起来的商人，只可惜英年早逝，三十几岁就死了。古阳三十岁上下的年纪，身高一米七五，鼻梁上架着一副眼镜，看上去斯斯文文，身上没有富二代那种跋扈的气质，待人礼貌谦和，穿着打扮也显得很低调。

“韩晋，坐下来一起聊聊吧。”陈爝感叹道，“我和古阳差不多有五年没见了。”

古阳点了点头说：“没想到你也回国了。不过像你这种脾气，确实不适合待在大学教书。”

陈爝苦笑道：“像我这种人，待在哪里都不适合。”

听他这么说，古阳也不禁笑了起来：“这句话我同意，你就是个怪人！可真为难韩先生了，和你这种人同一屋檐下，真是要命。你还记得当初我和你在同一间宿舍吗？我整天吵着闹着要换，可学校偏不让!"

"怎么会不记得，你还冤枉我偷拿你的手表。"

"这个就别提啦!"提及往事，古阳显得有点尴尬，"最后还不是被你抓到了，那个叫迪克兰的家伙!"

"是啊，我们的古大少仁义心肠，看在对方初犯，因为家庭贫困才出此下策，所以既往不咎，还附赠了几千美金呢。迪克兰真是要谢天谢地，不仅没有被开除学籍，又发了一笔横财，难怪他毕业之后，说要去中国发展。古大少扬我国威，让他们知道，中国历史悠久，地大物博，人傻钱多。"

"是啊，我傻，你再聪明，半夜回寝室还不是让我吓得半死?"

"韩晋，我们这位古大少还有个恶趣味。喜欢躲在门后，在你开门的时候，突然跳出来吓人!特别是在凌晨十二点的时候……"

古阳被他调侃得有些难为情，摆手道:"好啦，你就别揶揄我了。再讲下去，你快把我的老底都抖出来了。"

"知道就好。"陈燔得意道，"对了，你的哮喘病好些了没?"

"哎，先天的哪能好得了。缓解罢了。对了，纽约那起'幽灵子弹'事件之后，你和莫斯小姐还有联系吗?"

"联络过几次，不过都是因为案子。"

"你啊，也该找个女朋友谈谈恋爱了。莫斯小姐我看挺不错的，倒是可以发展发展。"

"我不适合谈恋爱，你懂我的。"

我难得见到陈燔露出这样的笑容，看来他和古阳的关系真是不错。

陈燔和我说过，学数学的人很孤独。因为数学很难通俗化，它不像文学、哲学、美术、音乐，就算没有基础，也可当作谈资，和专业人士聊上几句。数学是研究现实世界的数量关系、空间位置关系以及逻辑关系的科学，它很重视演绎推理，但也正是演绎推理使许多定理证明的思路非常抽象，让没有掌握足够数学知识和经过足够逻辑训练的人摸不着头脑。

又聊了几句闲话，古阳忽然坐直身子，面色凝重地对陈燨说："我这次来，其实是想拜托你一件事。这件事造成的阴霾，一直缠绕在我的心头，久久不能散去。陈燨，你是我在美国认识的第一个朋友，也是我最信任的人，我希望能得到你的帮助。"

陈燨似乎早料到一般，表情没有变化，只是微微点头，示意古阳继续说下去。

古阳昂起头，过了一会儿，像是鼓起勇气般说道："我想请你调查我父亲的案子。"

"古阳……"

"别劝我，我只要你回答，帮还是不帮？"陈燨刚想开口，古阳立刻打断他。

"别急，先听我说完。"陈燨耐心道，"关于你父亲的死，我也略知一二。二十年前那起轰动全国的案子和你父亲有关，我也知道。只是你从不向我提及，我也不方便询问。今天你来我这儿，既然都这么跟我说了，作为朋友我一定会帮你。即便我们不是朋友，这么一宗旷世奇案，我也想一探究竟！"

"这么说，你是答应我了？"古阳惊讶地说。

"我接受你的委托。但是，虽然我不是侦探，也不是律师，可作为案件的顾问，委托费可不能少！"陈燨笑道。

"到时候我给你张支票，需要多少你自己填。只要能把这件事弄清楚，还我父亲清白，花多少钱我都不在乎！"古阳似乎把陈爝的玩笑当了真，严肃地说。

“嘿，富二代就是不一样，财大气粗，说话口气都不一样啊。委托费的事，我只是和你说笑罢了。如果我没记错，你父亲出事那年是在一九九四年，距今已有二十年，当年不少线索和资料俱已湮灭，人证物证都不见了，调查难度很大啊。”

就连平时自信满满的陈爝，说到此处都皱起了眉头。

古阳听完，接着说：“这点你放心，那栋房子我还留着，封闭了二十年，所有的一切，无论是家具摆设、装饰雕塑，都和案发当时一模一样。我母亲也希望还我父亲一个清白，所以并没有将房子卖掉，只是封锁起来，希望等我长大了，再来为父亲昭雪。”

我在一旁听得云里雾里，照他们这么说，似乎在二十年前，古阳的父亲被人冤枉成了杀人犯。其父死后，古阳的母亲一直无法接受这个事实，于是让海外学成归来的儿子托人再次调查当年那件案子。

“还有一件东西，我想让你过目。也许没有什么价值——很多人都这么认为，但是我总觉得父亲留下它一定有它的意义。在我所认识的人中，最聪明的就是你，如果你也觉得没有意义的话，我就真的无话可说了。今后我也不会再固执地坚持自己的看法。”

古阳边说边拿起摆在身边的黑色公文包，把它放在腿上。他拉开拉链，从里面取出一本破旧的笔记本。古阳看了一眼陈爝，似乎想到了什么不愉快的事，脸上闪过一丝痛苦的神色。他将笔记本放在茶几上，推给陈爝，再把皮包放回原处。

陈爝接过笔记本，翻开至第一页，开始阅读。屋内顿时静了下来。我把头凑近，看见笔记本第一页上，写着这样的标题——

密室里的白雪公主。

是童话，还是小说？我更糊涂了。

古阳推了推架在鼻梁上的眼镜，解释道："这本笔记，是我父亲在精神病院上吊自尽前写的。很奇怪，我父亲平时并不会写这类东西，为什么临死的时候把这本笔记留了下来？这则童话，我反反复复读了好多遍，真读不出什么来。"

陈燨没有说话，全神贯注地阅读手中的笔记。

这时候最好别去打扰他。

过了十多分钟，陈燨才把笔记本放下，对古阳说："你想得没错，这确实不是一个普通的童话故事。这是你父亲的遗言，其中包含了很多信息。只是现在我们手头的线索还很少，不足以解开这则童话背后的真相。我需要知道更多。"

"我会把知道的都告诉你。虽然二十年前媒体已对此案进行了全方位的报道，可我毕竟是案件相关人员的家属，知道很多连媒体都不知道的内部消息。当年案件发生的时候，我年纪还很小，很多事情都记不清了。不过我从父亲的朋友那儿听说，父亲花重金买下了这栋名为'黑曜馆'的西洋建筑，只是为了圆他儿子的一个梦想，一个在生日时许下的愿望——住进童话中的城堡。"

古阳眼角似有泪光闪烁，他缓缓抬起头，若有所思地凝望着半空。

4

为了缩短文章篇幅，让读者更简洁地了解当年的情况，我省去了古阳多余的叙述，精简成了以下版本。我尽量把当时听来的内容化为文字,但人脑毕竟不是电脑,若有出错的地方,也请各位读者海涵。

古永辉一九五九年生于杭州,青年时在南京当过兵,入伍七年后升为排长,并进入陆军学院学习。从学院毕业后,他选择了进入大学的党政专修班学习,之后仕途一片坦荡,曾被任命政府办公室副主任等职务。但他性格好胜,喜欢冒险,一九八九年的时候,他下海接手了房屋开发公司,在棚户区改造项目中赚了一笔。他只用了一年时间,就把原本烂摊子的项目扭亏为盈。随后事业扶摇直上,成为全国企业家的标杆。

一九九三年的时候,为了圆儿子的梦想,古永辉从一位姓唐的美国华侨手中,买下了一座名为"黑曜馆"的建筑。黑曜馆位于上海的最北端。这座建筑是由三层楼组成的洋馆,四面临空,外形采用了欧式古典主义的建筑风格。最奇诡的是,整栋建筑的外墙都以玄黑色为主色,远观犹如英国奇幻作家托尔金在《指环王》中描述的"魔多黑塔"。而关于黑曜馆的由来,众说纷纭,莫衷一是。最广为流传的说法,是把出资建造黑曜馆的功绩,归于犹太富商维克多·沙逊(Elias Victor Sassoon)名下。

沙逊家族起源于中世纪从西班牙逃难到中东巴格达的犹太人家族,有"东方的罗斯柴尔德家族"之称。家族创始人伊利亚斯·大卫·沙逊(Elias David Sassoon)受到持反犹态度的新任行政长官的迫害,于一八三二年逃到印度孟买,后来建立了经营国际贸易的沙逊洋行,并在印度、缅甸、马来西亚和中国设立分支机构。维克多·沙逊出生于沙逊世家,是伊利亚斯·大卫·沙逊的孙子,英资沙逊洋行的掌舵人,是旧上海有名的富商之一。

维克多·沙逊在年轻的时候曾加入英国皇家空军,战事给他留下了右腿的残疾，必须借助于两根手杖才能走路，所以当时有好事者给他起了个诨名，叫作"跷脚沙逊"。他于民国二十年开始建造这栋洋房，五年后建成。竣工后第二年，日军以租界和停泊在黄浦江中的日舰为基地，对上海发动了大规模进攻，淞沪会战爆发，黑曜馆落入日军手中。据说，当时的黑曜馆也发生了一系列惨剧，不过都是口口相传，真相已遥不可考。

言归正传。就在一九九四年十二月十六日这天，富商古永辉邀请各界社会名流来参观他这栋奇特的建筑。受邀名单中，有新晋青年导演河源，他的作品《甲午战争》是新中国电影的一座高峰，在艺术上和商业上都得到了极大的成功，可谓春风得意；当红女星骆小玲，年龄只有二十三岁的她，初次与河源合作，便摘得大众电影百花奖影后桂冠，在影坛初试啼声，便已锋芒毕露；女作家齐莉，她的新作《赤潮》入围第四届格林国际文学奖，只是惜败于美国作家理查德·罗斯的《非洲旅行者》，但她仍被评论家誉为"中国最好的女作家之一"，她有个怪癖，就是害怕坐飞机，所以从不出国；中山医院腔镜科的主任医师刘国权，他在先天性心脏病修补、各种微创小切口心脏外科手术上的成就，在外国也享有盛誉，他毕业于德国海德堡大学的医学院，那是德国最好的医科大学；周伟成教授，是上海大学的文学系主任，也是国内各种文学奖项的评委之一。

然而谁都没想到，这些当年熠熠生辉的人物，在入住黑曜馆之后会遭遇如此恐怖的事件。

他们一行六人进入黑曜馆后，天空随即下起鹅毛大雪。暴雪封路的景象，这在上海几乎是百年难见的。由于地处郊区，黑曜馆众人被困于馆内，方圆百里没有人烟。直到十二月十九日，也就是他们进馆的三天之后，公安局接到报案电话，说是黑曜馆发生连环杀人案,于是警方出动铲雪车开路,赶到案发地。

警察来到黑曜馆后拍打大门,可馆门紧闭,没有人来应门。警方察觉到不对劲,于是齐心将大门撞开。破门而入后,警察发现馆内一片狼藉,什么都没有。他们四散开来,分头行动,一个个房间检查。就在这个时候,一名叫作赵守仁的青年刑警在二层检查时,发现了一个身披浴袍的奇异男子,在他眼前一闪而过,向三楼狂奔而去。赵守仁赶忙追上去,嘴里还不断警告浴袍男,让他停下脚步。同时,他注意到这个男子的浴袍上有着斑斑血迹。

追赶到三楼,浴袍男转身窜入三楼的一间卧室之中。赵守仁见状,立刻冲了过去,可惜晚了一步,浴袍男进房后即刻反手关上了大门,并且利落地从内上锁。卧室的门非常坚实,赵守仁用肩膀撞了几次,直至肩部麻木,那门都纹丝不动。他只得拔出腰间别着的对讲机,请求支援。此刻,赵守仁抬起手腕,看了看表,下午两点十分。

另一位青年刑警潘成钢来到三楼门前,询问赵守仁情况。

"就在五分钟前,我还听见房屋里有动静,他还在里面。"赵守仁做了个OK的手势,示意嫌疑人目前被控制在这间屋子里,没有出来过。

于是,一众警察开始轮番冲撞房门。

将门撞开的时候,已是下午两点二十分。就在此时,一件异常诡异的事情发生了——杂乱的屋子里空空如也,除了满地的垃圾和杂物,什么人都没有。

那个披着浴袍的男子,在众目睽睽下消失了。

"他从窗户翻出去了!"不知是谁突然喊了一句。

确实,两扇窗户并没有从内锁住,呈"八"字形向外敞开着。赵守仁快步跑过去,可当他趴在窗台上眺望窗外的时候,他震惊了!

窗外的雪地上光滑如新,满地尽是皑皑白雪,根本没有脚印……

难不成,这身披浴袍的男子,突然长出一对翅膀,从窗户跃出后飞走了?

这景象看得赵守仁目瞪口呆,他没有经历过这种状况。他从小接受的是唯物主义教育,要相信科学,不要迷信。可是,科学如何解释一个五分钟前还在屋子里的人突然消失呢?如果他从窗台上一跃而下,那雪地上一定会留下脚印。他会不会沿着窗台爬上楼顶呢?赵守仁将头探出窗外,当他抬头向上观望时,立刻否定了自己的假设——太高了。在这样的风雪天气,就算绑着绳子也爬不上去。他又向左右两边张望了一下,发现隔壁的窗台也太远了,根本够不着。沿着墙壁爬行更是不可能,黑曜馆的外墙本来就光滑,加之风霜覆盖,更是滑不溜手。赵守仁彻底绝望了,而更绝望的消息还在后面。

"这栋房子里发现了五具尸体,都被残忍地杀死了。"带队的老徐在赵守仁身后这样说道,"我当警察这么多年,从没有见过这种情况。"

"队长,现在怎么办?"

窗外的寒风夹杂着雪花灌进赵守仁的衣领中,他不由自主地颤抖起来。

"追!"徐队咬牙切齿地说,"就算他长了翅膀,我们也要把他抓回来!"

大家立刻行动起来,纷纷驾车开始四处追捕刚才逃逸的披着白色浴袍的男子。

这次围捕的好戏并非像好莱坞大片中那样惊心动魄,事实则是,在浴袍男子消失在密室后的同时,他就被抓住了。在馆外巡逻的刑警在离黑曜馆五公里外的雪地上抓住了他,而浴袍男被抓捕时,仍在发足狂奔。

是的,一个身披印有斑斑血迹的浴袍的男人,在雪地上没命地狂奔!

这是一幅多么诡异的画面……

经过鉴定,可以确认这个男人就是黑曜馆的馆主——富商古永辉本人。而黑曜馆内其余被杀的人,则是古永辉邀请来的五位社会名流。

但问题远没有解决,可以说,抓住古永辉,使整个案件更显吊诡。

据巡逻刑警的证词,他在雪地见到拖着伤腿狂奔的古永辉时,是下午两点十分。也就是说,古永辉至少在两点五分时还在黑曜馆三楼的房间里,而仅仅五分钟后,他就在离黑曜馆五公里的雪地上被擒获。

五分钟,五公里。这是什么概念?

男子五公里世界纪录保持者,埃塞俄比亚选手贝克勒在荷兰国际赛事上创造的成绩是十二分三十七秒三五。

也就是说,古永辉的速度比人类极限的速度还要快了近七分钟!

而这个成绩,是在他没有经过系统的运动训练、没有跑步鞋、光脚踩在雪地上创造出来的!

更何况,经过医生诊断,古永辉一个月前十字韧带就已经撕裂,至今尚未康复。

怎么可能!

如果说上述所有的情况，都不至于把警方的调查逼入绝境的话，那么下一个消息将彻底摧毁警方的所有希望。

当他们抓到古永辉时，他就已经是个疯子了。

没错，古永辉，这个曾在商界只手遮天、呼风唤雨的人物疯了。而黑曜馆里发生的一切，都将永远埋葬于黑暗之中。作为唯一的知情者，他被医生诊断为精神分裂症，送进了上海市精神卫生中心进行治疗。此时的古永辉只是时刻露出惊悚的表情、发出怪异的尖叫、口角流下垂涎，无论你问他什么，他只会紧紧地裹住棉被，不会说一句话。

负责此次案件的刑侦队面对一个精神分裂的疑犯，无从下手。而且，不能说警方已经破获了这次案件。媒体对这次发生在黑曜馆的惨案进行了大肆报道，因为五位被害者都是拥有一定社会地位的人物，所以社会反响异常强烈。大家在谴责凶手的同时，也为失去如此多杰出的人才而感到惋惜。

这次案件引发的舆论轰动持续了很久，更有甚者，电影公司开始以这次真实案件为背景，制作了一部叫《黑屋谋杀案》的恐怖电影，讲述一个患有精神疾病的恶徒，将互不相识的五人诱骗至一个孤岛上，逐个残忍杀害。为此，古永辉的家人一纸诉状将电影公司告上法庭，可却因证据不足而败诉。至今，古阳对此仍是耿耿于怀。

警方并没有报道黑曜馆内其余五人的死亡情况。这样封闭消息，更是让外界纷纷猜想，是不是因为死法过于残酷，报道会对社会造成一定负面影响。总之，这起恶性案件或许是新中国成立以来，最恐怖、最残忍、影响力最大的一起谋杀案。从官方发布的消息来看，警方并没有宣告古永辉是杀人凶手，而是把此案定为悬案处理。但是在广大民众心里，这次杀人案的凶手，就是黑曒馆馆主古永辉!

古永辉待在精神疗养院的日子里,他的妻子方慧常常带着年幼的古阳去探望父亲。当然,这个父亲已经不是当初那个人了。他只会痴痴地望着儿子,时而傻笑时而发愁,又会像小儿一样在地上滚爬。小古阳依稀能感觉到父亲的失常,只能在母亲的庇护下,远远观望着父亲。

只有一次,古永辉似乎恢复了往常的神色。

那次方慧不在,古永辉忽然用一种极其认真的态度对古阳说:"阳阳,爸爸要给你看个东西。"说罢,他便从病床边的抽屉里,鬼鬼祟祟地拿出一本笔记递给古阳,要儿子好好收藏起来,对谁都不能说。

"等你长大之后再看。"他神秘地对儿子说。

那个神色,那种语气,让古阳认定父亲并没有疯。起码在那个瞬间,他是正常的。

小古阳乖巧地点了点头。古永辉爱抚着儿子的头,轻声说道:"你记住了,爸爸不是杀人犯,爸爸是一个好人。"

这是古永辉对古阳说的最后一句话。

第二天,当医护人员冲入房间时,只看见古永辉双手垂在身侧,无力地悬挂在吊灯上,尸身在屋里无规则地摇荡。他脖子上缠绕着一根手指粗细的麻绳,深深陷入肉里,勒出了紫红色的痕迹。他呲目欲裂地看着进入房间的人们,像是要向他们诉说冤屈,又像是要看清这个世界一般。

第二章

1

天空中的乌云翻滚在一起，不停变幻着形状，时聚时散，如龙如凤。

刹那间雨点连成了线，哗的一声，大雨就像塌了天似的铺天盖地从空中倾泻下来。黄豆般大小的雨点儿打在车窗玻璃上，发出沉重的响声。狂风卷着暴雨像无数条鞭子，狠命地往玻璃窗上抽，瞧这阵势，我甚至担心防风玻璃会被砸出裂痕来。转眼间雨声连成一片轰鸣，天像裂开了道口子，暴雨汇成了一道道的瀑布。

我弓着背紧握方向盘，目不斜视地看着前方的路面，生怕有什么闪失。虽说我拿到驾照已有三年时间了，可作为一个"本本族"，实际操练的机会并不多。这次若非陈燔硬是要求，恐怕我也不会坐上驾驶座。

我小心翼翼地开车，心里不断提醒自己要看清路况。下雨使道路变得泥泞不堪，车轮很容易打滑，稍不留神，就有阴沟翻车的危险。尽管我打着双闪灯，并以四十公里的"龟速"行驶，但心中依旧紧张不已。正当我聚精会神驾驶的时候，突然，一阵白光闪过眼前，巨响在我头顶猛然炸开！

轰隆！轰隆！

我心跳加速，只能靠深呼吸来稳定情绪。惊魂未定之余，我偷空瞄了一眼身旁的陈燔，只见他紧闭双目，微张着嘴，正在酣睡，不时还传来阵阵鼾声。任凭车外雷雨轰鸣，响彻云霄，也仿佛与他毫无干系。我心中不满情绪顿生，伸手推了他一把。

"喂，醒醒，我们好像迷路了！"我对他大声喊道。

但车外骤雨如幕，磅礴的雨声瞬间将我的声音吞没，耳朵里只充斥着哗啦啦的雨声。

陈燔睡眼蒙眬地看着我，问道："到了吗？"

我提高音量，对着他喊："当然没有。我说我们迷路了，你听见没？"

陈燔打了个哈欠，用模糊不清的语调说："你不是有车载导航仪吗？而且手机也安装了导航软件，怎么会迷路呢？"

听他用这么漫不经心且略带责难的语气和我说话，我心里登时燃起一股无名之火。我没好气地说："你还好意思说，这破车哪儿借来的？车载导航根本用不了！还有，这雷雨天手机一点信号都没有，你让我怎么导航？我看要不靠边停一会儿，等这阵雨过去再说。"

陈燔似乎不相信我的话，取出手机捣鼓了半天，也没有成功。

"从蕴川公路转了个弯就找不着北了，电话也打不通，我看我们玩完了。"绝望的我又补充了一句，"只有等这雨停了再走。你看这破路，还能叫路吗？我被颠得头昏眼花，再开下去我怕一头撞死在树上。"

"车到山前必有路嘛，你继续开，我再睡会儿。"陈燔挺直身子伸了个懒腰，又把头靠在椅背上，准备睡觉。

"你没开玩笑吧？你醒醒！你醒醒！"

见他疲乏地闭上眼睛,我急忙推搡他。以陈燔的深度睡眠,要是让他这一睡,只有开枪击中他的身体,才能将他唤醒。

就在此时,发生了一件我们俩都意想不到的事。

"说话归说话,你干吗把口水喷我脸上?"陈燔用袖口擦拭脸颊,满脸嫌弃地对我说道,"这样很不卫生。唾液中含有大量的微生物和细菌,会传染疾病的!"

"我哪有!"

"你自己看看,又来了!"他指着额头对我说。

他话音未落,又是一滴水打在他的鼻梁上,接着两滴三滴,越来越密。

我们同时抬头往上看,发现车顶的天窗开始漏水,雨水渗透天窗的塑胶缝隙,开始滴落在我们头顶。

"这什么破车!还漏水!"

我急忙用手边的报纸抵住缝隙,可是效果并不好。

"确实有点过分!"就连陈燔都开始抱怨起来,"我和宋队长说借辆便宜点的车,可也没让他找辆漏水的车给我啊!"

"现在怎么办?"我无助地望着陈燔。

"别着急,办法总比问题多。"他从后座拿出一把折伞,"我们打伞!"

于是,就出现了这么一个有趣的画面——两个大男人开着车,在车里打着一把伞。

就这样又行驶了大约一公里,车子忽然抖了一下,发动机发出一阵闷响,竟然熄火了。我用钥匙又发动了几次,均以失败告终,我的一颗心彻底沉了下去。我转过头看着陈燔,面无表情,没有说话。

陈燔尴尬地笑了几声,说:"办法总比问题多嘛。"

他的办法就是，我们打着伞，沿着路向前走。

我们两个合撑着一把雨伞，艰难地往前挪着步子。暴雨像一张密不透风的网，牢牢罩住我们，狂风夹杂着雨点抽打在我的脸上，竟然有些疼痛。雨豆掉落在我们脚边，溅起的泥花弄脏了我们的裤腿，即使打着伞，浑身上下也没有一块干的地方。

终于，雨伞忍受不住疾风的蹂躏，被吹翻过去。陈燨忽然脱手，把伞丢在一旁，哈哈大笑起来。我看着他像个疯子般狂笑，他似乎很享受当下。

"你怎么把伞丢了！"我刚想去捡伞，却见那伞被风推得好远好远。

"都已经湿透了，还要它做什么？"

"你疯了！"

这条路估计也不会有什么人经过，感觉我们要完蛋了。

"走吧！"陈燨精神抖擞地说，"偶尔在雨中漫步，感觉也不错啊！"

我们两只落汤鸡就这样在暴雨中走了十多分钟，路那么长，仿佛看不见尽头。陈燨似乎心情不坏，嘴里还哼着歌。我的鞋子进了好多水，袜子也湿透了，每走一步都是对身心的煎熬。看他这样，我的气就不打一处来。

"我们还是用跑的吧！"陈燨突然说道。

"都这样了，还跑什么！"

"感觉我的内裤也要进水了，感觉不太好受。"

"我内裤早就湿透了！"我没好气地说，"况且，我曾经听人说，跑着比走着更容易被雨淋湿，因为打在身上的雨密度大。"

"一派胡言！"陈燨忽然认真起来，"建立数学模型很容易戳破这样的谣言！我们假设现有一人要在雨中从一处沿直线跑到另一处,可能出现三种情形,雨垂直下落、雨迎面吹来和雨从背面吹来。就像现在,我们在雨中前行的时候,和雨相对地面都是运动的。就拿韩晋你作为参考系,考虑雨的相对速度及其与人体方向对总淋雨量的影响……"

我捂住耳朵,对陈燨说:"我现在不想听你说话。"

我们就这样站在原地,边淋着雨边争论到底是走还是跑,感觉像两个白痴。

"还是报警吧。"

我取出手机,发现没有信号。

正当我决定放弃的时候,眼看路远处好像有车灯闪耀,定睛一看,果然是一辆汽车疾驰而来。我和陈燨跑到路中央,不停向那辆车挥舞着双手。司机似乎注意到了我们,原本速度每小时四十公里左右,顿时加速到每小时八十公里,从我们俩身边疾驰而过。

这并不是最糟糕的,最糟糕的是轮胎扬起的污水溅了我和陈燨一身。

"这么没素质啊!"我挥舞着拳头,冲着汽车的尾灯骂道,"别让我再看到你!"

"车牌我记住了,下次一起去拿钥匙划他的车!"陈燨附议道。

"好的!我还要用石头把他的挡风玻璃全砸碎!"

"天窗也要砸碎,让他吃吃我们的苦头!"

"好,天窗也砸!"

然而,那辆车并没有离去,仿佛听见了我们的骂声般,忽然在前方一个急刹车,停住了。我心里不由打了个突,心想糟糕,万一是个狠角色怎么办?我和陈燨两个书生,哪里是人家的对手。我脑海中已幻想出我和陈燨被人用枪指着脑袋道歉的尿样。

那辆汽车开始缓缓往回倒车，我们俩像被孙悟空定住身形一样，就站在原地等它。那车退到我们面前，这时我才看仔细，是一辆丰田凯美瑞。

贴着黑膜的车窗下沉，幸而没有伸出一把手枪、问刚才骂人的是谁。车内是一位头发黑白夹杂、戴着眼镜的中年男子。

"你们怎么了？"他问我们。

看来他刚才并不是故意加速甩掉我们，而是反射弧比较长，开出去很远才意识到刚才有人。了解情况后，我才松了口气。

我请求道："不好意思，我们的车抛锚了，天窗又漏了水，手机也没信号，只能在路上行走。请问能否载我们一程？"

"是这样啊……"男人沉吟片刻，似乎有些拿不定主意。

就在车主犹豫之际，陈熵竟毫不客气地打开车门，坐了进去。可想而知，当时车主的脸色是多么难看。

"陈熵，你……你快下来，这位先生还没答应要载我们呢……"我急忙向车主道歉。

"既然顺路，又是同一目的地，搭个顺风车又何妨？"陈熵笑嘻嘻地说道。

"同一目的地？"我疑惑道，"先生，难道你也是去黑曜馆的？"

"你们也是？"车主显然比我们还要惊讶。

2

原来丰田车主名叫陶振坤，是一位著名的精神科医师。和我们一样，也是应古阳之邀前往黑曜馆，调查古永辉一案。古阳希望陶医生能从专业角度来解释古永辉的行为举止，比如为何会写下那些荒谬的童话，以及案发当时的精神状态究竟是怎样的。

当时陈燨看见他手边那篇打印的童话，正是古阳带给我们看的那份，由此知道他也是受邀前往黑曜馆的人。可对于古永辉所写的童话故事，陶振坤似乎不以为然。

他对我们说："患者古永辉的认知功能出现障碍，且属于偏执型精神分裂症。他把幻想和妄想当成现实，所以他写下的这个童话故事，几乎都是幻想的产物。对于谋杀案，没有什么参考价值。我倒认为，当时在馆内，古永辉可能突然产生幻觉而发病，因为百分之八十的精神分裂症患者都是在妄想情况下做出攻击性行为的。"

"那你也承认，童话中有一部分内容是真实的？"陈燨反问道。

陶振坤笑道："就算有，你要找到并用来分析案件，难度就像在沙漠中找一粒麦穗那么困难。这几乎是不可能的。你也无法分辨哪些是有用的，哪些是没用的。而且，我们根本无法确定这部童话和二十年前黑曜馆的那起惨剧有何联系。兴许就是古永辉幻想的产物而已，我从专业的角度劝各位别太当真。"

陈燨也不甘示弱，笑道："陶医生，我和你看法有些不同，我倒认为这部童话所讲的故事，与二十年前的杀人事件有着直接的关联。"

陶振坤扬起眉毛："喔？何以见得？"

陈燨拿起那沓童话故事，指着开头那段读道："很久很久以前，有一个叫作奥比斯甸的国家……陶医生，这么明显的提示，难道你还没发现吗？"

"发现什么？"

"奥比斯甸王国啊。"

"对不起，我不明白你的意思……"

别说陶振坤，就连我也丈二和尚摸不着头脑，不知陈燨葫芦里卖的什么药。

只见陈燨笑着说道："奥比斯甸就是黑曜石的英文obsidian的中文发音。古永辉在开头这么写，其实就提示我们一切的一切，都是从黑曜馆开始的。这本童话，或许就是古永辉——这位二十年前那起惨案唯一的幸存者，留给这个世界最后的线索。"

雨渐渐小了，从瓢泼大雨变成绵绵细雨，夕阳斜射，车窗外一片浓重的暮色。我打开车窗，风夹杂着泥土的芬芳气息与野间草木的清香钻入鼻腔，沁人心脾。

陈燨给出的答案是我们没有想到的，但它又那么明显，遍布整个故事。还有多少线索没有被挖掘，我不知道。甚至连陈燨，也只是破译了其中一小部分内容。他说，必须要亲临现场，才有可能把二十年前的事件整个还原。

天色渐暗，我们颠簸过崎岖小路，终于看见了那座藏在树林深处的邸宅。花园的铁门没有锁上，我下车推开门后，丰田就顺利地驶入花园。而在花园的中央，正是那座由叱咤民国上海滩的犹太人"跷脚沙逊"出资建造的古怪邸宅。

黑曜馆。

耳边传来晚风吹动树枝的声音，四周寂静得令人感到恐怖。陶振坤将车停在黑曜馆正面的花园里，然后和陈燨走上台阶，按下了门铃。他身材细长，身高比陈燨还多出半个头，远看像是一根筷子上插了颗肉圆。

这时，我才得以好好欣赏一下这座邸宅的外形。首先声明一下，我对建筑学完全不懂，所以在对建筑的描述上可能不太专业，请读者谅解。

黑曜馆房如其名，上下漆黑一片，外观有浓厚的西洋建筑风格。黑色窗户紧闭，看不清里面的模样。不能说很大，但也不小，可能是颜色的关系，整个馆给人有强烈的压迫感。黑曜馆一共有三层，顶端还有像城堡塔尖一般的屋顶，像是让卫兵巡视用的。总体来说，这栋邸宅算不上漂亮，但却另有一番情趣，若是你喜欢欧洲中世纪的吸血鬼，抑或哥特式的王公贵族，想来对这座建筑应该会很有兴趣。

花园的中央建有喷水池，水池对面停着好几辆汽车，看来已经到了不少人。

伴随着沉重的声音，大门缓缓被拉开，站在门口迎接我们的，是一个模样怪异的老头。

他看上去实在有些丑陋，这么说确实不太礼貌，但却是我当时最直观的感受。他的身高大约有一百六十厘米，弓着背的模样，让我想到了"钟楼怪人"。

更为诡异的是他的眼神，他收紧下巴，把秃光的头顶对着我们，眼睛从下往上看，面无表情。这恐怖的老头上下将我们三人打量了一番，看得我直冒冷汗。反倒是陈爔相当轻松，率先开口道："我们是古阳请来的，请问他在不在？"

"啊！原来是少爷的客人，请进请进，这里倒拐。我是黑曜馆的管家，叫我柴叔就可以了。其他人都到了，正在餐厅准备用餐呢。"

他想极力做出奉承的表情，咧开嘴笑，却更显得丑陋不堪，像是一只狞笑的癞蛤蟆。抱歉，我这样形容纯粹是为了描写出当时的情形，无心对任何人进行人格上的侮辱。如果造成这样的困扰，请读者谅解。

我们过了玄关，在中庭看见不少人围坐在餐桌前。古阳看到我们，起身走了过来，与我们一一握手。他今天穿了一套礼服，显得英姿不凡，颇有些贵族气。他原本就长得不错，加上精雕细琢的装扮，俨然一副贵公子的模样。

"还好你们安全抵达，没出什么事儿。打你们电话都不通，我正在担心呢！咦？陈燨，你的衣服怎么湿答答的？"他瞧见我和陈燨的衣服，疑惑地问道。

"阿嚏——"我忍不住打了个喷嚏，"我和陈燨的车抛锚了，我们只好淋着雨往这边走。幸好遇见了陶振坤医生，不然真不知要走到什么时候了！"

古阳流露出担忧的神色，说道："那你们赶快去房间里冲个热水澡，别着凉了！都怪我不好，应该派司机去接你们的！是我照顾不周！柴叔，麻烦您把他们领上楼，顺便再给他们准备两套换洗衣服。"柴叔点头答应。陈燨摆手笑道："客气什么！韩晋，那我们先去洗个澡吧！"说着，便跟在柴叔身后走上了楼。我赶紧跟上他们。

我面前是一片颇宽敞的平台，螺旋式楼梯通往三楼。黑色铁质的栏柱支撑着环绕楼梯的茶色扶手，栏柱上雕刻着复杂缠绕的图案。楼梯两侧有两座中世纪骑士的甲胄，手持长矛。他们手中的武器像是延续古罗马和日耳曼式的风格，但也有一定的改进。骑士甲胄像是二楼的守护神般伫立在扶手两侧，光是看盔甲就显得威风凛凛，遑论当年身披战甲驰骋在沙场上的英姿了。我不由想起在中世纪时，曾有一位日耳曼骑士因不满国家诬陷无辜者并判处他死刑，而义无反顾地劫走死囚。尽管最后付出了生命的代价，但却赢得了世人的尊重。他的行为就像亚瑟王圆桌骑士的誓言所言，只为正义和公理而战！

谈及历史相关的话题，我不自觉间又犯了职业病，扯得太远了。

我和陈燏随柴叔上楼后，分别被带到了自己的房间。我们两个房间在楼梯的右手边，紧靠在一起。柴叔说衣柜里有干净的衣服可以使用。临走之前，他又回头看着我们，用一种极其古怪的声音问道："韩先生怕不怕鬼咯？"

　　我突然有种不好的预感，赶忙追问："为什么要问我这个？难道……"

　　柴叔说话时，眼神有些躲闪："少爷邀请各位时，想必已经讲述过这栋宅子二十年前发生的一切，是吧？我只是想提醒一下韩先生，这靠里的房间死过人。当然，如果您本人并不介意，那是最好了。"说完之后，他咳嗽了几声。

　　对于鬼怪之事，我一向遵从孔子的教诲，敬而远之。我虽不太信鬼神之说，却也并不是一个坚定的无神论者，严格来说，我持不可知论。但如果要我住一间死过人的房子——而且是横死！那我是万万不敢的！

　　"能不能……麻烦您……给我换一间……"憋了半天，我才轻声询问道。

　　"不用换了，我住里边。"陈燏抢在柴叔回答之前说道。

　　"您是一直在这儿做管家的吗？"我好奇地问了一句。

　　"不，我也是新来的。"

　　"哦。"

　　"那好，既然如此我就不打扰两位了。待两位先生洗沐完毕，请到楼下餐厅来用餐。"柴叔说完，朝我们鞠了个躬，然后才转身下楼。他的言谈举止，顿时让我对他的印象加分不少。我越来越后悔刚才那样描述柴叔。人不可貌相，真是千古至理。

　　我走进房间后，不禁由衷赞叹起来。

　　整个欧式的房间虽然说不上富丽堂皇，却也是优雅不俗，在古典中流露华丽的贵族气息。房屋中间有一张双人床，床头和边缘刻有别致典雅的纹路。窗台前搭配大气的落地窗帘。如果仔细一些，从材质和纹路可以看出，窗帘绝对是手工缝制的。水晶吊灯、复古的收纳座钟、墙上的油画都让整个房间生动不少。

静临其中，身心都感到非常享受，这种感觉，再高级的酒店也无法相比。

走进浴室，我脱下身上黏糊糊的衣物，打开铜质的水咀开始往浴缸里接水。待水接满后，我试了试温度，感觉差不多后便爬进浴缸，享受起来。浑身被微烫的水流包围，这种感觉简直太棒了！

闭上眼睛，想象自己在一条暖流中漂行，每个毛孔都舒展开来，尽情享用温水的滋养。还有什么能比淋浴之后泡个澡更舒服的呢？

此时此刻，我彻底陶醉在了浴缸里。

古阳给我们准备了不少衣物，从内衣到外套一应俱全，很是贴心。

洗完澡后，我挑了一件红白相间的衬衫和一条灰色灯芯绒休闲裤，匆忙套上下楼。谁知此时陈燨已在楼下和众人相谈甚欢，完全忘了我的存在。这使我对他有些不满，我原本以为他会等我一起下楼。

"韩晋，你可真慢！"

我看见陈燨在餐桌旁朝我挥手。

3

"韩老师，你好。"

首先来和我握手的是一位身高一米六左右，穿黑色燕尾服，戴着白手套的中年男士。

他个子矮小，梳了个油光锃亮的大背头，留着两撇弯曲的八字胡。这番装扮与样貌，不禁让我想到了西班牙画家萨尔瓦多·达利（Salvador Dalí）。

他开口就自我介绍起来："我叫朱建平，你也可以叫我Andy，随你们喜欢。我的职业是……"朱建平话说到嘴边，突然刹车，然后右手一翻，手掌中赫然出现了一杯红酒。这时，他才自鸣得意地继续说了下去："意大利皮埃蒙特（Piemonte）产的红酒，希望你能喜欢。"最后把酒杯递给了我。

"您是位魔术师吧？"接过红酒，我一口干尽。我对葡萄酒一无所知，地理也学得不好，不知道皮埃蒙特是哪里，总之当啤酒喝就对了。

古阳走到我身边，开始介绍："韩先生，这位朱先生来头可不小，他可是FISM国际魔术大会近景魔术的冠军呢！外国的魔术大师都对他赞赏不已。近年来朱老师定居国外，不是全球巡回演出，就是闭关钻研魔术，我好不容易才把他请回国呢。"

"哪里的话，古老弟叫我一声，我就算在月球上，也得飞回来不是？"朱建平说罢，又哈哈大笑起来。

也许他的言语过于浮滑，我对这个身材矮小的魔术师很不待见，或许真有眼缘这么一说吧。我随便应了几声，别过头去，只见一位年近三旬的美貌女士端坐在椅子上，朝我颔首示意。于是我不再理睬朱建平，向那位女士走去。

"你好，我们刚才听陈先生说了不少关于你的趣事呢！"女士冲我一笑，落落大方。

趣事？陈熠这家伙，一定又在背后讲我坏话了。像是看穿我心事般，那位女士又道："不过韩老师你可别胡思乱想啊，陈先生并无恶意，说笑罢了。我叫王芳仪，很高兴认识你。"她站起身来，和我握手。我能闻到她身上香水的味道。

王芳仪留着一头披肩的长发，皮肤很白，高挺的鼻梁上架着一副无框眼镜，透过镜片可以看见她那双杏眼闪耀着明亮且自信的神采。她身上穿了一件白色雪纺的七分袖上衣，下着一条黑色的宽腿裤，脚上蹬着一双高跟鞋。她的个头不矮，应该有一米七上下，整个人很有气质，显得非常典雅。

"王教授来头可不小，是中国人民公安大学的教授呢！因为长期从事犯罪心理问题研究，在国内可是数一数二的犯罪心理学专家。出版过不少犯罪方面的专著，用阅案无数来形容她绝对不为过！"

我和她握手时，古阳已经站到了我们身旁，继续扮演着他馆主的角色。

面对古阳的恭维，王芳仪只是淡淡一笑。"我只是一个普通的教师，没什么特别的，可别把我捧太高。国内能力比我强的一抓一大把呢！"

古阳笑着回应："王教授太谦虚了！"

环视整个大厅，没有介绍的只有那位和陈燔激烈讨论的老者了。

那位老先生头发已然花白，戴着一副银边眼镜，一直不断摇头，似乎并不同意陈燔的观点。我只能走上前去，主动向他问好。那老者抬头看了我一眼，紧锁眉头，似乎并不想与我过多交流，只是勉强点了点头，又转身和陈燔继续讨论一些我完全听不明白的话题。

这样的情景使我很难堪，幸而王芳仪又走来和我说话："他人就是这样，多接触你就明白了，没有恶意的。郑学鸿教授是浙江大学能源工程学系的工程热物理学家。刚才你还未下楼时，陈燔先生提到了郑教授一本名为《高等燃烧学》的著作，对其中一些观点提出了自己的看法。他们俩似乎意见有些不合，呵呵，学理科的人就是喜欢较劲。"

不用王芳仪说，我自然见识过。

我就座后，柴叔端上热腾腾的食物。我和陶振坤医生已是饥肠辘辘，立刻大快朵颐起来。而陈燔像是没看见眼前的食物一般，还在与郑教授争论着什么。

魔术师、犯罪心理学家、精神病医生、物理学家、数学家……我不禁有些佩服起古阳来。他所召集的这些人才，完全是按照需求来配置的。如果二十年前的命案连警察都束手无策，那只有依靠一些专业人士才能拨云见日。魔术师是来破解古永辉密室消失问题的；犯罪心理学家可以从专业角度解读当时凶手的心境；精神病医生可以解释古永辉为何一反常态；物理学家分析古永辉如何能在五分钟内到达五公里外的地方，而周围却没有任何交通工具。

至于陈燔，我认为是古阳的最后一搏。

或许他请来的这些顶尖人物对这起尘封已久的案子都会缴械投降，但陈燔不会。

古阳和我都了解陈燔是怎样一个人。

见我们用餐完毕，古阳让柴叔将桌上的碗筷刀叉都收拾干净，并请我们移步至客厅。我数了数，如果不算柴叔，目前这个馆内有七个人。

古阳站在中庭，似乎有话要讲。大家都心知肚明，屋子里瞬间安静下来。

"此刻我不知该说些什么来感谢各位。"古阳说话的声音似乎有些哽咽，"这栋邸宅，大家都知道，在二十年前发生过一连串残酷的杀人事件。所有证据都指向了我的父亲——古永辉。社会上的人都认为我父亲是个丧尽天良的杀人狂魔，他将一群无辜的人骗进黑曜馆，在暗中窥视他们，看着他们惊恐的模样，然后一个个地杀害！尽管这个案子里有如此之多的疑点，可警察无力去解开——不！并不是无力去解开，而是根本不想这么做！因为他们先入为主，早就认定我父亲是杀人凶手了。可我不甘心，我知道我父亲不是那种人，他没有这么做的理由！杀人案不是要讲动机吗？动机在哪里？"

古阳情绪亢奋起来，挥舞着手臂。当他意识到自己失态时，轻声说了句对不起，接着又说了下去。

"警方口中的动机，就是说我父亲已经精神失常，所以难免会做出一些疯狂的举动来。但我不这么看，我认为父亲也是受害者之一。案发当夜，大雪封路，他如果半夜逃离黑曜馆也会冻死在路上。所以黑曜馆是一间巨大的密室，在一九九四年的那个夜晚，没有人能够逃出去。凶手就是用这种心理压迫的战术，一步步把我父亲逼疯！我相信这是事实，所以，我不惜一切把各位请来，协助我调查这二十年前的悬案。诸位都是各自领域的权威，我相信你们齐心协力，一定会把这桩悬案破解，为我父亲昭雪，以慰他在天之灵！"

"古老弟，你放心，我一定竭尽全力帮你。"朱建平第一个站起身来，对古阳说。

王芳仪坐在沙发上，表情有些犹豫，但经过思想挣扎后，她还是开口说道："古先生，我对犯罪学也稍有研究，这种性质的案件侦破的可能性非常之小，况且已经过去这么多年，我希望你能冷静一下。我们开几次会,讨论一下,如果能有进展那最好,如果真找不到什么决定性的证据,我还是希望你能客观对待这次事件。毕竟,你也有你自己的人生,你父亲也不希望因为他,而让你一生都在阴影中度过。"

王芳仪这段话讲得非常婉转,但大家都能听出这话的另一层意思。

古阳没有接她的话,而是等待下一位发言的人。

"我同意王教授的建议,明天中午我们开个案情讨论会。古先生你把手上的资料拿出来,我们大家一起讨论讨论,集思广益嘛。但预防针还是要打一打,你不能指望大家一定可以破案,毕竟我们不是福尔摩斯,只是从专业的角度给你一些提示。"

说话的人是陶振坤,他不停用纸巾擦拭额头,显得有些紧张。

这次,古阳似乎有些动摇了,他攥紧拳头,心里不愿接受这个现实。他将这些人请来,是铆足了劲破案的。如果他们都不行,试问天下还有谁能为父亲翻案?

郑学鸿站起身来,走到古阳身边,表情严肃地说道:"世界上有很多事,是勉强不来的。当初我接到你的邀请,也没想到案情会如此复杂。你只是请我来破解一个物理现象而已,我只需从科学的角度来解释。我教书教了一辈子,对于破案还真是不拿手。小古啊,我们这儿最专业的要数王芳仪教授。我劝你还是听听她的,咱们讨论一下,但是否真能破案,你就不要太执着了。我们研究物理的,什么都要讲证据,不能胡乱打包票。这个案子能否破解我不知道,但概率一定是非常小的。"

郑教授身材魁梧,个子也很高,走起路来一摇一摆,像头熊一般。古阳在他身边,显得非常瘦小。

古阳备受打击,像是一只泄了气的皮球,叹道:"既然各位都这么说……"

"这个案子可以破。"

陈燨蓦地喊出一句话来。

这句话像是一剂强心针,把在场的人都点燃了。大家纷纷将目光投向陈燨,像是在看外星生物。其中最高兴的,莫过于古阳。

"你没开玩笑吧?"我对陈燨说。

"难道我像开玩笑的样子吗?"陈燨满脸自信地说道。

4

不知是不是因为冷气太强,在这酷暑时节,我竟突然感受到一丝寒冷。

我缩了缩脖子,转头去看陶振坤。刚才还在满头擦汗的他,此时完全被陈燨的豪言壮语所震惊。被陈燨言语惊到的何止陶医生一个?敢在此刻就扬言能破案,在毫无线索的情况下,这得有多大的自信,甚至可以说是自负。

"你们说毫无线索,没有头绪,我却不这么认为。"他手里拿着古永辉的那本童话笔记,继续说道,"古永辉在精神康复中心治疗时,曾抽空写下这部童话。在场诸位想必已经读过。这部童话看似荒诞不经,但却相对是个完整的故事。古永辉写作这部童话时,就算精神处于失常状态,但在受打击之前的影像会牢牢印刻在他大脑之中。也就是说,破解二十年前黑曜馆连环凶杀案的钥匙,就在这本童话之中。我们现在要做的,就是排查书中哪些是我们需要的线索,哪些不是,将有用的收集起来,进行推理,这样就可以得出正确的答案。"

郑学鸿反问道:"当然,如果你是对的,这部童话中确实有可利用的线索,理论上是可以破案。但前提是,这部童话确实是有线索的。古阳,我说话直你听了别不高兴,写这部童话时,你父亲处于精神不稳定时期,且不论童话中是否有线索,就算有,哪个是线索,哪个又是误导,我们怎么分得清?陈教授,我不是想打击你,这次的方程组,是无解的。"

"无解?实数范围里没有,就去虚数里找。"陈燔不甘示弱。

这时,馆内的气氛有些尴尬,古阳打圆场道:"好了,都是我不对,今天这么晚了还说这些。大家都回房休息吧!我让柴叔带大家……"

叮咚——

叮咚——

门铃竟然响了。

柴叔从厨房一路小跑去开门。古阳的神色似乎比我们在座各位更加诧异。难道这位客人并非他邀请来的?果不其然,我们只听见柴叔在门口叫嚷,不一会儿就听见他大喊:"不准进屋!你到底是谁!"然后传来摔倒的声响。

我们一众人急忙跟在古阳身后,赶至门口看个究竟。

站在门口的,是个浑身湿透的中年男人,寸头,脸上胡子拉碴,虽然不高,一米七五上下,但非常结实。柴叔倒在地上,看来是被他一把推翻的。那人站在门口一脸凶神恶煞的模样,扫视着我们众人。他背后大门也敞开着,门外雨还在下。

"你是谁!为什么私闯民宅!"古阳质问道。

"赶快给我走!一个都不准留在这儿!"中年男子像下达命令一般,对我们说。

"这里是我的家,我凭什么要走?我看要离开的人是你吧!

你要是再不走,我报警了!"

"家?这里明明是凶案现场!这里死过人,可不是闹着玩的。还有,你说要报警?这里方圆几十公里都鲜有人烟,更别提公安局了。如果硬要找警察,也不是不可以。我就是警察!"说着,中年男子从衣服内侧袋中取出一本警官证,在我们面前晃了晃。

这人竟然是警察?为什么警察会来黑曜馆?看他的样子,似乎是一个人来的。警官证上的名字叫赵守仁,警衔还不低,属于警督级别的。

"我命令你们赶快离开!不然我不客气了!"赵守仁态度强硬地说。

"警察了不起啊!你打我一下试试?"朱建平站在赵守仁面前,挑衅地说,"今天我们就住这儿了,哪里都不去!看你能拿我们怎么样!"

赵守仁皱起眉头,一把将朱建平推了个趔趄。朱建平嘴里不停叫唤:"警察打人!警察打人!你知道我是谁吗?我要去告你!"

他不理睬朱建平,而是走到古阳面前,厉声道:"我知道你是古永辉的儿子,也知道你很想为你父亲翻案。可这栋房子非常邪乎,不能住人,你们几个赶快离开这里。破案是警察的事,并没有你想象的那么简单!"

"对啊,破案是警察的事。这件事交给你们二十年了!然后呢?答案呢?你们怎么可以在没有搞清楚状况的情况下,就认定是我父亲杀的人?就因为死者身上有我父亲的指纹?"

赵守仁一时语塞,不知该如何回答才好。

"赵队?你怎么在这里?"王芳仪从众人身后探出头来,看着这位不速之客。

"王教授?这……这句话应该我问你才对吧!"

看来,赵警官也被眼前的故人惊呆了。

"这事说来话长,你还是先进屋吧。"王芳仪冲赵守仁招了招手,见他岿然不动,于是走上前去,连拖带拽地把他拉进馆内。

古阳则吩咐柴叔把门关紧,千万别再让陌生人闯进来了。

既然王芳仪认识这位警官,我的心安定了不少。

原来,赵守仁和王芳仪一起侦办过几起案件,作为犯罪心理学顾问,她曾给了赵守仁不少建议。特别在犯罪心理画像方面,王教授可是在中国排得上名字的专家之一,所以赵守仁对她还是相当信任的。

进屋之后,王芳仪让赵守仁先去换了一身衣服,然后才回到客厅。

问及他为何浑身湿透的缘由,赵守仁说当时他是得到队里的兄弟报告,说有人进驻黑曜馆,于是便驱车赶往这里。谁知快要赶到的时候,车轮被路上的钉子给扎破了。也不知谁这样缺德,路上洒满了长钉。他又没带雨伞,只能徒步走到这里。

王芳仪将整件事情的前因后果向赵守仁叙述了一遍。他安静地听完之后,竟从身后的背包里取出一沓厚厚的资料,然后说出了一句令在场所有人都惊愕的话。

"二十年前,也就是一九九四年冬天,我是第一批进入黑曜馆连环杀人案现场的刑警之一,也是我,亲眼看见了古永辉从三楼房间消失的诡异景象。我想,我这辈子都不会忘记那天发生的一切。"

"你……你是当时的刑警……"陶振坤推了推眼镜,有些不敢相信。

"是的。那个时候,我还是个初出茅庐的小伙子。谁知第一次出警,就遇上了这档子事。眼看马上就要从一线退下来了,可黑曜馆一案,永远是我心中一块阴影之地。这些年来,我不断从各处搜集线索,并调查了每个死者的背景,但是依旧搞不清楚他们在黑曜馆的那几天里,究竟发生了什么……"

"这样就可以了。"陈爔突然开口道,"案件很快就会破获的。"

"你说什么?"

"既然赵警官你这边有那些年的案卷资料,我这里又有古永辉的童话笔记,两者结合在一起,一定可以还原二十年前黑曜馆里发生的一切。假使我们知道了当年黑曜馆所发生的事件,那么破案不就方便许多吗?就像做个加法那么简单。"

赵守仁狠狠地给了陈爔一个白眼,然后对他说:"案件的资料只有王教授可以观阅。其余闲杂人等都不行。"

陈爔也没有立即反驳,只是笑吟吟地看着他。

郑学鸿教授似乎忍受不了这场闹剧,起身离开,上楼回房了。走之前,他也没有和大家打声招呼,还真是一个有个性的老头。而朱建平则在一旁斜着眼,不怀好意地看着正在与王芳仪说话的赵守仁。陶振坤不声不响,只是不断擦拭头上滴下的汗水。

"我想和你打个赌。"

赵守仁看了看陈爔,不耐烦地说:"我没有兴趣和你打赌。"

"你把你对案件知道的所有情况告诉我,三天之内,我会告诉你谁是凶手。"陈爔的表情很认真。

"你疯了吧!"

"错过这个机会,或许你这辈子都无法知道真相了。难道不想试一试吗?"陈爔像是抓住了他的心理弱点,步步紧逼,"把案情告诉我,于你于我都没有什么损失。"

"陈燔在美国念书时,还做过洛杉矶警方的刑事顾问,关于这点,你可以去问王芳仪教授。"古阳补充道。

赵守仁将信将疑,把目光投向了王芳仪,后者笑着朝他点了点头。

"怎么样?"

赵守仁的内心似乎在挣扎,表情有些狰狞。过了一会儿,仿佛放弃了选择,脸上露出一副孤注一掷的表情,问陈燔:"三天?"

陈燔点头。

赵守仁深深叹了口气,低声道:"好吧……"

冥冥之中他或许能感觉到,这个案件诡异至极,除非使用特殊的手段,不然破案遥遥无期。当然,这一切都是我自己的猜测。至于在当时的情况下,赵守仁到底在想些什么,他何以信任一个陌生的数学家,答案恐怕只有问他本人了。不过,那时若是真能听从他的话离开黑曜馆的话,之后那些恐怖至极的杀人事件也不会发生。

只可惜,世界上没有后悔药。聪明如陈燔,也不会预料到未来发生的事情。

唉,行文至此,回想起那年黑曜馆的恐怖经历,我的眼泪又不争气地流淌下来了。

第三章

1

　　以下内容是我用录音笔记录的赵守仁警官的叙述。为了保留叙述过程的原汁原味，以及照顾读者的阅读习惯，我决定一字不易，把他的原话保留下来。

　　一九九四年十二月十九日，我永远不会忘记这一天。我甚至还记得，那天是周一，是我从中国人民公安大学毕业后，前往公安局上任的第一天。我是在刑侦组徐队长手下做事的。那天上午我们接到报警，称北郊的黑曜馆发生连环凶杀案，请我们务必迅速到达现场。待接线员追问时，电话就断了。而且追查不到来电信息。

　　我们一开始都认为是恶作剧，可接到报警不能置之不理，于是便召集了十余位警员出警。前几天天降暴雪，路况非常糟糕，我们几乎花了半天在路上颠簸。由于是第一次出警，我非常紧张，心里不断叨念阿弥陀佛，希望不要出事。那时我才二十多岁，胆子比较小，遇见连环杀人狂还是很怕的。车子晃晃悠悠开了有一个多小时，我们才抵达了黑曜馆。

　　这栋古怪的西洋邸宅那时大门紧闭，我们敲了半天，没有人来应门。

徐队是第一个感觉到气氛异常的，他吩咐一组小队在外部接应，不能让人逃跑，还有一组和他一起进入馆内。我被分配到了后面那组，和徐队一起撞开黑曜馆的大门，闯了进去。甫一进门，我就闻到了一股强烈的香气，说不清是什么味道，又像是好多香水混合在一起散发出的气味。我们继续往里冲，之后进入馆内所发生的一切，大部分和媒体报道的情况相同，在此我就不再复述了。总之我见到了身披血色浴袍的古永辉在密室里消失，最后奇迹般地出现在了五公里外的雪地上。而媒体不知道的，是其余几位受害者的状况。

其余被害者的尸体死亡时间难以判断，我接下来的叙述，主要是以发现尸体的顺序为准。

第一个被发现的死者是女明星骆小玲，死因系机械性窒息，简而言之，她是被溺死的。案发现场是在二楼的浴室。骆小玲是唯一一个死亡现场不在自己房间的人。浴室里没有什么指向性的线索。骆小玲的浴袍由于挣扎掉落在地上，全身赤裸，但没有被性侵的痕迹。案发现场的地上，还有掉落的化妆包、玫瑰护手霜、去屑洗发露、护发素、香草润肤露、芦荟沐浴露、薄荷牙膏、牙刷、指甲油、爽肤水……甚至还有手电筒，也许是怕浴室突然停电才随身携带的吧，可惜没有电池。因为是女明星的关系，她对外貌非常注重，以至于洗个澡也需要带很多很多护肤专用的产品。这些东西，清一色是从国外进口的，瓶体上的文字都是英语，我都看不懂，不过和齐莉包中的像是同一品牌。从现场看，她应该是洗澡后被杀的。

第二件是文学教授周伟成被杀的案子。他因颅骨被钝器击打，造成颅内出血而亡。房间很乱，周伟成所带的衣物和日用品都被凶手随地丢弃。他下身穿着睡裤、上身赤膊地倒在地上。周伟成没穿上衣引起了我的注意,最后我在浴室的洗衣机里,发现了许多他带来的衣服,而他的睡衣,则被发现丢弃在黑曜馆一层中庭的地板上,没有被清洗过。为什么我们会知道这件睡衣是他的?因为周伟成在每件衣服上,都会缝上自己的名字。这种怪癖真是少见,不过我小时候倒是见过不少老派的人会这么做。

顺带一提,周伟成和骆小玲所住的房间,并非在黑曜馆的主馆,而是在副馆。从主馆通往副馆,必须经过一条名为"观光通道"的甬道,如果慢走的话需要三分钟左右。对了,或许和本案没有什么关联,我就随便这么一说。周伟成的负面新闻很多,其中,有说他的性取向和普通人不太一样,这是我去他大学调查时,一位男同学告诉我的。说周教授经常会骚扰一些男同学,令大家很难堪。还有一件,是论文造假事件,而且身为文学系教授的周伟成,居然被爆出连基础的英语都不会,这事当时闹得很大。无风不起浪,经过学校内部调查后,似乎还真有其事,周伟成几乎要被革职。这时却接到了古永辉的邀请。唉,现在的冒牌教授真是越来越多。当然,死者为大,过去这些不雅的事情我们也不用多提。

第三个被发现的死者,是住在黑曜馆二层的青年导演河源。

河源死因系机械性损伤,身上多处有明显锐器伤,直接死因是内脏破裂引起的大出血,死状凄惨。因为死者身材肥胖臃肿,体重达一百多公斤,所以出血量奇大。尸体周围散落着剧本、打火机和马克杯,一根尚未点燃的骆驼牌香烟叼在嘴边,被牙齿紧紧咬着。尸体离书桌有一段距离。他的杯子打翻在地,杯中的咖啡流出,沿着门缝流淌到外面,地上的咖啡渍还依稀可见。床头柜上座机的电话线被人用刀片割断,听筒无力地悬在半空。对了,那时黑曜馆所有的电话线都被割断了,但听筒都乖乖地搭在电话机身上。被害人河源的剧本是他下一部将要投拍的电影的，是部侦探片，名叫《侠盗的遗产》，讲述民国时期一位硬汉侦探的故事。

河源对此类题材很感兴趣，他认为中国悬疑推理题材电影少，如果能完成一部高质量的侦探电影，那他将会达到事业上的另一座高峰，在商业性和艺术性之间达到一种平衡。他的偶像是美国导演希区柯克，而他则想成为中国的希区柯克。河源死亡的这间屋子被称为"密闭之屋"，整个房间没有窗户，犹如地下室一般。作为导演，河源算得上半个艺术家，他选择这间奇怪的屋子住下也可以理解。

第四个被发现的是刘国权医生。他的房间比较诡异，因为进入现场时，地上都是玻璃碎片。房间里的玻璃柜被打破了，橱柜里的香水和花瓶打翻了一地。不仅如此，在其他人的房间也有碎片，不少瓶子被砸碎在黑曜馆的一层、二层和三层。我们进馆闻到刺鼻的味道，恐怕就是这些香水吧。这个房间原来是古永辉妻子方慧用来存放世界各地搜集来的香水的。由于客房不够，所以被充当卧室，让刘国权暂时住在这里。顺带一提，河源对香水非常有研究，曾经在时尚杂志上开专栏，对法国香水的品种和品牌大谈特谈，俨然一副专家模样。在刘国权的包里面发现了一些日常用品，还有不少野外求生的用具，如瑞士军刀、罐头食物等，看来他还是个居安思危的人。他的裤子挂在门后，口袋中没有发现什么，只有一串钥匙，钥匙上有微型手电。刘国权的死因是外源性毒物中毒，化验结果表明，是刘国权服用了含有氰化钾的咖啡，导致呼吸障碍而死亡。那杯含有剧毒的咖啡则放在了他的床头，里面还留有半杯致命的液体。哦，还有件事我想提一提，也不知有没有用，他的包里有一张全家福照片，一家三口一起照的，有他的妻子和女儿。唉，真是可惜了。

最后一个被发现的死者,是女作家齐莉。她的死因系机械性窒息,疑似压迫颈项部所致死亡。凶手应该是用绳索将其勒杀的。死者手上有玫瑰味。死亡现场是在一层的图书室,齐莉的尸体靠在大门后方。奇怪的是,房间中央有两个书架,其中靠北的一面书架上所有的书都被拿下,丢弃在地上。电话线被凶手割断,听筒放在座机上。走进现场,像是踏入茫茫书海一般。图书室里有床,当夜齐莉应该是住在这里的,因为我们在房间里发现了她的衣物和日用品,还有一瓶进口的玫瑰护手霜,是和骆小玲同款的。奇怪的是,现场都是从书架上掉落的书籍,死者手边还有一支蓝色圆珠笔,笔尖的圆珠已经不见了。对了,圆珠笔边上还有个微型手电筒,只是没有装灯泡。

以上就是我们发现的五名被害者的情况。

很遗憾,由于天气寒冷,相继被害时间间隔短,被害者的遗体又遭到破坏,所以法医难以检验出准确的死亡时间。也就是说,我们也无法确定凶手杀人的时间顺序,真相恐怕只有当事人古永辉知道。

接下来,我再说说黑曜馆杀人事件其他古怪的地方。

第一,古永辉卧室的四面墙壁被人用红色的油漆涂满了。这个举动我非常在意,可想破脑袋也想不出其中的意义。凶手为何要大费周章地把房间涂成红色,而且是四面墙壁都涂上?后来我又考虑到,这会不会并非凶手所为,是馆内其他人干的?那为什么要这样呢?从油漆涂抹的形状来看,涂抹油漆的人是非常匆忙的,想来应该在很紧急的时间里完成了这项工作。但何以如此呢?真是百思不得其解。据说现在古永辉的房间还保持着二十年前案发时候的样子对吧?对,四面墙都是红色的,诡异得很。

第二,你们应该还记得我当初追捕古永辉时,他消失的那间屋子吧？照现在来看，就是三楼那间屋子。我们撞开房门后，屋子里什么人都没有，除了柜子和床这种基本家具，地上有不少随意丢弃的东西。尽管我不知道，这些线索对你们是否有帮助，我还是将其一一列出来吧！地上有篮球、银色的指甲钳、玻璃相框、扫帚、迷你电风扇、汉语大字典、口红、可乐瓶、旧毛毯、木质画板、铅笔等，最奇怪的是，还有一台东芝 T4900CT 的笔记本电脑。但由于电脑被水浸泡过，内部的主板硬盘都已报废，所以调不出有用的资料。我们甚至都不知道，这台笔记本电脑是属于哪个人的。凶手将这些物品丢弃在地上的意图是什么，我也搞不明白。这些东西中，玻璃相框虽然是有机玻璃制成，边缘也有些磨损的痕迹，篮球已经瘪了，看来很久没有人玩过，可乐瓶是个空瓶，毛毯是羊毛的，长宽七十厘米左右。

第三，也是媒体提过的，古永辉的十字韧带有伤，别说跑步，就连走路都很困难。若非他精神失常，绝对不会跑起来。可即使跑，也不会很快，最多像我们快走的速度。那段时间里，有许多专家质疑过我，认为我是因为太过紧张而产生幻觉，世界上不可能有人凭空消失在密室中。但我对天发誓，我绝对没有半句谎言。我真是亲眼看见他跑进房间，然后反锁住门逃走的。为了解决这个谜团，我尝试了各种方式，也请教了许多魔术师，在那种条件下，人能否突然消失？虽然解答多种多样，可都不能套用在这个案件中。对此，我感到非常沮丧。这世界上只有我自己知道，我没有撒谎。

第四，我们排除了外来犯罪的可能性。会不会有人偷偷潜入黑曜馆，然后杀人越货？首先，黑曜馆内并没有经济上的损失，小偷、强盗进入富豪邸宅，没理由不拿走一些值钱的东西。最重要的，是四周雪地上没有脚印，没有人离开过的迹象。杀人犯总不见得长着一对翅膀飞走吧？

实际上，我知道的情况基本就是这些。当然，我在这些年里也跑了不少地方，把这五个被害人的身世背景调查得清清楚楚，他们的仇家各不相同，没有交集，没有所有人同时得罪一个人的迹象。我找不到案子的切入口。我知道把古永辉当作凶手抓起来有些过于草率，可我们必须给社会一个交代。至于古阳，我在这里代表刑警队向你道歉。可我还是坚持自己的观点，你们不是警察，不能代替警察自己查案。这是很危险的，也是我一直担心的，就是……凶手还会再次回到这栋被诅咒的洋房之中。

事情已经过去二十年，但我还是觉得，那个血腥的杀人狂会回来的。怎么说呢，这可以称为刑警的直觉，而我的直觉一向很准。

如果你们相信我，就赶快离开这里！

越快越好！

2

我瞪大双眼，在床上辗转反侧，怎么也睡不着，脑子净是今天赵守仁警官所说的话。

——那个血腥的杀人狂会回来的。

打开床头灯，我用手肘支起身子，斜躺在床上，随手翻阅带来的小说。虽谈不上骨灰级的推理迷，但平时推理小说却没有少读。我最喜欢的侦探是美国作家埃勒里·奎因笔下同名的角色，他逻辑推理超群，通常依照现场一些缺失的小物件就能进行大段推演，最后得出唯一的真相。不知他要是来到黑曜馆，会是怎样一番景象，会不会在听取赵警官陈述后，立刻推出凶手的身份？

我又想到了同在馆内的专家们。

讨厌的魔术师朱建平、傲慢的物理学家郑学鸿、胆小怕事的精神科医师陶振坤，还有知性美丽的心理学家王芳仪……他们心里究竟在想什么？怎么看待这次黑曜馆之行？大家商议后，决定明天开一次案情讨论会，他们是否会继续调查这个案子？

当然，刑警赵守仁也会参加。当我把这个消息告诉陈爔时，他却满不在乎地摇手，说自己不去。

"我还有很多事要干。如果你想去听的话，你自己去吧。"

"你有什么事？"

"当然是赌约啦！我和那个警察都打赌了，三天之内必须解决案件。幸好今天有所收获，明天需要实地观察一下，基本就能证实我的想法了。你知道，在答案出现之后，还要经过反复验算，才能确定你所求的答案是否正确。接下来我要做的，就是实地考察。"

"你准备去死者的房间？"

"是啊，每一个都不能放过。韩晋，你有没有兴趣和我一起去？"

"有是有，但那个案情讨论会……"

"让他们去讨论吧！不过我可以向你保证，他们不会有结论的。"

"陈爔，我想问你一个问题。"

"说啊。"

"你认为古永辉是不是凶手？会不会是古阳自己太执着了？"

陈爔低下头，思考片刻后才道："我觉得古永辉并不是二十年前黑曜馆杀人事件的凶手，但当年的连环杀人事件和他一定有重大关联。不过现在说什么都是假设，待我把线索都掌握齐全，就可以开始推理了。"

我很佩服陈燏的自信，或许是因为从小到大都是优等生的关系。我做不到这点，这和性格有关。我大多时间懦弱不堪，从小也一直被别人欺负，不敢还以颜色，更别谈自信了。

口好渴，我给自己倒了一杯水。仰脖饮尽后，我发现自己又出了不少汗，于是脱去背心套上汗衫，离开了房间。我尽量放轻脚步，不把陈燏吵醒。其实我只想上天台透透气而已，这些天过得太压抑。我走出房间，发现外面似乎比冷气房更清爽，便小心翼翼地走上天台。雨渐渐小了，淅淅沥沥地下着。我站在黑曜馆的楼顶，淋着小雨，呼吸着清新的空气，享受这宁静的夜。

凉风习习，吹在身上非常舒适，我不由闭上双眼，张开双臂，像个迎着风的十字架。然而，就在我全身心放松的时刻，背后竟然传来了一阵诡异的笑声！

这笑声很清脆，我可以肯定，绝非王芳仪的声音。

顿时，我惊得头发竖起，身子一晃，差点儿没站稳摔下楼去。

原本就感觉这屋子阴气很重，半夜又遇到了女鬼，被她这么一笑，当真是魂飞魄散！

我立刻转身，但腿脚发软，竟一屁股坐在了地上。

然而出现在我眼前的并不是什么女鬼，而是一位年轻的女孩。她似乎被我的举动吓着了，瞪大双眼看我，有些不知所措。这女孩皮肤白皙，绸缎般的长发披在肩上，相貌十分秀丽，特别是她皱眉的模样，看得我心跳加速。

"我……我……你……你是谁？"我有些语无伦次地问。

"你是古阳请来的朋友吧？"那女孩手掌抚胸，神色也有些紧张。

"是的……你是……"

她听了我的回答，表情放松不少，笑着说："我叫祝丽欣，首次见面，请多多关照。"

"你好，我叫韩晋，是古阳先生朋友的朋友。"

我为自己狼狈的模样暗自懊悔，竟然在美少女面前丢脸，实在非我所愿。

祝丽欣似乎毫不在意，继续说道："刚才是我不对，不小心吓着韩先生了。我一个人在屋顶坐坐，谁知您突然走了上来，而且在楼顶做……古怪的动作，一时没有忍住，所以笑出声来。真是对不住！"说着，又朝我鞠躬致歉。

祝丽欣身材属于娇小型，配上略显幼态的长相，感觉比实际年龄应该小上不少。

"没……没事，我自己没站稳。"

我想到刚才在楼顶做伸展运动的样子，一定愚蠢透顶，不然怎么会惹得她发笑？我不由脸颊发烫起来。

"是查他父亲那个案子吧。"祝丽欣站到我身边，目测身高应该在一米五左右。

"对，就是二十年前，发生在这栋洋房的案子。"我回答道。其实我内心更关注的是她的身份。这次应古阳邀请而来的，都是些专家学者，为何会突然出现一个小女孩？但是直接问未免显得唐突，只得把问题往肚子里吞。

祝丽欣双眸凝视远方，幽幽道："我早和古阳说过，没用的……可他就是不放弃。"

我不知该如何回答，只是附和道："也许会有转机……"

"不可能的。"祝丽欣语气坚决地说，"你们在一层讨论的时候，我在楼上听得清清楚楚。那些专家都认为破案难度大，单凭一本童话能得出什么结论？而且是精神病写的东西，连基本的逻辑都弄不清楚！"

"他有他坚持的理由，我想旁人是不会明白的。"

"我知道啊……"祝丽欣的语气登时软了下来，"所以我才陪他来的嘛……"

"你们是？"我顺着她的话，试探性地问道。

"喔，忘了跟韩先生介绍，我是他的女朋友。"祝丽欣有些难为情地说，"你们在楼下讨论的时候，我在三楼房间里睡觉。今天有些不舒服，所以没下楼，请您不要见怪。"

听见这个消息，我的一颗心沉入海底，对古阳又是羡慕又是嫉妒。

我强颜欢笑道："哈哈，原来是女主人啊！古阳先生真是好福气。"我本想开个玩笑活跃一下气氛，谁知说了这么一句又愚蠢又油腻的傻话，真不知该怎么接下去。

雷声轰鸣。

雨越下越密，瞬间将站在天台的我俩打湿。

"快点下去吧，要下大雨了！"我对祝丽欣说。

她点点头，和我一起原路返回，抓着扶手下楼。

"韩先生，我先回房了。你也早点儿休息啊。"祝丽欣冲我莞尔一笑，然后转身回房。

我本想和她多聊几句，不过想到将来还有机会，便朝她挥手道别。

我的房间在二层，还得继续下楼。正当我迈开步子，准备走下楼梯时，忽然见到陶振坤跑了上来。他速度很快，一边跑一边不停往后看，根本没瞧见我，和我"嘭"的一下撞了个满怀。他的表情惊恐异常，像是在躲避什么极其恐怖的事情。

我们俩摔倒在地。他一见是我，表情倒放松了不少。

"陶医生,你没事吧?"我起身揉了揉屁股,刚才撞在楼梯的扶手上,生疼生疼的。

"没……没事……我去上厕所的,没关系。"他一股脑儿爬了起来,像是没事人一般,朝我摆摆手,跑回自己房里去了。

陶振坤的行为让我觉得非常奇怪,心想这个馆里就没有一个正常的人,天天一惊一乍的,迟早被他们吓出心脏病来。

我又想到了刚才在天台偶遇的祝丽欣,欣赏她的同时,又想起人家早已名花有主,心头不由感到一阵小小的失落。不过我也真心祝福她和古阳能够幸福下去。

从小到大,我的桃花缘一直不怎么样,喜欢的女孩子大多都不喜欢我。还好我心态比较健康,知道缘分这种事,不可强求,将来自己一定会遇到命中注定的那个人。

回到房间,我用毛巾擦拭了一下被雨水打湿的头发。擦完后,我将毛巾丢在一旁,拿起手表,一看已是凌晨一点。

"已经这么晚了啊……"

我脱掉汗衫,整个人横躺在床上,回忆着刚才与祝丽欣的相遇。胡思乱想之际,我感到眼皮渐渐变得沉重,不一会儿就睡着了。

3

翌日早晨,我被窗外的雨声吵醒。

睁开眼,窗外白茫茫的一片,倾盆之势的大雨哗哗地往下掉。我洗漱完后,披了件衬衫下楼。一层大厅里,柴叔已经准备好了早餐。我看见郑学鸿在桌边喝着咖啡,低头看着一本书。我朝他走过去,打了个招呼。

"郑教授，起这么早啊。"我在他对面坐下，柴叔问我需要喝什么，我说牛奶就可以。

"年纪大了，想多睡会儿也睡不着。与其在床上翻来覆去，不如早些起来。"郑教授说话的时候头也不抬。

学理科的人是不是都这么酷？我自顾自吃起早餐，眼睛瞥着楼梯处，不知道第三个起床的人是谁。在用餐的过程中，郑学鸿教授也没有说话，气氛显得很尴尬。我搜肠刮肚地想话题，之后发现我们之间根本没有共同语言。

在黑曜馆中，和这个怪老头能说上话的，恐怕也只有陈爔这个怪胎了。

"韩先生，你觉得那通电话是谁打的呢？"

吃过早餐，我起身准备告退，却被郑教授突然叫住。

我一时没有反应过来。"什么电话？"

郑学鸿将手中的书籍倒扣在餐桌上，然后摘下眼镜，将其置于书脊上面。接着，他缓缓说道："就是二十年前那通报警电话。"

这个问题我从没想过，经他这么一提，倒觉得饶有趣味。

报警时间是十二月十九日上午，那个时候除了古永辉本人外，馆内所有人都已经被杀。如果是古永辉报警，那也很奇怪，因为根据警方给出的消息，黑曜馆内的电话线都被割断，无法向外拨打电话。想到这儿，我感到从脚底涌出一丝凉意——难道这起连环杀人案，还有别人预先知晓？

郑学鸿笑了起来。"看来你也想到了，这件事很奇怪啊。"

"那郑教授您认为报警的人是谁呢？"

"从逻辑上来讲，应该只有古永辉本人才办得到。因为警方已经排除了外来犯罪的可能，那古永辉是如何报警的呢？有这几种情况：第一，雇用别人在约定的时间报警，报警人并不需要在案发现场；第二，或用大哥大①报警，只需要做一些技术上的处理，警方也难以追踪；第三，就是已被杀害的人事先设置某种机关来报警，这个有些异想天开，但也绝不是没有可能。"

"被杀的人为何要报警呢？他们怎么知道自己会被杀呢？"

郑学鸿笑道："你又怎么知道，他的死不是自己蓄谋已久？抑或先假死，再杀死同伴，再自杀呢？这种诡计很老套。至于凶手为什么这样做，动机是什么，只有上帝知道了。"

不愧是大学物理学教授，思路果然活跃。他所说的这些情况，为什么我就没想到？按照郑教授的推理，凶手很有可能先假装被杀，然后埋伏在暗处，将其他人一个个干掉，最后再回到自己房间，报警后自杀。而古永辉则一直被蒙在鼓里，惊恐到发疯。

"教授的想象力真让我惊叹！看来我们离破案又近了一步。"

不知何时，赵守仁从楼梯上走了下来，还鼓起掌来。可光是听他的口气，就知道这句话中嘲讽意味甚浓。

"我们学者，只会纸上谈兵，夸夸其谈很是拿手，实际操作哪里比得上赵队。赵队用了二十年时间没破的奇案，怎么可能我们随便讨论几句就得出答案的。"郑学鸿反唇相讥，特意在"二十年"这三个字上加重了语气。

赵守仁听他这么讲，面色一沉，眼看就要发作。

见现场气氛剑拔弩张，我赶忙出来打圆场："两位都是各自领域的专家，都是了不起的。赵队长你还没吃早饭吧，来，坐这儿，我去叫柴叔给你准备些吃的。"

赵守仁用力哼了一声，坐下后，身体转向我，不去看郑教

---

① 手提电话的俗称，一九八七年进入中国。它有硕大的机身，巨长的天线。最先研制出大哥大的是美国摩托罗拉公司的 Cooper 博士。

授。他对我说:"我们接到报警电话是十九日上午,按照刚才的理论,凶手就是十九日死的。这可奇怪了,虽然我们的法医无法判断前几天的死亡时间,可判断一个人是否刚死还是没什么问题的。这点基本常识都没有,我看也别当教授,回老家种地算了。"

他这话虽然对着我说,但明显是讲给郑教授听的。

"我只是提出一种可能性,也没说这就是真相!你这样有常识,怎么还破不了案!哦,不对,你们破案了。凶手是古永辉嘛。"

郑教授也是个暴脾气,一点就着,最后还不忘嘲讽一下赵守仁。

"你说什么!"赵守仁拍案而起。

"你想怎么样!难不成还把我抓起来?"郑学鸿将双手的手腕前伸,模仿被手铐铐住的样子,"你们警察抓凶手不行,冤枉好人的本领我可见识过!你是不是想说我就是二十年前杀人案的真凶?"

"我警告你,不许侮辱人民警察!"

"哪里有侮辱,我只是陈述事实而已!"

他们你来我往,争吵不休,我想劝解都插不进话。

"一大早就这么热闹,你们俩精神还真好!"

正当我苦恼不堪时,魔术师朱建平笑吟吟地从楼上走下来。他身后还跟着昨天夜里遇见的精神科医师陶振坤。陶振坤面色惨白,似乎对昨天的事还心有余悸。

见有其他人来,他们俩也各自回到座位上,不再说话。

朱建平走到我身边,笑着问:"韩先生,昨天睡得还不错吧?"

"睡得还行。"我看了一眼陶振坤,见他眼神闪躲。

"可见各位胆子都不小，住凶宅都能睡得香。"朱建平坐下后，问柴叔要了份早餐，"我就不行咯，昨天很晚才睡着。不过这栋房子真心不错，适合颐养天年。可惜我没古永辉这么土豪，不然也买一栋住着玩玩。"

没人搭理他，朱建平自己也觉得无趣，只得低头吃饭。

又过了半小时，祝丽欣挽着古阳的手出现在了餐厅，王芳仪也姗姗来迟，只有陈燔不知所终。我上楼去他房间找人，大门紧闭，叩半天也没人来应。

难道出门了？

我看着窗外的大雨，否定了这个想法。

"您在找陈教授吧？"正在打扫的柴叔问我。

"柴叔，今早你见过陈燔？"

"是嚯，他一大早就问我要了副馆的钥匙，一个人切了。"柴叔捂住嘴咳嗽。

"副馆？是不是要经过一段很长的甬道才能到达？"

"哎，副馆已经不住人了。原本是锁上的，陈教授执意要看，我就把钥匙给他了。"

"那我去副馆找他，多谢柴叔。"

得知陈燔去向后，我兴冲冲地跑下楼，直奔副馆。客厅里，古阳正与客人聊着什么，也没人在意我。要到达副馆，必须要经过观光通道。据说观光通道的内部原本是安装电灯和空调的，只是多年不用，电线老化，现在已经形同摆设。

通道很长，一直走也看不见尽头，幸好现在是白天，要是在晚上，恐怕得摸着墙，一步一步慢慢走才走得过去。通道的两边有窗户，但是不能从外打开，也无法从内部打开，整体是镶死的。我用手敲打玻璃，发出铿锵之声，看来这些窗户都是用有机玻璃制成的。

可以看出这里许久无人问津。

地上都是厚厚的灰尘，脚踏上去会留有鞋印，通道的角落里还有不少蜘蛛网。

“陈爝！”

我在通道里喊了一声，可只能听见自己的回音。

我继续往前走，不记得转了几个弯，终于出了通道，来到了黑曜馆的副馆。

副馆面积明显比主馆小很多，只有两间房和一间厕所。我走进靠内的房间，看见陈爝正趴在地上，寻找着什么。

“陈爝，我喊你怎么都不回应我？”我不满道。

他没有理会我，一会儿又钻到床底，不停翻找。大约过了十分钟，陈爝终于放弃了，站起身，用手指弹去尘土，对我说：“我看过赵守仁警官的那份案件报告，但是不放心，所以亲自来检查一下。果然没有‘那个’东西。”

“什么东西？”

“没什么大不了的，以后再解释给你听。”陈爝又恢复了往日那自负的模样，“好啦，边上是女明星骆小玲的房间，我刚才已经搜查过了，没什么值得注意的。我们先出去吧。还有好多地方要去调查呢！现在手头可供推理的线索还远远不够。”说罢便拖着我往外走。

“你怎么老是神神秘秘的，你究竟知道了些什么？”

“知道得可多呢！不过你放心，时机一到我一定会告诉你。”

“现在不能说吗？”

“不能。”陈爝干脆地回绝道。

他这个人就是这样，脾气很倔，他不肯说的话，谁都无法让他说。我只能悻悻然跟在他的身后。陈燨像是在思考什么，右手的拇指和食指不停搓着下巴，路上也没和我讲几句话。

过通道时，我被脚下的石块绊倒，狠狠地摔在了地上。

"这是什么鬼东西！"我跌倒后破口大骂。

原本平坦的水泥道路中间，忽然有一堆零散的碎石。碎石的中央有蜘蛛网状的裂纹，像是被人用锤子砸开的。陈燨显然注意到了什么，他在碎石边上蹲下身子，用手拨开碎块，端详了半天。

"碎石下有瓦斯管道。"他语气认真地说道，"似乎还有人修复过呢。"

陈燨站起身来，四处张望了一番。

"原来如此！"从他嘴里突然蹦出这四个字。

"你发现了什么？"我边拍打衣服上的灰尘边问，"这些碎石块难道和当年周伟成的命案有关？"

"韩晋，你变敏锐了。"陈燨露出神秘的笑容，"可以这么说。"

说真的，我完全不明白陈燨在做些什么以及想些什么。单凭这些碎石块，就能得出什么结论？太荒谬了吧！

"走吧，韩晋，我们还有很多事要做呢！"

陈燨自信满满地对我说道。

4

陈燨接下来拜访的房间是一层的图书室，亦即当年女作家齐莉住的房间。

这间屋子呈长方形。按照中国风水学的说法，这样格局的房子很不好，叫"穿心剑"格局，民谚云：前通后通，人财两空。房间的中央位置面对面放置着两大排书架，把屋子一分为二。这里虽然比不上我们在思南路的书房，却也颇有气势。书架上罩着一层灰蒙蒙的尘埃，看得出很久没人打理了。我这种爱书之人，看到后不免有些心痛。

陈燨站在门口东张西望，接着侧过身子从书架间穿过，来到窗口。

这间屋子的窗户很大，窗外的风景更是一绝，可以望见远处片片树林。若是可以偷闲坐在摇椅上，对着大窗读上几页小说，真是一种极致的享受。

除了原本放置在东侧的床位已被带走，其他和案发当时没有什么两样。

"为什么只把一面书架上的书都丢下来呢？"我在房间里来回踱步，思考着这个问题。

"这不是显而易见的嘛！"

"哪有！我完全不懂把书丢在地上是为了什么！而且只丢一面！"

陈燨摇头，看来并不同意我的观点。他说："韩晋，你记住，无论是死者还是凶手，从不会做无用的事。每个反常的举动，通常都是开启真相之门的钥匙。"

"那你告诉我，从这个房间里，你找到了什么线索？"

"太多了，你看这里。"他走近窗前，推开窗户，"窗台离地面很近啊，这个窗户简直和落地窗没什么两样。你看这间屋子，像不像有两扇门？"

雨水斜落进屋子，打湿了陈燨的上衣，可他毫不在意。

"好啦，我们去下一个现场，到青年导演河源的房间看看。"

我们走出图书室后,发现原本聚在餐桌边的众人不见了,只留下柴叔收拾餐具。

"他们人呢?"我走上前问柴叔。

"哦,都切三楼少爷的房间了,说是开个案情讨论会。刚才还满世界找你们呢!"

柴叔抬起手,指了指天花板,对我们说道。

"讨论会我们就不参加了,待会儿直接听结果。"陈燔拖着我道,"走,韩晋,我们去河源房间吧。"

陈燔似乎不屑与这些专家共同讨论问题,比起齐心协力破案,他似乎更喜欢单枪匹马。他从不相信人多好办事的说法,觉得人越多越容易成为乌合之众,做什么事都要糟。我则认为这种自负的态度很不好,劝过他好多次。

河源的房间可以说在黑曜馆中是最特别的。

特别之处在于它没有窗户,整个房间只有一扇门。当初建筑师为何这样设计,我们无从得知。莫非想留一个房间供馆主人冥想所用?倘若不开灯,整个屋子就是漆黑一片,只打开门的话,也看不清楚屋内的状况。像这种房间,打死我也不会住。身处其中有种强烈的压迫感,让我感到非常不舒服。如果硬要形容的话,就像是坐牢的感觉。

"果然铜墙铁壁啊!"

陈燔对着房间四处敲敲打打,发出由衷的感叹。

"我不喜欢这里。"

"是吗?你真没眼光,这儿多好啊!特别适合思考问题。"

"我认为出门散步的时候更能促进大脑的思考,把我关在这间屋子里我什么都想不了!"

"你错啦!散步时候会有各种信息阻碍你大脑分析数据的速

度。而在这样的房间里，你接触不到其他信息，迫使你专心对付一个难题。"

看得出，陈燨很喜欢这里。

房间里的东西都被收拾了，和之前的图书室比起来，显得很空洞。

陈燨扫视了一遍，便开始打哈欠。

"我果然不适合旅行，睡别人的床真是一种煎熬。"

"昨天没睡好吗？"

"嗯，根本睡不着。所以我又把古永辉的童话故事读了一遍。"

"有新发现吗？"

"暂时没有。"

听他这么说我很沮丧。

我们并肩走出所谓的"密闭之间"，听见楼上争执声不断。看来他们的讨论相当热烈，两方各执一词互不相让。我突然挂念起了祝丽欣，不知道她现在怎么样了，于是便对陈燨说道："不如我们上楼听听，或许会对你有所帮助。"

不等他答应，我便拽着他的衣服上了楼。

古阳房间内的讨论声大到站在楼梯口就能听见。我和陈燨推门进屋，发现赵守仁正和朱建平争论不休！古阳一副萎靡的样子躺在椅子上，他身边的祝丽欣瞧见我们，朝我微微颔首。郑学鸿低头看书，王芳仪则认真倾听他们双方的言论。我环视一周，没有看见那个精神科的医生陶振坤。

房间里的四面墙壁都是鲜红色的，看来传说是真的。古阳没有让修整房屋的工程队铲去油漆，而是保留它原来的样貌。从纹路来看，这人的手法非常生疏，恐怕以前从未干过油漆工，涂色也不均匀，有些地方很深，有些地方很浅。从美学上讲，毫无优点，就像是一个三四岁小孩的涂鸦作品。

"总而言之，你所有的推测都站不住脚！"

当我回过神来，赵守仁进行了总结性的发言，彻底否决了朱建平的推理。

"他刚才说什么来着？"我坐到祝丽欣身旁，低声问道。

"朱建平先生认为凶手是一位与古阳父亲古永辉长得非常相像的人。他将古阳的父亲囚禁在某处，并对其进行虐待，致使古永辉先生精神失常。然后凶手在馆内肆意杀人，并用了一个魔术手法消失在房间里。古永辉先生因为从监禁处逃离，最后被值班的警察抓住。而关于这点，那位假古永辉万万没有想到，所以就造成了这个双重不可能犯罪。"

"就算他的推理是真的，那么假扮古永辉的家伙是怎样从众目睽睽之下消失的？"

"他说有好几种方法。比如先在屋子里放置警服，然后躲在门口，待警察冲入房间后迅速混入其中；或者利用滑翔翼从窗口离开房间；又或者在他消失的房间内有暗道……不过，朱建平先生的种种推理都被赵警官一一驳倒。他们现在正闹得不可开交呢！"

祝丽欣微微皱眉，秋波一转，长长的睫毛随着眨眼动作一颤一颤。

我赶紧别过头去，不敢多看，同时也不希望别人发现，尤其是古阳。要是惹出不必要的误会，那可就麻烦了。

"这件案子非常奇特，如果你坚持自己那套办案方法，用僵化的思路来考虑问题，永远都解决不了！"朱建平气得涨红了脸。

"你干脆说古永辉是被彼得潘带走得了！"赵守仁说完，又跟了一句,"不切实际!"

"那我给你一个切合实际的解答!"

"什么?"

"就是你在撒谎!根本没有什么密室消失事件!所有的一切都是你胡编乱造出来的!"朱建平声嘶力竭地喊道。

"我没有撒谎!"

"你撒谎!"

"我没有!"

"够了!"古阳蓦地站起身来,脸色难看至极,"我找各位来,是为了让大家同舟共济,一起帮忙破案,而不是互相掐架。什么事都可以讨论,为什么要搞成这样呢?今天的会议到此结束吧。不好意思,请大家出去,我想一个人冷静冷静。"

赵守仁第一个甩门离开,盖不住脸上的愤愤之色。紧跟着他离开的是魔术师朱建平,刚才受到警官的质疑,可能让他心里很不爽,脸色比赵守仁好不到哪里去。

陈燔临走时,用手拍了拍古阳的肩膀,没有说话。古阳抬头看他,似乎明白陈燔的意思,点头道:"放心,我没事。"

我在一旁看着祝丽欣,她低着头离开了房间。

"你们刚才去哪儿了?"王芳仪走到我身边,"怎么一早上都见不到人影?"在王芳仪与我说话的间隙,我看见陶振坤满面愁容地快步离开,似有心事一般。

我只是瞟了他一眼,并没有多想。

"也没啥,就是陪陈燔四处逛逛。"

对于王芳仪的疑问,我随口敷衍道。

待所有人离开后,我最后悄悄退出房间,准备关门。我看见古阳蜷缩在沙发上,把脸埋进围抱在胸前的双臂之间,肩膀微微抽动。

他在哭泣。

那个时候我还不知道,这是大家见到古阳的最后一面。

第四章

1

古阳把自己锁在房间里,剩下我们几个在一层的客厅里百无聊赖。

朱建平建议玩扑克牌,陶振坤也表示同意,起身和柴叔一起去取牌。陈燏和郑学鸿教授一起去了图书室,他们俩之间总有聊不完的话题。郑教授听闻陈燏远离学术界后,表示非常惋惜。得知他年纪轻轻便待业在家,便自告奋勇地向他推荐去某所大学任教。陈燏没有立刻回绝,只说容他考虑考虑。

陶振坤将牌拿来后,朱建平、王芳仪和我便围拢在茶几边上,加入了扑克牌游戏。祝丽欣在我们边上看了十多分钟,我邀请她一起,她摇摇头说感觉有些累了,想上楼休息,说完就一个人走上了楼梯。赵守仁则坐在沙发上,什么都不做,看我们打牌。

我很好奇刑警的工作,就和赵守仁警官聊了起来。我问他平日里有没有接触过什么疑难奇案,可以说出来给大家听听。他说哪有那么多奇案,大多凶杀案都是熟人犯罪,动机不是为了钱就是为了情。不过他也提到,从前有个把自己化装成马戏团小丑的罪犯到处作案,后来去公安局自首,鉴定下来是个精神病。

谁知道四年前又从监狱里消失，到现在还没找到，队里有个姓潘的老刑警盯这个案子很久，到现在还没有头绪。我好奇心顿生，忙追问这个罪犯的详细情况，但赵守仁表示不能多说，于是作罢。

午饭相对简单，柴叔做了些三明治给我们。我胡乱吃了几片，继续打牌。游戏的时间总过得很快，不知不觉就到了下午。祝丽欣睡过午觉，精神比上午好了许多。她见我们还在打牌，显得有些吃惊。这时陈燨和郑教授也回到了客厅，大家围坐在一起，有一搭没一搭地闲聊。

"这雨好像不会停了。"王芳仪望着窗外，叹息出声，"大后天我还有个会，不知能不能赶得上。"

"就当度假嘛，大家平时哪有闲情雅致来这种地方。不过话说回来，这栋房子还真是不错，在这儿住一辈子我也愿意。"

朱建平说话间，手指不停地拨弄着纸牌，一会儿让它消失，一会儿又让它现身。

"是啊，要不是下雨，我们就出馆走走，你瞧这四周风景多美。"陶振坤表示同意。

"哼，这是一栋被诅咒过的房子！亏你们还赞美它！"赵守仁冷笑道。

所有人的视线集中在他脸上，似乎对他这大煞风景的言论有所不满。

"亏你还是警察，竟然相信'诅咒'这种无稽之谈。"朱建平嘲讽道。

"难道你们不觉得这栋黑曜馆很阴森吗？"赵守仁一一扫视每个人的脸，"我总觉得还会有事发生。现在要走的话还来得及。"

我看见祝丽欣缩紧脖子，显得有些害怕。

"你如果怕出事的话，完全可以离开黑曜馆啊！我想这里没人会拦住你的。"朱建平吹了声口哨，满不在乎地说，"如果你嫌外面下雨不方便的话，我们借给你雨衣或者伞。"

赵守仁眼神锐利地瞪视朱建平，像要将他生吞活剥。反观朱建平却一脸得意，手中玩弄扑克，一副吊儿郎当、无所谓的模样。别说赵守仁，就连我都对他的言行举止非常反感。真想把他丢出黑曜馆。真搞不懂，为什么这样的人会受到众多魔术爱好者的喜欢。

"赵警官，我想再确认一个问题。"

说话的人是陈燏。

"什么？"

"十二月十九日下午，你进入黑曜馆后，追踪古永辉上了三楼，然后他跑进一个房间了是不是？"

"没错。"

"三楼的哪个房间？"

"之前我说过，按照现在的情况来说，是祝小姐所住的房间。"赵守仁交抱双臂，认真地回答道。

"当时你们搜查了黑曜馆所有房间吗？"

"是的，在五公里外追捕到古永辉后，我们对黑曜馆进行了一次地毯式的大搜索。"

"除了你以前和我讲过的线索，还有什么发现吗？"

"没有。"

陈燏低下头，陷入沉思之中。

祝丽欣推了推我，颦眉道："他刚才说的是真的吗？是在我的房间……"

看来她非常在意这件事。

我只能安慰她说:"没事,古永辉只是从你的房间消失而已,其实是逃走了,只不过他逃走的方法警察还没能调查清楚。又不是死在房间里,不用害怕的。"

祝丽欣用略显僵硬的语气"嗯"了一声,显然没有释怀。

墙上的时钟指着十八时。

肚子已经开始咕咕叫了,朱建平建议先祭五脏庙,柴叔说晚餐马上就能做好,然后走进厨房。我、陈燔、郑教授和王芳仪四人已就座,边喝着咖啡边聊天。祝丽欣环视我们一圈,说:"古阳一天没有吃东西了,我去叫他下楼吧。"

我看她憔悴的样子,心中有些不忍,于是劝她坐下,然后说:"你坐在这儿,我去吧。"

这时,柴叔端着菜肴走出厨房,将各种食物堆在桌上,看上去非常丰富。食物的气味刺激着我的鼻腔,肚子更饿了。

"你们先用餐,我切叫少爷。"

柴叔用胸前的白色围兜擦了擦手,转身上楼。因为答应过祝丽欣,所以我只能跟在他身后,一起上楼。

我跟在柴叔背后,整个人像失去灵魂一样。看见祝丽欣担忧古阳的神情,我的心就隐隐作痛。在此之前,我是不相信一见钟情的。没有感情基础的爱情能叫爱情吗?或许有人会说,是因为祝丽欣的美貌,所以我才这样。可我认为这不是事实。我虽没多大见识,可见过的美女不算少,比祝丽欣漂亮的也大有人在。

但我偏偏就忘不了她,内心有种为她做任何事都可以的冲动。

可我知道这是不可能的,不论从哪方面来讲,我都无法与古阳相比。所以,我只能默默地暗恋她,希望她过得好。

也不知跟着柴叔走了多久,我们来到古阳的房间门口。柴叔先是用指关节轻轻叩门，轻轻叫了两声"少爷"。我似乎听见房里有动静，可还是没有人开门。于是，我握着门把手往里推，门吱嘎一声打开了，原来没锁。

我紧握把手，继续往里推，可突然有股力量阻止了我。

防盗门链。

原来古阳从屋内挂了防盗门链。我想起了自己房间也装有这种门链。门链的链扣装在房门背面离门边不远的地方，滑链的一端固定在门框上，另一端是活动的，能插入到门背上的链扣中锁定。当挂上防盗链时，人是无法通过的，门最大只能打开到五到八厘米，手也无法从门口伸进去够到门背的链扣，这就保证了在主人在开门确认来访者身份时，不会遭到对方的突然袭击。

"古阳，我是韩晋。"我把脸凑近门和门框的中间，对着空隙喊道。

柴叔此时站在我的背后，轻咳了几声，才道："少爷，是我和韩先生，请你开门。"

"我知道了。"房里传来古阳的声音。

"你几时下来呢？"我又向门缝里喊了一声，过了好一会儿，不见屋里有任何反应。古阳不再理会我们。

"古阳？"

他还是没有说话。

"可能是睡着了。"我转头对身后的柴叔说道，"让他再睡一会儿吧，我们给他留点饭菜。我看他是身心俱疲，撑不下去了。"我想，刚才听见屋内的动静，或许就是古阳在床上翻身时发出的，所以并不在意。

我们下楼后，把楼上的情况讲了一下。大家也没有说什么便开始用餐。可能是中午吃的三明治不耐饥，大家都显示出了旺盛的食欲，不一会儿就将柴叔准备的菜肴消灭干净。吃过晚餐，柴叔又去厨房给各位准备了一些水果。

祝丽欣整晚心不在焉，不时把目光投向楼上。我知道她的心思，毕竟一整天没有见到古阳，作为女友，担心也在所难免。

就这样又过了两个多小时。

临近十点，古阳还是没有下楼的迹象。

"我还是上楼去看看吧。"坐立不安的祝丽欣站起身，"他一整天没吃东西，这样会把身体饿坏的。"

"我陪你一起上去看看吧！"

我刚想开口，没想到陶振坤竟抢在我之前说了这句话。

祝丽欣默默地点头，然后走上楼梯。为了不让自己的举动看起来太过明显，我只能目送他们俩上楼。又过了十分钟，只见陶振坤一路小跑下楼，神色紧张地说："大家快上来看看，我觉得有些不对劲。"祝丽欣一直在他身后不停地颤抖。

见他们这副模样，直觉告诉我大事不妙，异样的感觉爬满全身。我把视线投向陈燨。他立刻行动起来，放下手中的杯子，小跑上了楼梯。紧跟陈燨的是赵守仁警官，只见他眉头紧锁，一脸似乎早就料到会发生事件的表情。我也不甘落后，紧跟着他们。

跑上楼后，我已是满头大汗。只见赵守仁推着门，大声喊道："古阳！古阳！你听得到吗？你在里面吗？"尽管有门缝，但视线还是受阻，看不清房内的情况。

陈燨推开赵守仁，然后抬起腿，一脚蹬在门上！

那防盗铁链异常坚固，只是绷了一下，并没有断开。

陈燨对着楼下喊道："柴叔，有没有铁钳？"

柴叔快步上楼，满头大汗地将铁钳递给陈燨，双手还在颤抖。

"让我来！"

赵守仁接过陈燔递来的铁钳，握住手柄，把上下钳嘴对准防盗铁链，然后开始使劲！随着"咔嚓"一声响，那条铁链被夹断为两节，赵守仁把铁钳换到右手，左手握住门把，轻轻把房门推开。

时间好像在那一刻冻结了。

门一寸寸被推开，门缝的空隙越来越大，直到整个屋内的情况尽收眼底。

古阳俯卧在屋子中央的位置，在他脖子后方，也就是颈椎的位置，裂开了一道血红的口子。看起来是被利刃刺伤的。鲜血流了满地，以他脖颈为中心四散开来。鲜血的红色和四面鲜红的墙壁混合成一片，令人目眩。我永远无法忘记这个现场，犹如一场庄重的仪式，一场黑色的弥撒，让我双腿不自觉地战栗，只能扶着门框才能站稳。

原来人的血可以流这么多！

我从不知道人类的血液有这么多！

胃开始痉挛，我闭上眼，扭过头，不再去看古阳。我生怕在他面前呕吐。

"不许进来！谁都不许进来！"赵守仁见到这个情况，朝我们大吼一声。接着，他迅速从口袋中掏出一双白色手套，熟练地戴上，然后脱下鞋子，走近古阳。他蹲下身子，把手指紧贴古阳的颈动脉，然后又趴下，小心翼翼地翻开古阳的眼皮，用随身携带的手电筒照射他的眼球。

"可恶！"他一拳捶在地板上，怒吼道，"我他妈早说会出事！会出事！你们看！"

死一般的寂静。所有人都被眼前的景象惊呆了。

大家站在原地，或惊愕、或哭泣、或愤怒、或无助。就连平素一向处事不惊的陈燏，此刻都呆若木鸡，站在原地看着他已死去的好友。我从没见过他这种表情，眼角抽动，口唇微张，却什么都说不出来。

"啊啊啊啊啊啊啊啊——"

我闻声望去，看见祝丽欣眼睛直勾勾地盯着古阳的尸首。撕心裂肺的尖叫传遍黑曜馆。

2

"防盗门链确实挂着，这点我们所有人都可以证明。想从外面挂上门链是不可能的，也就是说，确实是古阳自己干的。房间里有四扇窗户，其中有一扇是落地窗。无一例外，窗户的锁都从内部扣紧，所用的是常见的月牙锁。现场没有强行进入的痕迹，唯一能对古阳进行攻击的位置，只有防盗门链这边五厘米宽的空隙。所以我怀疑凶手是将持刀的手伸入门缝空隙间，杀害古阳的。"

赵守仁双手负在身后，在客厅来回走动。一会儿他又坐回沙发，用笔在本子上认真地做着记录。

"我觉得不可能。"

郑学鸿教授坐在赵守仁的身边，对他刚才的推理提出了质疑。

赵守仁放下笔，问道："为什么不可能？"

"我们来做个试验吧。"郑学鸿走到杂物间门口，"假设我在门内，你在门外隔着防盗门链试图用匕首杀死我，我们来演练一次。"

郑学鸿走进杂物间，然后将门合上，只留一条五厘米左右的空隙。赵守仁站在门外，以手中的水笔代刀，假意刺向身在房内的郑学鸿。可是,除非郑学鸿把脖子凑得很近,不然根本刺不准。试了几次,结果让赵守仁非常失望。他说:"会不会是凶手一把揪住古阳的衣领,把他拖到门链处杀死的?"

"你这个假设也有可能,我们来做个实验。你揪住我的衣领。"

郑学鸿把脸凑近门口,赵守仁一把抓住他的衣领,可刚想往外拖,郑学鸿就立刻用手掌托住大门,赵守仁一试之下竟未成功,于是手上加力,郑学鸿也使劲抵住房门。两人就这么僵持了一会儿,赵守仁终于放弃了。

"果然还是不行啊,况且如果古阳和凶手这样相互牵制的话,他还可以向在楼下的我们呼救。"赵守仁显得有些失望。

郑学鸿从口袋里取出手绢,擦了擦脸上的汗水,说道:"而且,死者中刀的部位非常奇怪,是在脖颈背后。如果像刚才那样,即便你抓住我的衣领,硬拉到门口刺杀,伤口也应该是在喉咙位置。"

不愧是物理学家,考虑问题相当全面,站在一旁观看这场实验的我真想为他鼓掌。

"那凶手到底是怎么办到的?"赵守仁无法让自己对这案子坐视不理。这栋黑曜馆仿佛有种异常的气味,令他感到焦躁不安。而刚才和郑学鸿教授的实验,更令他深信一件事,这栋房子是被诅咒过的。

"密室杀人……"我喃喃自语道。

"你说什么?"郑学鸿皱起眉头。

"是推理小说中不可能犯罪的一种类型,意为表象和逻辑上都不可能发生的犯罪行为,亦即上锁的房间中有人被杀。古阳在反锁的房间中被残忍杀害,而凶手却使用了一种我们尚不明了的方法离开了现场。这难道不是密室杀人吗?"

我感到自己的声音在颤抖,没想到竟然会目睹这种只存在于小说和电影中的杀人手法。

大家都没有说话,仿佛被这道凶手布置的谜题难住了。

"糟了!坏事了!"朱建平从远处跑来,涨红了脸,"电话线都被割断了!下这样的暴雨,手机也没有信号,我们没法报警!混蛋,快去看看我们的车!"

"不用看了。"陈燔顶着一头湿漉漉的头发,朝我们缓步走来,"我刚才出门检查了一下,汽车的轮胎都被刀割破了。"

"怎么可能?"

楼上传来一阵骚动,王芳仪、祝丽欣和陶振坤三人走了下来。他们听见我们的对话,脸色显得苍白。见到柴叔,王芳仪忙问:"柴叔,这里还有没有可以和外部联系的方法?手机没有信号,电脑可以上网吗?"

"网线也被割断了。"陈燔苦笑道,"下手真是毫不留情。"

"这个变态,究竟想干什么!到底是谁把我们困在这里?有种站出来!"

朱建平已经失去理智,开始对着四周吼叫。其实,这是他内心极度恐惧状态下的一个本能反应,越是没有,就越要假装强大。动物界里有很多这种例子,比如河豚遇到危险时,就会把自己吹成一个气球。

"他已经站出来了。"陈燔耸耸肩,无奈地说,"虽然我不想下此结论,可是很显然,凶手就在我们之中。"

客厅一片哗然,像是炸开锅般,众人纷纷把矛头对准陈燔,开始质问起来。听他这么说,就连我也吃惊不小。我环视身边这些人,哪里有杀人犯的影子?我们这两天都在同一张桌上吃饭聊天,怎么转眼就变成杀人不眨眼的凶手了?

"你为什么这样讲?"朱建平伸手指着陈燏的脸,咄咄逼人地问道,"你得拿出证据来!"

郑学鸿把朱建平的手按下,语气平缓地说:"陈燏也没有胡说。黑曜馆说小不小,说大也不大,这两天要是藏个大活人,想必也逃不过我们的眼睛,对不对?那如果他是躲在馆外,就算披着雨衣,馆外都是泥地,进入馆内总会留下脚印吧?而古阳房间门口的地板是干净的,试问一个从大雨中溜进黑曜馆的人,怎么会不留下脚印呢?"

听了郑学鸿的解释,所有人你看我、我看你,气氛瞬时紧张起来。

这种相互不信任感如果蔓延开来,将是致命的,也是凶手最乐意看到的。毕竟,你无法确定身边谁才是凶手,因为谁都有可能。

"那现在怎么办?"王芳仪看着陈燏,眼中充满了恐惧。尽管身为公安局的犯罪心理顾问,可身临犯罪现场、直面死亡,对于她来讲还是第一次。我能理解她。

"凶手故意将我们困在黑曜馆,我大致能猜到他想做什么。"陈燏平静地说。

"他想做什么?"王芳仪明知故问。

"复制二十年前的那场杀戮。"陈燏叹息道,"恐怕这是唯一的答案了。"

朱建平大喊一声,突然转身冲向大门,刚跑几步便被他身边的陶振坤拦下。朱建平见被人抱住,发急大喊:"放开我!我可不想死!我要离开这个地方,这个鬼地方!"

赵守仁厉声喝道:"你这样走出去等于送死!"

"送死也比在这儿等死强！"朱建平用力挣脱陶振坤，用手指着赵守仁骂道，"你这个废物，身为警察竟然连一个凶手都阻止不了，还害死了古阳！"

"别废话！我不准你出去！"赵守仁拦住大门，"谁都不准出去！"

朱建平索性一屁股坐在地上，以表示他对赵守仁的抗议。

"两天之后，会有人来送食物。大家只要坚持到那个时候，就能获救了。"柴叔上前一步，对众人说道。

"还要等两天？太久了吧！"朱建平哭丧着脸道。

"每周都会有专车送新鲜的食材来黑曜馆，上周刚来过，这周还得等到两天之后。"

"那个杀人狂就在我们之中，你还让我们等两天？人都被杀死了！你忘记当年黑曜馆的惨剧了？古永辉三天之内连杀五人！"朱建平带着哭腔吼道。

啪的一声，只见祝丽欣冲上前去，伸手抽了朱建平一个响亮的耳光！

不止朱建平，所有人都惊呆了！大家从未想过文静如祝丽欣，也会发狠打人。我怕朱建平还手，立刻挡在他们俩中间。

"你为什么要打我！"朱建平捂着脸，骂骂咧咧。

祝丽欣已哭成了泪人，她用手指着朱建平，用近乎颤抖的声音说道："我说第一遍，也是最后一遍，古阳的父亲不是杀人凶手，古阳也不是杀人凶手的儿子！你们谁要是再敢污蔑他们，我就跟你们拼了！"

我给王芳仪使了个眼色，现在祝丽欣已经情绪失控，再让她待下去不知要闹出什么事来，希望她能带祝丽欣上楼回房休息。王芳仪也很机灵，见我眨眼，立刻挽住祝丽欣的手臂，与她耳语几句，然后半拖半就地带她走上了楼。

"我有个问题。"我举起手来，所有人都看着我，于是我继续道，"我和柴叔上楼的时候，大家都守在一层吧？那时候我和古阳对话，他都还回应我，说明那个时候古阳活着。可是，当我下楼，换祝丽欣他们上楼时，古阳却死了。如果凶手真在我们之中，那他到底是如何办到的呢？隔空杀人吗……"

"简直就是魔法……"不知谁说了一句。

"真是一团糟！"郑学鸿取下眼镜，用右手拇指按摩太阳穴。

赵守仁闭上眼睛，叹了一口长气。"事到如今，只能等到两天之后再说了。这些天大家最好都聚在一起，尽量别单独行动。晚上睡觉的时候，一定要把卧室门锁好……"

"还锁好？古阳就是锁好门被干掉的！"朱建平冷笑道。

赵守仁不理他，继续说："如果看见什么奇怪的人，奇怪的事，第一时间向我报告。陈燔，你的侦探游戏也到此为止了。我现在最关心的不是二十年前的案子，而是现下这个案子。办案破案不是你的事，你好好做你的数学老师就行。现在，我命令你们所有人，一切听从我的指挥！"

"买一送一。"

陈燔嘴里突然冒出一句莫名其妙的话。

"什么买一送一？你在说什么？"赵守仁也感到很奇怪。

"既然我和你打赌能在三天之内破获二十年前的连环杀人案，不如再多送你一个二十年后的密室杀人案。这个凶手彻底惹恼我了，我现在非常非常的生气。"

陈燔转过身朝楼梯走去，他的表情变了，我从没见过他这种表情，有种复杂的情绪在里面，不单单是愤怒。

"陈燔，我警告你，你要是胆敢……"

"一天！"陈燨转过身直视赵守仁，然后竖起了食指，"一天之后，我将会亲自把那个浑蛋从人堆里揪出来！"

3

昨夜的情景一直在我脑海中回荡，以至于我失眠至凌晨三点后才睡着。

我起床的时候是早上九点半，下楼就看见柴叔准备好的早餐放在桌上。柴叔告诉我，其他人都把食物拿回房间里吃了，也许是因为对凶手的不确定性感到恐惧，毕竟在你对面一起进餐的人或许就是把刀子插进古阳颈椎的那个人。另外，凶器还没有找到。我问柴叔陈燨有没有下楼拿过早饭，柴叔说没有，于是我拿了两份早餐，上楼去找陈燨。

陈燨房间的门没有锁，我双手端着盘子，用肩膀抵开门，走了进去。

房间里有些灰暗。陈燨把厚厚的窗帘都给拉上了。我看见他蹲坐在地上，似乎在思考着什么。我拉开窗帘，发现墙上贴着一张张纸，纸上是陈燨用水笔写下的数学公式和符号，还有许多方程式，可惜我都看不懂。地上也有好多纸，有不少被他揉成一团随手扔在地上。显然，废纸篓里已经堆不下那么多草稿了。我感觉他似乎把黑曜馆所有的纸张都带进了这间屋子。

水笔沙沙作响，他似乎还在写着什么。

他这是在自虐。

"陈燨，先吃点东西吧。"我指着盘子里的食物对他说，"看你的黑眼圈，又一夜没睡？"

仿佛没听见我说话一般，陈燨仍低着头，微微张开嘴。

这是他的习惯,每当他思考问题的时候,总会是这副表情。他喜欢把自己关在小黑屋里,用手电筒照明,做着他那永远做不完的数学运算。我随手捡起一张白纸,看着纸上那些奇怪的符号,仿佛是另一个世界的语言。

"你总要吃点东西吧?"我对他说,"古阳的死不是你的责任,我们都不想的!我知道你很聪明,但……"

"古阳的死是我的责任,他让我来这儿,是想让我帮他。可是我却眼睁睁地看着他死。是我的错,如果我能早一步预料到的话,古阳就不会出事……"

陈燔抬头看着我,脸颊一夜之间长出许多胡楂。

"陈燔,你是人,你不是神!你怎么能预料到凶手会对他动手?"

"不需要安慰我。"

"你有没有想过,如果身体累垮了,那谁来替古阳报仇呢?"

"我必须阻止犯罪再次发生。对了,还有密室。"

陈燔突然站起来,看着前方,视线有些恍惚。

"你必须吃饭。"

我拽着陈燔,把他按在椅子上,然后将食物放置在他的面前。

"太奇怪了,我总觉得这个案子有古怪,但一时半会儿又说不上来哪里怪……"陈燔看着食物,喃喃自语。

我无意打断陈燔的思考,闪身退到一边。虽然来黑曜馆之前就听过二十年前那诡异的密室消失事件,可真当自己碰上密室杀人案时,内心的感觉又是另一回事。眼下我们的处境非常危险,保不准凶手下一个目标是谁。但是,陈燔似乎并没有在意这些,而是全身心投入破解凶手留下的谜题中。

包括这次的密室杀人事件。

那天我们打牌打了一个下午，在我的印象里，几乎没有人单独离开过。上过三楼的似乎也只有我、柴叔、祝丽欣和陶振坤。

"韩晋，陪我去一次现场。"

陈燔碰都没碰那份食物，站起身就要走。

我再次把他按在椅子上，对他说："你要是不把这些吃了，休想离开房间。"

陈燔见我如此执着，低头把盘子里的东西吃了。他根本没心思吃饭，狼吞虎咽后一抹嘴，拖着我便往外走。我们上了三层，来到了古阳的房间。古阳的遗体被赵守仁用床单盖住，保持着被害时的模样。赵守仁还拍了不少现场照片，以防一些线索被时间淹没。作为一名刑警，他还算专业、称职。

古阳的房间是黑曜馆里最大的。古阳平时不爱收拾东西，所以房间里东西堆得很乱，无论床上、桌上还是沙发上。古阳是半个月前搬来黑曜馆的，据说当时古阳的母亲非常反对，但在他强烈要求下，也只能勉强同意。谁知此行母子竟会阴阳两隔，如此看来，这栋黑曜馆果然是古家的不祥之物。

"打起精神来！我们要彻底检查这间屋子！"陈燔突然一扫之前的阴郁，斗志昂扬地说道。我已经习惯他一天变换多种情绪的状态了。

陈燔又对躺在地上的古阳的遗体说道："你放心，答应你的事我一定会做到。你父亲确实是无辜的，但二十年前的凶手究竟是谁，我还难以确认。不过只要我得到答案，一定会向全世界公布，以证明你父亲的清白。"

倒霉的我只能跟着他，从地板开始，一寸一寸地检查整个房间。

首先要确定的是房间有没有暗道。因为黑曜馆的特殊性，建造这栋馆时，设计师会不会故意留有逃生用的暗道，这点是我比较在意的。为了消除疑虑，我们或敲或打，慢慢摸索，花了两个多小时的时间，排除了存在暗道的可能性。没有暗道，整个房间严丝合缝，那凶手是如何进入房间的呢？

我们又把目光投向了从内锁住的窗户。

之前提到过，古阳的房间里有四扇窗，其中包括一扇落地窗和三扇普通的窗户。窗户的材质是铝合金，从内往外推开。锁是月牙锁，旋转之后可以扣上。落地窗是镶死在地面的，无法打开。我尝试用线捆住一头，在外部操作，看看能否从外部将窗户锁上。但是和推理小说中所写的情形不符，这种扯线的诡计几乎很难成功，不是打滑就是扯断，根本没法从外部把窗户锁上。于是这条路也被堵住了。

我们继续寻找答案。剩下还有防盗门链可以动手脚，这也是我们最后的希望。

"我曾经在一本推理小说中读到过这样的情节，其实防盗门链早就断了，只是用一根铁丝捆住链条而已。因为铁丝体积小，又不容易被发现，所以大家闯入密室后都没察觉。这时凶手才慢悠悠地把铁丝收走，消灭证据。"

我说出了自己的想法。

"不太可能。我记得我用力踹过大门，如果真是用你所说的方法，链条上的铁丝一定会变形，在门口守候的赵警官就会发现。即便没有发现，最后用大力铁钳夹断门链时也会看见。而且这个诡计太冒险了，成功率太低。凶手是个谨小慎微的家伙，他不会冒这个险。"

"那凶手会不会是用吸铁石从外部控制，隔着门把链条塞进扣槽中？"

"韩晋,你的想象力越来越丰富了,可是你看看门的厚度……抱歉你又猜错了。"

"好难啊,凶手为何要大费周章地制造一间密室?"我垂头丧气地说。

"也许他想摧毁我们所有人的意志。"陈爔抚摸着墙上的红漆,低声喃喃道,"单纯的杀人事件还不足以毁掉我们,但是如果发生一件人力无法企及的案子,那我们就会把科学解释不了的现象归咎于鬼神身上。试想,人类又如何对抗鬼神呢?这会让人产生一种无助感,负面情绪激增,沮丧、懊恼、伤心、抱怨,最后放弃挣扎,任人摆布。密室杀人对我们来说,是一种震慑,是一种威胁。"

"陈爔……"我上前一步。

"我讨厌被威胁。"陈爔接着说道。

4

祝丽欣房间的结构跟隔壁王芳仪教授的房间一样,大小也差不多。靠右手的墙壁上,悬挂着一个非常漂亮的时钟,时钟两侧有紫色的水晶点缀其中。房间墙纸也是重新贴上去的,可能是考虑到会有客人来,黑曜馆的部分房间还是做了很不错的装修。

我和陈爔来到这个房间是有原因的,其中一点就是调查二十年前的密室消失案。

按照赵守仁警官的说法,他追踪古永辉来到这个房间的门口,亲眼看见古永辉跑进房间并反锁房门。然后赵守仁一步都没有离开过,直至大部队赶到,破门而入。古永辉在几分钟之内消失,窗户虽然开着,可窗下的雪地却没有脚印。况且层高三楼,就算有积雪，摔下去也够呛。

经过祝丽欣的同意，我们决定将古阳房间的密室杀人案暂时放一放，先来她的房间看看。

“从前有老刑警说过现场要看百遍，当时我不以为然，现在想想觉得有点道理。每一次看都会有不同的感受。”陈爝趴在窗台上，眺望远处。

我发现祝丽欣房间的窗台很高，起码有一百四十厘米，高度到陈爝胸口这里。如果身高矮一些，根本无法眺望窗外的风景。有时候，真搞不懂这种建筑设计师的思路。

窗外，雨势未减。

虽然是同一房间，可屋内的整体布置已与二十年前大不相同。一九九四年，这间还是空屋，家具和装饰和现在完全不能比。我能想象当时刑警们闯入屋子时的震惊！没有多余的地方供人躲藏，人就这么消失了，仿佛在观赏一场魔术！在这个诡异得令人颤抖的黑曜馆，他们就看着敞开的窗，听着呼呼北风，目眦欲裂地瞪着双眼。

我读过一篇和这次密室消失案很像的推理小说。

谜面同样是有人闯入空房，发现本应该待在里面的人像空气一样消失不见了，窗户也是敞开的，雪地上没有脚印。侦探发现，房间中央有一件外套，还带着人体的温度，就好像那人刚褪去上衣，就在魔鬼的召唤下离开人间，去往未知的异次元空间。但谜底却不能套用在这起案件上。小说中的凶手将外套包裹在猫咪身上，并打开窗户，然后离开房间。当侦探推开房间时，猫咪跳开，只留下一件温暖的外套。

而祝丽欣的房间既没有猫也没有外套，只有个活人切切实实消失其中。

"好像瞬间移动哦，用意念可以任意移动到世界任何地方。"我对陈燨说道。

"这是科学家曾提出的理论，也就是把物体化解为能量，传送到遥远的地方，然后再把能量还原为物体。但是，物体真的可以实现量子传输吗？未知的量子态不能精确地克隆，而宏观物体是由无数个原子组成，每一个原子的状态都不能精确地克隆。目前的科技只停留在量子态隐形传输的水平，要是将一个活人送出去，恐怕还遥遥无期。"

"真是太奇怪了……"

"好啦，我们开始吧！"陈燨转过身，拍手说道。

"咦？开始做什么？"

"我试试看，能否从这个窗户逃出去！"陈燨脱下外套，"韩晋，能否帮我一个忙？"

"什么？"

"给我找一件雨衣吧！我待会儿要从窗户翻出去，不想变成落汤鸡。"

看来，陈燨对淋雨已经有了恐惧感。

我一口答应，然后找到柴叔，向他询问黑曜馆内是否有雨衣可借。他告诉我，一层的杂物间里可能会有。我来到杂物间，依照柴叔的指示，在旧衣柜里发现了两件透明雨衣。两件雨衣的尺寸都偏大，我取了一件稍小的带上楼。

陈燨把雨衣披在身上，发现也有点大，虽然他身高一米八以上，但雨衣的下摆依旧盖过了小腿，雨衣在他身上晃晃荡荡的，不过他也不在意。他又让我找了一条粗麻绳，一头系在他的腰上，一头系在房间的柱子上。一切准备就绪后，陈燨翻身爬窗，整个人都悬在了窗外，把我看得心惊肉跳。

一开始，他试图用手去抓窗户上方的屋檐，无奈距离太远，手再长一米也够不着。窗户上方虽有凸出的黑色砖块，却滑不留手，连抓几次都以失败告终，而且耗时巨长。天气本就闷热，陈燨披着雨衣，不一会儿就满头大汗。他单手吊在窗框上，整个人像钟摆一样左右晃荡，加上暴雨不停捶打他的身躯，我怕他一不留神没有抓稳，从三楼掉下去。

这高度不死也得重伤。

又过了一会儿，陈燨有些累了，把脚踩在窗台上休息片刻。他向我摇头道："不行，根本爬不上屋顶，屋檐突出，很难抓到。就算抓紧了，我看也不坚固，难免连人带瓦一起摔下去。我们再试试两边的窗台吧。"我朝他点头。

右侧虽然有窗，但由于结构问题，和祝丽欣房间的窗户之间的墙角呈直角，无法翻越过去。左侧是王芳仪的房间。陈燨推开窗户，抓住窗框的下边缘去够王芳仪那边的窗子，可惜也差好远。我生怕窗户的铰链不牢固，陈燨掉下去。

此时，陈燨灵机一动，对我说："韩晋，你去把那扇窗也打开，这两扇都打开，之间距离会缩短很多。我抓着这里窗框看看能不能够到隔壁的窗。"

这确实是个不错的主意，我立刻来到王芳仪的房间，推开窗户，靠近祝丽欣房间的窗几乎被我推到和墙平行的位置。陈燨做出了高危动作，双腿悬在半空，仅靠手臂的力量吊起整个身体。窗子的质量似乎也不错，就算吊着一个成年人，铰链部位也没有脱落和损坏的迹象。据说当年古永辉打造黑曜馆时，用的建材都是顶尖的。窗户能承重一个成年人，似乎也不是什么难事。

陈燨尽了最大的努力，可惜还是不行，没能抓住另一侧的窗框。尽管指尖几乎可以蹭到另一扇窗户边缘，可晃荡的身体让他完全无法使出力气。

回到祝丽欣房间后，陈燨脱下雨衣，让我放回杂物间。他的表情显得有些沮丧。经过试验，古永辉从窗户逃跑的方案被否决，我们又要从头开始思考了。

"真伤脑筋啊，一点头绪都没有。"

陈燨用纸巾擦干头发，然后披上外套。

两个密室之谜，让陈燨头痛不已。据市局的宋伯雄警官说，平日里那些案件，陈燨总是三两下就能解决。但这次可不一样，毫不夸张地说，可谓前无古人后无来者的奇案。跨越二十年，同一个现场的连环杀人案，恐怕福尔摩斯复生也会和陈燨一样没有办法吧！这么想来，我还真有些佩服狡猾的凶手呢！

一夜没睡，又爬上爬下的倒腾，陈燨的体力早已到透支的临界点。他不时张大嘴打着哈欠，眼睛也半张半闭。回到自己房间后，还没等我说话，他就一头栽倒在床上，两分钟后就传来了沉重的鼾声。我悄悄走出房间，轻手轻脚地带上门。

不知祝丽欣现在怎么样了。

古阳的死，对她的打击是最大的。听说古阳已和祝丽欣订婚，明年年初会去美国完婚。谁想会遇上这种事。也许当时真该听赵守仁的话，离开黑曜馆。古阳的执着，是想为父亲讨回公道。古永辉被世人唾骂了二十年，是该将真相大白于天下了。

我回到自己房间，整理了一下这些天发生的事件。

八月十五日星期五，我和陈燨来到黑曜馆，同时到达的还有精神科医生陶振坤，此时在黑曜馆的有馆主古阳、犯罪心理学家王芳仪、魔术师朱建平、物理学家郑学鸿和一直在楼上休息的古阳女友祝丽欣；夜里，刑警赵守仁来到黑曜馆，人员聚齐，一共九人。赵守仁叙述了二十年前在黑曜馆的遭遇，然后将一些记录着现场线索的卷宗借给了陈燨，和陈燨约定三天内破案。

八月十六日星期六，我和陈燨在馆内四处调查，并去了副馆，希望能得到一些二十年前杀人案的线索；古阳在房间内召开案情讨论会，结果不欢而散；我们一下午在客厅打牌，直到夜晚，我和柴叔一起上楼喊古阳未果，之后祝丽欣同陶振坤又上楼，发现不对劲，于是陈燨用铁钳破门而入，发现古阳尸体；陈燨扬言一天后破案。

八月十七日，星期日，也就是今天。我和陈燨在古阳房间调查密室之谜、在祝丽欣房间调查古永辉消失之谜。我算过，从进入黑曜馆到现在，其实只过了两天，感觉却像是经历了好几天。如果柴叔没有记错，那运送生活物品和食物的车会在十九日早晨到达黑曜馆。我们还必须忍受整整一天。

天晓得剩下的一天会发生什么。

我在内心深处祈祷，祝丽欣千万不能出事。

如果可以，今天晚上我打算在她门口守候一夜，充当她的护卫。这样即使有人想要伤害她，也必须过我这关。反正就一个晚上的时间，我想我应该还是能够坚持住的。我只要嘱咐祝丽欣把门窗都锁紧就可以了，难道凶手真会隐身、穿墙不成！

这个决定，我不会告诉陈燨，也不想让其他人知道。

第五章

1

“密室杀人……”

朱建平紧紧皱起了眉头，嘴里念叨着什么。

赵守仁给自己点上了一支烟，说：“我这辈子算是和这栋鬼房子杠上了。当了二十年警察，从没听过什么叫密室杀人，今天算在这小子这里长知识了。”

赵警官口中的“这小子”指的就是我。

下午，除去疲惫不堪的陈熘和伤痛欲绝的祝丽欣，其他人都来到了客厅，团团围坐在茶几前，试图分析古阳一案。作为专业人士，王芳仪提出了自己的观点，但由于现场线索有限，无法为凶手做心理画像分析。所以聊了半天，绕了好大一个圈子，还是没有进展。

就在这个时候，我提议先从密室杀人事件入手，或许破了密室，就能抓到凶手。

“密室杀人在推理小说中是最常见的一种不可能犯罪类型，虽然现实生活中不太可能发生，但在本格推理小说中经常会见到。”

我念大学那会儿读了不少推理小说，谈及此类小说可谓如数家珍。

"你的意思,凶手有可能模仿推理小说中的情节,使用小说中的犯罪手法来杀人?"王芳仪问道。

"极有可能!"我点头。

"既然如此,那你能不能把小说中的手法与这次的谋杀案一一对照,看看是否符合。郑教授,你怎么看?"

"我只是个普通的学者,关于犯罪方面的问题,还是请教赵警官比较好。"郑学鸿拿起咖啡,喝了一口。

赵守仁跷着二郎腿,摊开双手道:"我无所谓。既然现在毫无头绪,那听听看也可以,小韩,你就说吧。"

我深吸一口气,清了清嗓子,像是要开始一场演讲。

"美国著名的侦探小说家约翰·迪克森·卡尔[①]曾在其推理名著《三口棺材》中,借书中角色之口,发表了一通'密室讲义'。讲义归纳了几种常见的密室杀人诡计,也可以说,这通讲义几乎囊括了所有密室手法。如果古阳一案是人为犯下,其制造密室的手法也一定可以在密室讲义中找到破解的方式。当然,这只是我一厢情愿的猜测,而接下来,我将把密室讲义中的犯罪手法和古阳一案对应,看看能否找到突破口。"

"本质上和魔术没有区别。"朱建平在一旁补充道。

"没错,推理小说中的诡计,其实就是魔术。只不过魔术用来取悦他人,而杀人诡计则是伤害他人。"

"赶快开始吧。"陶振坤眉梢微微挑起,轻轻咳了几声。

"第一种情况,这不是谋杀,只是一连串阴差阳错的巧合,

[①] 约翰·迪克森·卡尔(John Dickson Carr, 1906年11月30日—1977年2月27日),美国侦探小说家。卡尔是侦探小说黄金时期一位重要作家,和阿加莎·克里斯蒂、埃勒里·奎因并称"黄金时期三巨头"。

导致一场像谋杀的意外。推理小说中常有这样的情节，在房间内受伤，然后死亡。但这种情况显然不适用于本案。古阳很明显是被人用匕首杀死的，而且致命伤也不可能由自己造成。我们继续来看第二种情况，也算是谋杀，但受害人是被迫杀死自己，或是误打误撞走入死亡陷阱。这通常发生在一栋闹鬼的房子，前提是受害人受心理暗示的能力强，很容易被凶手利用。凶手诱使被害人暴走，在屋子里疯狂地撞击自己直至死亡。且不说古阳的性格，就看受伤的位置，也知道绝非自杀。所以这种情况我们一样弃之不取。

"第三，这是谋杀，方法是通过房间内已装置好的机关，而且此机关令人难以察觉，它隐藏在家具上某个看似无害的地方。一般都是被害者触动，然后机关自动作业的。这种情节经常会出现在古典推理小说中，可行性非常低。我们在古阳房间里进行了彻底的搜查，并没有发现类似机关的东西，而诸如电话里的子弹、钢琴中的毒针、释放毒气的床垫、挂着冰块的步枪之类小说中出现的可笑的机关，也都没有发现。所以这种情况也被排除。第四，这是自杀，但刻意布置成像是谋杀。这种情况有没有可能？除非古阳想把他的死，嫁祸给我们其中一个人。就算这个动机成立，那古阳是怎么做到的？如何完成把匕首插入脖子后方这种高难度动作？从现场情况来看，没有辅助他完成这个动作的工具，故而排除这种可能。第五，这是谋杀，但谜团是因错觉和乔装术所引起的。这是最愚蠢的诡计，被害者已死，另一个人乔装成被害人在大家面前晃悠。这可以说是时间上的密室，在此不予讨论。

"第六种情况，这是谋杀，凶手虽是在房间外下手的，不过看起来却像是在房间内部犯下的。其实在我们这起案件中，这个手法是最有可能的。毕竟房门并非完全锁住，而是挂了一个门链，留了一条五厘米的缝隙。但除了我和柴叔、祝丽欣和陶医生之外，没有人靠近过这间屋子。而且我们两对人都互相监督，没有谁有机会下手。而且，就算有共犯，透过门链杀人，赵警官和郑教授已经亲身示范过了，如果匕首是插在古阳正面那还可以理解，但无论如何不可能插在背面，这样不合逻辑。所以这一情况也被排除。第七种情况，这是谋杀，但其犯罪诡计的运用手法比较特殊。凶手是进入房间之后再行凶的。这种诡计非常大胆，却也是心理的盲点，容易忽略。我们来回顾一下发现古阳被害时候的场景。门刚被推开，我们就看见俯卧在地上的古阳，那时，凶器已经在他身上了，而且地上都是血液，这是装不出来的。可见，第一个发现者即凶手的假设，在此案中行不通，故排除。以上就是密室犯罪的几大类型，恐怕我们这次的案件，无法套用卡尔的讲义。"

"凶手有没有可能在防盗门链上动手脚？"陶振坤瞪大双眼问道。

"我和陈燨讨论过这个问题，难度较大。古阳房间的门链构造虽然简单，但当真要从门外移开，还是很难的。利用玻璃胶或者铁丝将已经断裂的门链黏合，这种手法我们也考虑过，可是不合乎当时的情况。大家记不记得，是赵警官用大铁钳夹断防盗门链，才推开门的，事后我们也检查过，门链除了被铁钳夹断的部位，其他都完好。"

说了这么久，我感到口干舌燥，于是拿起茶几上的水杯，一口饮尽。

"说来说去，还是不知道凶手是怎么办到的。"陶振坤没好气地说道。

"这不是在讨论嘛。"王芳仪说。

"有什么好讨论的？等警察来了，把我们都带警局审讯，吓唬几个晚上，凶手就供出来了。"陶振坤冷笑道。

"就怕我们还没等到警察，就被凶手给杀了。"朱建平阴沉着脸，用沙哑的声音说。

"不要说这种丧气话。"王芳仪瞪了朱建平一眼，"就算凶手潜伏在我们之中，但毕竟只有一个人，我们人多力量大，只要尽量减少单独行动，凶手要杀我们也非易事。"

朱建平冷哼一声，说道："这个凶手是人是鬼都搞不清楚呢！"

"作为魔术师，你这么说真的好吗？"我也忍不住责备起朱建平。

"嘿，小朋友，你以为魔术和杀人事件是一回事吗？我这么跟你说好了，魔术中密室消失确实很多，但哪有像这个案子这样，道具让你们随意检查的？我们不是在箱子底部开个洞，就是利用道具转移视线，你们观众要是上舞台看一眼，那可就都穿帮啦！一个真正的密室，胡迪尼[①]再世也逃不出来，归根结底，魔术可都是假的！"

朱建平从沙发上站了起来，看来他无意再和我们讨论。

"我不想坐以待毙！"我对着朱建平说，"我们要主动出击！"

朱建平用轻蔑的眼神看着我，说："要玩侦探游戏，你们自己玩，我可没空陪你们。抱歉，我先失陪了。"

他话一说完，就走上了楼梯。剩下我们一群人，都不知道接

[①]哈里·胡迪尼（Harry Houdini，1874年3月24日—1926年10月31日），原名埃里克·韦斯（Ehrich Weiss），匈牙利裔美国魔术师，享誉国际的脱逃艺术家，能不可思议地从绳索、脚镣及手铐中脱困。他同时也是以魔术方法戳穿所谓"通灵术"的反伪科学先驱。

下去该说什么。

柴叔泡了一壶茶,见我们都不说话,让我们不要担心,时间很快就会过去。

"十八号送食材的车就会来,到时候大家就可以离开这里了。而且依我看,这雨也下不久了。"柴叔边给我们倒茶边说,"对了,晚餐吃啥子呢?冰柜里还有一些海产品,不如晚上就吃海鲜吧?"

我对柴叔说随便做点就可以了,不需要像之前那样烧那么多菜,也怪辛苦的。柴叔连连摇手说不辛苦,这就去把鱼和虾洗一洗,说完便往厨房走。

陶振坤打了个哈欠,说有点累了,上楼去躺会儿,也离开了。会客厅里只剩下我、王芳仪教授、赵守仁警官和郑学鸿教授四个人。

"既然他们都不愿意参与讨论,那我们继续。"郑教授把咖啡杯推到一边,拿起柴叔为我们准备的茶水喝了起来。我没想到郑教授竟然会这么说。这或许就是作为学者的一种素养吧!面对困难,也不放弃,只要坚持一定会有解决的一天。

"我想听听王教授的意思。"赵守仁开口道,"尽管这次的杀人事件还算不上连环杀人案,但和二十年前的案件有一定的联系。作为犯罪心理学家,不知王教授是怎么看待这个案件的。国内有没有可供参考的同类型凶杀案?"

王芳仪叹息道:"如果你问我,从前有没有接触过类似的案子,很遗憾,我也是第一次。假设二十年前黑曜馆连环杀人案的凶手不是古永辉,那也是其余几个人。很可惜,他们都死了。所以我认为这次的案子,是模仿杀人。我们假定他会继续犯罪,那他很可能就是潜在的连环杀手,以此来分析的话,我想谈谈什么是连环杀手。赵警官应该对此不会陌生，可郑教授和韩先生应该接触不多。"

我点点头。

王芳仪接着说道："连环杀手通常是为获得心理的满足，而不是为任何物质利益或者战术目标。他们的动机往往是享乐、性满足、兴奋、欲望以及控制欲……又或者，是复仇……"

"复仇？杀死黑曜馆内所有的人？"

"不。"王芳仪摇了摇头，"也可能是对原来的馆主古永辉持有恶意！"

2

"很遗憾，犯罪心理画像也有局限性。"王芳仪继续说道，"在二十世纪九十年代中期，英国内政部分析了一百八十四件案例，只有五起罪犯的抓捕归功于心理画像，仅占百分之二点七。我们会先考虑，凶手在作案的时候属于'策划型'还是'冲动型'。'策划型'的凶手一般智商较高，犯罪时非常谨慎，在一般人眼中，他们很友善，有自己的朋友、稳定的工作，甚至家庭，没人会怀疑这样的人。而'冲动型'的凶手通常不考虑这么多。他们把案发现场弄得乱七八糟，多数有精神病史，作案动机倾向于极端的身体发泄、性暴力及满足某种幻想。最令犯罪心理学家头痛的是'混合型'杀手，他们会表现出以上两种类型杀手的特质，比如一个叫杰弗瑞·达默尔的连环杀手，他把受害者肢解，将身体部位冷冻，并试图通过把头盖骨钻孔，让尸体复活。甚至，吃了她们……"

我插嘴道："很明显，这次的案子，凶手将我们所有人困在黑曜馆，一定是精心策划的。如果说二十年前的案子是古永辉一时冲动……"

"其实我不认为古永辉是凶手。二十年前的黑曜馆杀人事件疑点太多了，单单用一句古永辉精神失常来解释，我认为不妥。"王芳仪小心翼翼地说。

郑学鸿教授沉默不语，似乎是不否认也不赞同。

"把一群人集中到一个地点，然后进行疯狂的杀戮。我承认，这类型的案件我没有见过。或许在推理小说中经常出现，可现实中这样做却显得不那么明智，会有很多不确定的因素。如果正巧有一群人来到我们这里，他们有车，或者可以用其他方式联系到警察，那凶手所布置的一切就功亏一篑了。普通的杀人凶手，更多考虑的是如何不被警察逮住，而不是把杀人事件弄得像电影剧情一样。"王芳仪进行了总结。

从她的话里我能够听出，对于这样的案子，即便是身经百战的犯罪心理学家也无从下手。因为它不符合常理。犯罪心理分析很多时候靠的是过去的经验——或许我这么讲有些门外汉——没有参考的案例，很难进行分析。

对于密室杀人事件，别说王芳仪教授，就连赵警官也闻所未闻。

郑学鸿教授却对密室非常有兴趣。他说："从理论上讲，凶手消失在密室中也不是完全不可能。比如隐身术、穿墙术和瞬间转移，都可以达到这个效果。而以上三种情况，在物理学上也是有可能实现的。其中最接近我们生活并有希望被发明出来的，就是隐身术。根据物理学原理可知，在可见光范围内，探测系统的探测效果决定于目标与背景之间的亮度、色度、运动这三个视觉信息参数的对比特征，其中目标与背景之间的亮度比是最重要的。如果目标的结构体和表面的反射光,发动机喷口的喷焰和烟迹,灯光及照明光等,与背景亮度的对比度较大,就容易被发现……"

恕我无知,郑教授的长篇大论,我听懂的不到十分之一,在此不赘述。用通俗的话来解释,就是虽然理论上可行,但实际无法操作。所以郑教授宁愿相信凶手使用了什么障眼法,也不愿相信凶手是制造了高科技工具来制造出消失的效果。这些都属于无稽之谈。

我们聊了很久,对于这个案子,依旧是一头雾水。

今天散会,大家约好下午五点整在餐厅聚首,然后吃晚餐。临上楼前,我还特意来到厨房感谢柴叔对我们的照顾。毕竟古阳已死,实际上他并不需要对我们负责,完全可以自己照顾自己。柴叔心情质朴,对于我的感谢表现得非常激动,只是正在给海虾去壳,手上腥味很重,不方便与我握手。

我回到自己房间,听见陈燔还在隔壁打呼,知道他还没起床。我打开旅行包,找出几本带来的书籍,躺在床上看起来。

大约看了十几分钟,忽然听见叩门的声音。

我立刻警觉起来。

现在是非常时期,万事都得小心,说不准我刚打开门,迎面就是一刀。我把手里的书轻放在床上,蹑手蹑脚地移动到门后,轻声问道:"是谁啊?"

"是我。"

祝丽欣的声音。

她来找我做什么?我脑袋中顿时充满了问号。除了疑问,还有一阵欣喜。我知道我这样对不起死去的古阳,可喜欢一个人又有什么办法?我的思想、我的身体、我的行动、我的快乐,完全不受自己控制。它是自发运行的。

"有什么事吗？"我觉得声音有些低沉，可能听上去会令人误以为心情不好，其实是太过紧张的缘故。门外的祝丽欣没有说话，也许正踌躇该说些什么。我意识到隔着门对话有些不礼貌，特别是在这个时候，似是要防备着她一般。想到这里，我立刻把门拉开。

祝丽欣楚楚可怜地站在门后，低着头，抬眼看我。

"有事吗？"

我又轻声问了一遍。这次我尽量把自己的语调抬高，显得心情愉快一些。

祝丽欣还是低着头，斟酌了半天，才憋出一句话。她说："你能不能陪我去馆外逛逛？我一个人有点怕。"

很难形容我当时的感觉，欣喜的同时又感到奇怪。

"外面暴雨，出去可能不太方便，你确定吗？"

"嗯，我只是想出去走走。不过韩先生如果不方便那就算了，我自己的话也可以。"

"不，不，我很方便。"

"真的吗？"祝丽欣睁着一双大眼睛看着我，我心都要化了。

"当然，我们去杂物间取伞吧。"

"好的。"

我们俩到了杂物间取伞，一人拿了一把，然后和柴叔关照一声。柴叔让我们万事小心，千万不要走得太远以免迷路。毕竟这一带都是树林，周边环境大同小异，容易走岔路。我满口答应，然后推开了黑曜馆的大门。

这是我自十五日进馆以来，第一次离开。

门外暴雨如注，哗哗地冲刷着地面，不少地方积水已经很严重了。我和祝丽欣打开伞，走出花园，来到一片树林。雨中漫步，我只听说过小雨，没见过暴雨散步的。虽然和祝丽欣并肩走在一起，却丝毫没有浪漫的感觉。原因有二：第一，古阳刚去世，就算我对祝丽欣没有邪念，只是单方面的喜欢，但也有负罪感；第二，雨太大了，雨声一直骚扰着耳朵，身边都是杂音。即便如此，能和祝丽欣一起散步，我内心还是快乐的。

雨很大，我打着伞，可裤管却湿透了，水浸湿了面料，黏糊糊的很难受。祝丽欣下身穿着短裤和拖鞋，所以并无大碍。

"韩先生，真是麻烦你了。"祝丽欣突然说道。她没有转过头来看我，一直低着头。

"不麻烦，我也正想出来走走呢。这些天在黑曜馆内闷死了。还有，你以后别叫我韩先生，直接喊我韩晋就可以了。如果不介意，我也喊你名字。"

"嗯，好的，韩先生。"

"嗯……"

"对于古阳的事，我替他向你们道歉。你们原本安安静静的生活都被打乱了，现在还有生命危险，真是对不起。"

祝丽欣突然停下脚步，侧过身子朝我鞠躬，伞尖差点儿划到我的脸。

"哪里……这是我们自愿的……"我手忙脚乱起来，也朝她弯腰鞠躬。

可能是被我愚蠢的举动逗乐，她扑哧一下笑出来，可立刻捂住嘴，恢复了原来的表情。

地上的泥浆被落下的雨水溅起，弄脏了祝丽欣白皙的脚踝，可她却毫不在意。我们俩继续往前走，她一直在对我道歉。

"我突然想问一个问题，不知合不合适。"我抬起头，眺望远方一片片的树林。

"可以啊。"

"你和古阳是怎么认识的,朋友介绍吗?"我注意到祝丽欣的嘴角抽动了一下,便后悔问了这个问题,赶忙道歉:"对不起,如果你不想回答……"

"朋友介绍的。"她倒大方,直接说了出来。

"哦……"

"第一次见到他,我很讨厌这个人。"祝丽欣的眼睛看着前方的路,"也许你不相信,我很讨厌有钱人,尤其是嚣张跋扈的富二代。我闺蜜都以为我和古阳好,是因为看上他们家有钱。其实完全不是。我就是喜欢他这个人。就算他今天是个乞丐,我也会和他在一起的。我这个人不喜欢解释,所以别人怎么看我,我都随她们去。人是要为自己而活,不是为别人而活,韩晋,你说对不对?"

听到他喊我的名字,我不由心神一荡,应道:"对,我也是这么想的。不管别人怎么看你,我是相信你的。"

祝丽欣笑道:"我们认识不久,你还不了解我是什么样的人,又怎么会相信我?我看也是为了让我高兴才这么说的。不过还是谢谢你啦!"

"不,我是真心诚意的!你说得对,我们认识不久,但我就是愿意相信你!"

可能是我表忠心的模样吓到了祝丽欣,她看我的眼神有些怪异,忙扯开话题。

她继续说:"我喜欢上古阳,是认识两个月之后了。一开始他总约我看电影、泡吧,都被我拒绝了。有一次他开车到我家楼下等我,我很生气,对他说了很多不好听的话。可古阳一点也不生气，说就想和我吃一次饭，随便聊聊，如果我还是很讨厌他，以后不会再打扰我。我说，吃饭可以，但必须我来买单。他表示同意。"

祝丽欣说着说着，忽然嘴角浮现出一抹幸福的微笑。

她接着说："吃饭的时候，我故意不讲话。谁知古阳和我说了许多他家里的事。父亲很早就去世了，自杀的时候，还背负着杀人魔的恶名。从小一直被人家指指点点，心里的痛苦却从不表露，因为妈妈见了会伤心。他说了很多事，我记得那天他还哭了。我有点心疼这个男人，他说他只是想找个陌生的人说说话。他觉得我和别的女孩不一样，至于不一样在哪里，他也没说，我也不问。古阳还说，其实对我真的没有恶意，也不想追我，希望我不要怪他。临走的时候，他还把餐费付了。他说既然以后不会再见，也不能欠我。"

我就这样一直走，静静地听着她和古阳的故事，嘈杂的雨声已经听不见了。

3

"说出来太丢人了，你可不准笑我。"祝丽欣偷看我一眼，害羞道。

"不笑，我发誓！"

"其实后来，是我主动去找古阳的。"

"喔？你不是说……"

"我发短信给古阳，我说，你知道在一个女孩面前说，我不想追你，是多没礼貌吗。我很丑吗？"祝丽欣边说边笑，接着转起了握在手心的伞柄，整个雨伞也跟着转动。

彩色的雨伞霎时像鲜艳的花朵般，在她头顶盛开。

"古阳怎么回你的？"我紧张地问。

"他说，我是不想追你。我想娶你。"祝丽欣脸颊泛红地说，"我骂他是个臭流氓。他说，真后悔自己不是流氓，不然那天晚上就把你捉回家当压寨夫人，这样天天都能见到你，还需要和你用短信聊天这么麻烦？我当时被他说的又好气又好笑，觉得这个男孩子真奇怪，前一天还装悲情男主角，今天突然油嘴滑舌起来了。也许就是他这种性格的两面性吸引了我，然后我们开始经常聊天，经常见面，他带我去美国、去英国、去日本，其实去哪儿我真的无所谓，我只想天天和他在一起……"

听她这么说，我心里一酸，表面上还强装没事。

"他答应要和我结婚，等他为父亲翻了案，我们就要去很远很远的地方，一个谁都不认识我们的地方。他答应过的……"

也许是触及了伤心处，祝丽欣说着说着，就哭了起来。

她把手中的雨伞丢在地上，整个人蹲下，用双手捂着脸。她哭得好伤心，像是个小女孩被没收了最心爱的娃娃。我站在她的身旁，为她打着伞，任凭雨水打湿我的衣衫。

很奇怪，那一刻，我宁愿自己替古阳去死，这样的话，或许祝丽欣会好过一些。这当然只是一个闪念，真让我去死，我恐怕也不会愿意。我很诧异自己会有这样的念头。我又想，如果那天被杀掉的人不是古阳而是我，祝丽欣会哭吗？或许只是害怕，至多觉得我可怜，对我有些愧疚。她的愧疚，也是来自古阳的，是替古阳愧疚。

在古阳面前，我什么都不是。

在回黑曜馆的路上，祝丽欣红肿着双眼不住向我道歉。她抬起头发现我为了给她打伞，浑身湿得简直像刚从湖里打捞上岸的浮尸。我对她说:"我每个毛孔里都充满了雨水,如果你再哭,我觉得我就要被泡开了。"

祝丽欣听我这么说,又笑出声来,笑的时候,她眼睛里还有泪水。其实我也有泪。只是像某句歌词唱的那样,暖暖的泪水和冰冷的雨水混成一块了。

回房第一件事,我就立刻洗了个热水澡,换上套干净的衣服。

我看了一眼挂在墙上的时钟,四点五十分,看来得下楼准备用餐了。我顺道敲响了陈燨的房门。陈燨拉开门,站在门口,也不说话,只是用一种怪异的眼光打量着我。我被他看得心里发毛,问他:"你看着我干吗?准备准备,下楼吃饭了。"

他的眼睛还是直直地盯着我看。

我有些愠怒,说:"喂,你没事吧?我跟你说话呢!是不是睡觉睡太多,把脑子睡坏了?"

陈燨用一种极慢的语速,一字字道:"你是不是喜欢祝丽欣?"

"你胡说什么!"我一把将他推进房间,顺手把门带上,"你果然脑子坏了!"

这话万一被别人听见可就完了。

"你是不是喜欢祝丽欣?"他又不温不火地问了一句。

"你才喜欢呢!古阳刚去世,你说这种话合适吗?开玩笑也要有个度啊!"我大声喊道。以前听妈妈说,我心越虚,声音越响,现在觉得真是有道理。

"我就问你,是不是喜欢她。你急什么。"

陈燨睁着一对死鱼眼,头发如鸟窝般乱糟糟的,一看就是刚起床的样子。

"我没有!"我否认道。

"你有。"他瓮声瓮气地应道。

"我没有！"

"你有。"

"我就是没有！你有病！"

"你有，你也有病。"

"没空跟你废话！"我转身准备出门，"你待会儿自己下去吧！我生气了！"

"我刚才看见你和她从外面走进来。你浑身湿透了。你一定是给她打伞了。"陈燨一屁股坐在床上，一只手指着窗外。

我转过身，怒气冲冲道："别装福尔摩斯了！你以为自己什么都能猜到？我告诉你，刚才我的雨伞被风吹到树上去了，所以撑的是祝丽欣的伞。因为我和祝丽欣走路时隔得较远，所以当她看见我的伞被吹树上，再来为我打伞的时候，我已经被雨淋湿了。"

陈燨打了个哈欠。"从你浑身湿透的程度来看，祝丽欣当时和你之间应该有一百公里的距离，相隔这么远，她还能看见你，简直比千里眼还千里眼。"

我反驳道："我故意要淋雨，我从小就喜欢淋雨，你管得着吗？"

陈燨摇头道："没想到啊没想到，韩晋，你竟然会喜欢祝丽欣？太令我惊讶了。"

"祝丽欣不好吗？你的好朋友古阳也很喜欢她！"

"我可没说她不好，只是……"

"只是什么？"

"我一直以为你喜欢男人。"陈燨用右手的食指和拇指摩挲着下巴，失落道，"看来我的推理错了。真是没想到啊……"

我指着陈燔质问道:"你为什么会觉得我喜欢男人?"

"我看你都不找女朋友,这点很奇怪啊。"

还好意思说,你自己也不是没谈过恋爱!我正想当场发作,叩门声响起。我立刻对着陈燔做了个闭嘴的手势,还不忘在喉咙口比画了一下,意思是说你要敢多废话一句我就杀了你。打开门,外面站着的是柴叔。

"没打扰二位吧?"柴叔说话有些紧张,还伴随着几声咳嗽。

他可能听见我们的谈话了。我想了想,还是不解释了,否则越描越黑。

"完全没有。"

"那就好,饭菜都准备好了,请二位下楼用餐。"柴叔笑着说。

"好,我们马上就来。"

"那我先去忙了。"

"对了,柴叔。"我叫住他。

"啥子事?"

"多谢。"我闻到他身上一股腥味,知道他为了我们的晚餐,在厨房忙了整整一下午,忽然间有些难过,对于眼前这位老人充满了感激之情。

"不客气,莫来头我先走了哈!"柴叔大手一摆,似是要把我的感谢打散在半空。

出门前,我回头看了一眼时钟,五时一刻。

陈燔跟在我身后,一起到了餐厅。

除了祝丽欣,其余的人都围坐在餐桌用餐。我和陈燔坐在桌尾,接过柴叔给我们的碗筷,开始大快朵颐起来。柴叔的手艺真是不赖,几样大菜做得毫不逊色于大酒楼。

"只要再熬一天，我们就有救了！"王芳仪举起手中的酒杯，对大家说，"为了明天，干杯！"为了响应她的号召，大家纷纷举杯，提前庆祝胜利。

唯一没有举杯的，就是坐在王芳仪对面的朱建平。

只听他冷笑道："还有一整天呢！要知道，二十四小时，可以干很多事。"说完这句话，他又故意压低音调："凶手还有充裕的时间把我们一个个杀死。"

"你这个乌鸦嘴能不能闭一闭？"陶振坤皱眉道，"整天把死死死挂嘴边，你怎么不去死？"

"我只是让你们别再自欺欺人。危险还没有过去！"朱建平把筷子往桌上一扔。

"好了，好了，都别吵了。赶紧吃饭。"郑教授拍了拍陶振坤的肩膀，使了个眼色。

陶振坤没好气地说："要不是给郑教授面子，我早就……"

"早就干吗？"朱建平起身道，"你还打我不成？"

"打你？我还怕脏了手呢……"

"臭傻逼！"

"你说什么！"

朱建平这么喊，陶振坤气得面色都发白了。

"看什么看，小心我打爆你的眼镜！"

"来来来，我们比画比画！"陶振坤也不示弱，摆开架势，像要和朱建平决斗。

王芳仪忙将两人隔开，劝道："都少说一句。"

"要你管，臭三八！"朱建平竟然骂了王芳仪教授。

我也听不下去了，走到朱建平的面前，推了他一把。

他见我动手，面色突然一变，忙喊："你干吗？想打人？"

我咬牙道:"快对王教授说对不起!"

"我就……就不道歉!"朱建平双腿打战,连说话的声音都有些飘。

陈燨走上来把我和朱建平推开,没说什么。朱建平狠狠地瞪了我一眼,撂下一句"走着瞧",灰溜溜地上楼了。

陶振坤一丢筷子,发脾气道:"一个个都不正常,我下次给你们都开点药!这饭不吃了!"说着便离开了餐厅。郑教授似乎没受影响,闭着眼睛享受着美食。他见陶振坤和朱建平走开,笑着对王芳仪说:"他们不吃,我们吃。"

王芳仪被朱建平骂了一句,心里极不痛快,虽然点头回应郑教授,但心里总不是滋味,只是坐在饭桌前,一口也吃不下了。

最后,大家不欢而散。

4

吃过晚饭,我和陈燨坐在大厅里聊天,王芳仪和赵守仁也在。

原本古阳召集我们在此,想让我们助他破解二十年前的命案。可调查还未有进展,他却先一步而去。讽刺的是,在场的所有人都对古阳被杀一案无能为力。我想,古阳一定没有料到会出事吧?凶手杀死古阳的动机又是什么呢?馆内众人的脸庞一一闪过我的脑海,真不敢相信杀人魔就在我们之中。

"我辜负了古阳,不仅没能查明二十年前的案子,还搭上了他的性命。"难得见到陈燨认错,或许也是他这辈子第一次。

"这怎么能怪你呢?谁都不想的。"王芳仪安慰道。

"他很信任我。"陈燨低下头,玩弄着手中的笔记本。

这本笔记,记载着古永辉最后的手笔。

"谁会想到,在同一现场会再次发生凶杀案?"王芳仪反问一句后,看了一眼身边的赵守仁,"也就赵队察觉到了危险。但具体是什么感觉,他也说不上来。"

赵守仁摁灭了手中的烟,沉声道:"别说我迷信,我一直觉得这栋房子不正常,有一股神秘的力量。用上海话说是'触霉头',它有一种特别的磁场,总是吸引不祥的事。哎,我也很难用言语说清。"

"是刑警的直觉吧?"我突然问道。

赵守仁冲我点头:"也许是吧。不过,我是不相信魔鬼栖息在馆内这种鬼话的。罪孽一定是人类犯下的,只是把现场制作成密室故意引开我们的视线罢了。只要是人做出来的密室,一定有破解的方法。陈教授,你说是不是?"

陈燨低着头,似乎在想着什么,没有听见赵守仁的问话。

赵守仁又继续说了下去:"有人说,历史就是不断地重演。你看单是这黑曜馆,就发生过两次、跨越二十年的凶杀案。我在想啊,当年馆内的那些人,明星也好,作家也好,当他们发现第一具尸体,并得知自己出不了黑曜馆时,是什么样的心情?"

王芳仪说:"人的想法总是类似的。我们此时想些什么,他们当时就想什么。"

一九九四年的冬天,当古永辉打开黑曜馆的大门,欢迎宾客驾临时,那些人一定不知道,为他们敞开的其实是通往地狱之门。那个时候,他们在馆内说过那些话?如何求救?有没有人扮演福尔摩斯,试图在他们之中寻找出凶手呢?剩下最后那个死者,他是什么心情?是不是和古永辉搏斗过?

然而,这所有一切,都已随风而逝。

二十年后的今天,我们的命运会怎样?杀人魔会不会把我们全都杀死？

我不愿再去想。

古阳的母亲得知儿子和丈夫先后在这里丧命，会不会把黑曜馆卖了？不知为何，我突然想到这个问题。如果憎恨这栋房子，也许会下令施工队把这里铲平吧！可这栋房子，毕竟是历史建筑，不是说拆就能拆的。或许改装成小型的私人博物馆会好一些。

"要是被那些狗仔队知道，他们估计会像苍蝇盯腐肉一般全都涌到这里来，还会把二十年前的案子翻出来，搞不好黑曜馆还会被什么报纸评为中国十大鬼屋之一。"赵守仁无奈地摇头，"记得当年古永辉被杀后，我每天下班回家，总能在路上遇见一堆记者。他们缠着我问关于黑曜馆一案的细节。反复问我，真的看见古永辉消失了？是否牵扯到了超自然力量？害得我搬家都搬了好几次。"

赵守仁警官说得没错，如果我们这些人都被杀死在黑曜馆，那这一定是新中国成立以来最最神秘的凶杀案了。媒体一定会大肆报道，搞不好还会被写成小说，拍成电影在全国上映。也许还会有人来扮演我呢。想到这里，我竟考虑起找哪位明星来扮演我比较合适……

王芳仪突然笑道："如果能活着出去，我一定把这次的亲身经历写成一本书，让广大犯罪心理学家好好研究研究。也算为我国犯罪学做一点贡献。"

"如果写成推理小说，一定不错！"我附和道。

"好主意！韩先生，不如你来写吧！一定会很好卖！"王芳仪拊掌说道。

"我从没写过小说，而且文笔又不好，还是由犯罪心理学家来写比较专业。"我忙推托。

我说的都是真心话。对于写作,我是一直抱有恐惧的。从小就不会写作文,一直被语文老师骂,形容词和动词都分不清,长大后写的论文也是东拼西凑,还让同学捉刀,为此差点儿被学校开除。文章都是像牙膏一点点挤出来,从没有行云流水的感觉。我的悲哀就是文科和理科都没有天赋,唯一的强项就是饭量比别人好。

"我平日里工作忙,没有这个精力,写点严肃文章还行,小说就算了。我看你对这类小说还挺有研究,认真写一本,将来保不定是个大作家呢!"

"我的想象力贫乏,当不了小说家。"

"你看,我们这次的案件又不需要你空想。只要把你的所见所闻如实记录下来,然后地名和人名改掉。必要的话,你再给自己取个笔名,不就行了!"

王芳仪的建议,似乎也有点道理。我不由心动起来。阅读推理小说这些年,见过不少暴风雪山庄模式的杀人案,从被人为隔绝的海上孤岛到暴风雪封锁的古怪城堡,各种类型都读到过,可从侦探角度去破解一宗二十年前发生的案件,好像还没有见过。特别是在线索如此稀少的情况下。

"可是,推理小说最终总要揭示凶手身份吧?我们连凶手是谁都不知道,怎么写呢?总不见得让我随便胡扯一个结局吧!"

本格推理小说的命脉,不就是结局的解答吗?开篇噱头再好,如果解答令人失望,总体而言,这就是一本失败的推理小说。如果开篇平平,渐入佳境,最后的答案让读者拍案叫绝,即使故事有些闷,也不失为一篇好的推理小说。

"这倒是个问题……"王芳仪假装皱眉思考,"不如凶手就让赵警官来当吧！你想，二十年前和二十年后，这位警官一直都参与办案。如果我是读者，一定不会想到凶手是他！然而，愈是细想，愈是恐怖，无论是古永辉的消失，还是古阳的被杀，第一个目击或进入现场的，都是这位警官……"

"喂喂！"赵守仁听得很不自在，"王教授，你这话怎么讲得我真是凶手一样！"

"小说嘛，越是离奇越吸引人。赵队难道心虚了？"王芳仪开玩笑般说道。

"怎么可能……"赵守仁把脸转向一边，不看她的眼睛。

"你别说，这么写还真有种意想不到的感觉。有点像克里斯蒂的推理小说，最不可能的那个人就是凶手！赵警官，我这么说，你不会生气吧？"我忍不住赞叹道。

"随你们，我无所谓。"赵守仁摆了摆手，显得很大度。

陈燨坐在沙发上，听着我们有一句没一句地聊，忽然挺起背脊，像是想起一件重要的事般，取出随身携带的笔记本翻阅起来。那是古永辉用来创作童话故事的笔记本，页面已经泛黄，纸质也有些脆，我生怕它们经受不住陈燨手指的力量，散落下来。幸而我所担心的事没有发生，陈燨似乎也找到了他想要的东西，嘴角微微上扬。

"原来如此。"陈燨抬起头看着我，眼神中多了份笃定，"韩晋，我想我能拼凑二十年前那起杀人案的真相了。不过还缺一块拼图，无法推理出凶手的真实身份。"

"你知道些什么？"赵守仁身体前倾，激动地问道。能看出他很在意陈燨说的话。

陈燨神色黯然地说："我真是个笨蛋。如果我能早些察觉到一些线索就好了。古阳对谁是当年黑曜馆一案的罪魁祸首并不在意，他在意的是洗脱父亲的嫌疑。而我现在手头的线索，刚好可以替古永辉翻案。我现在可以很肯定地告诉你们，当年在黑曜馆连杀五人的不是古永辉！而他却为此背负了二十年的污名！"

"真……真的不是古永辉？"赵守仁惊呼道，"你有证据吗？"

"证据就在这里。"陈熵将手中的笔记本丢在茶几上。

"你是说古永辉写的童话故事？"

"可以这么说。"

"陈教授，你真的知道了？"王芳仪也有些疑惑。

陈熵站起身来，伸了个大大的懒腰，然后对我说："韩晋，你去把所有人都叫下楼。就说古阳拜托我们来黑曜馆办的事，已经办完了。虽然比预期时间晚了许多，但总算可以给古阳一个交代。"

看来这次是玩儿真的。

我小跑上楼，一间间屋子拍门通知。大家见我气喘吁吁，都以为发生了大事，每个人都非常警觉。于是，我便把陈熵刚才的话转述了一遍。我从他们的脸上看出了不信任。

这也无可厚非，就连我心里都没底。

光是靠一本童话和一些零散的线索，真的能证明古永辉的清白吗？我尽力说服他们。郑学鸿和祝丽欣得知后，立刻下了楼。朱建平有些不耐烦，但也表示听听也无妨。我知道，他内心最希望看陈熵出丑。陶振坤正在睡觉，被我吵醒也有些不爽，不过还是答应下楼，毕竟大家对二十年前的惨案还是拥有强烈的好奇心。

对于陈熵的为人，他们并不了解，所以一开始都认为是一场闹剧。也难怪他们不信，就连我都怀疑陈熵是否有些托大。

第六章

1

众人一个接一个地走进了客厅，空气中弥漫着紧张的气氛。

谁都不知道这位年轻的数学家想要做什么，他在夜里将大家集结于这里，难道知悉了真相？这不可能！所有人都知道，追溯一起发生在二十年前的杀人案的真相几乎是不可能完成的任务。当他们拖着沉重的脚步迈进客厅的那一刻，他们心里就打定了主意，陈燨只是虚张声势。当然，这一切都是他们事后亲口跟我说的。

黑曜馆内所有人都在这里了。众人轮流在沙发上坐下，有些人则站着。陶振坤和郑学鸿坐在沙发上，两人正低头交流着什么。他们身边的朱建平一脸不屑，双手抱胸，嘴角含笑地盯着陈燨，似要等着看他的笑话一般。挨着朱建平坐的祝丽欣，她苍白的脸因为悲伤更是显得憔悴不堪。而王芳仪则站在沙发后，一脸疑惑地扫视着大家，她身边的赵守仁嘴角叼着一支刚点燃的烟，身体斜靠窗台边，面无表情。我守在祝丽欣身旁，生怕她因受不了刺激而晕倒。现在的她真的很虚弱，脸色极差。

陈燨站在客厅正中央，神情严肃地扫视着屋内的一切。

"我很困啊，你有什么话尽快讲。"朱建平的声音听着有些刺耳,"没事我就回房休息了,我可没空和你们玩无聊的侦探游戏。"

陈燏转过头,挑衅般地瞪了朱建平一眼,没有说话。朱建平像是被陈燏的眼神吓到一样,闭上了嘴。屋里一片死寂。

"我们都是被古阳邀请来的。"陈燏说话的语气相当平静,"他邀请我们来这里,是为了洗脱古永辉背负了二十年的骂名。虽然古阳死了,但是我们的任务还在。受人之托,忠人之事,我想这个道理大家都明白。我不知道你们和古阳之间达成了怎样的协议,我也没有兴趣知道,我只想完成古阳的遗愿,为古永辉翻案!"

没有人高声谈话,亦没有人喃喃细语,人们只是雕塑般地等着陈燏继续说下去。

"就在刚才,我突然想通了一些问题,原本纠结于细节的我,犯了一个重大的错误。所谓思维的盲点,就是这个意思吧。韩晋和我在黑曜馆收集线索之后,我陷入了逻辑的桎梏,根据推理完全无法锁定凶手。不,可以说离真相越发遥远起来。根据逻辑推理得出的真相,竟然相互矛盾,究竟是为什么?直到一个小时前,我还是不能想明白。所谓当局者迷,当我作为一个旁观者来审视二十年前那起惨案,眼前的迷雾竟然退散了。拨云见日,就是这种感觉。现在,我只想把我观察推理所得出的一切分享给大家。这也是我答应过古阳的事。接下来,我将为大家讲解我所看到的、推理得出的一些结论。如果有不对的地方,希望各位能够指证。"

"啰里啰唆说这么多,倒是快讲重点啊!"朱建平起哄道。

"你就不能安静一会儿?"赵守仁狠狠地说,"不想听滚上去。"

陈爝伸出双手，手掌向下压："各位少安毋躁，我立刻就开始讲解我所知道的一切。"他说完这句话，侧身看了看我。他眼睛里闪烁着异样的光芒，在那一刻，我知道陈爝一定是胸有成竹的，于是朝他使劲点了点头，用眼神鼓励他说下去。

"我相信大家在接受古阳邀请时，已经阅读过古永辉留下的童话了。我手中的是原本，各位读的是复印件，内容是一样的。陶医生，你是否还记得我跟你说过，童话并不完全是胡思乱想，其中包含着当年惨案的线索？"

陈爝将视线投向陶振坤。

"是的，我记得当时你在车上跟我讲，童话中的'奥比斯甸王国'指的就是现实中的黑曜馆，因为奥比斯甸就是黑曜石的英文 obsidian 的中文发音。"

屋子里有人开始低声议论起来。

陈爝点头，继续说道："有意思的是，童话中的青蛙王子、白雪公主、蓝胡子、刺猬汉斯、小红帽、灰姑娘和穿靴子的猫，相对应的就是二十年前黑曜馆中的众人！当年被杀掉的人，都能在童话中找到替身！"

"你这样讲，似乎有些牵强。"郑学鸿忍不住说道。

"我承认，破解这样的案件需要一些想象力，就好比一组方程，需要同时满足方程组中每个方程的未知数的值，才能成为方程组的解。我现在的假设并不等于猜测，之后会做出相应的论证。最后的答案是不是正确，郑教授可以待我说完，再提出异议。"

"请继续。"郑学鸿朝陈爝欠了欠身子。

"从哪里开始呢？因为天气原因，我们对五位死者的死亡顺序一无所知，所以我们遵循赵警官的诉述顺序，从女明星骆小玲被杀一案开始,先将童话中对应的人物,一一列出。骆小玲在童话中对应的人物是谁?现在我们还不知晓,不过不着急,我们可以从赵警官那儿得到一些提示。骆小玲是在二楼浴室被溺死的,她是唯一没有死在自己房间的人。童话中,青蛙王子为了救出蓝胡子手中的白雪公主,分别去了许多国家寻找勇士,其中一站是水之国。浴室和水之国,相比花之国、风之国、雪之国和黑暗之国,联系似乎更多。我们先假设水之国指的就是浴室,而骆小玲就是小红帽。"

"你就是瞎猜!因为浴室有水,就能代表童话中的水之国吗?你有其他证据吗?"朱建平不服道。

"证据就在这里!"陈燏翻开手中的笔记本,指着一段文字念了起来,"青蛙王子闻到小红帽脸上有香草的香味,手上散发着玫瑰的香气。就算是魔法师,毕竟是个女孩子,还是会用花粉来打扮自己的,青蛙王子这样想。"读到这里,陈燏停了一下,又翻了几页,继续念道:"最后小红帽被蓝胡子用黑魔法击败,倒在地上,原本浑身上下都散发着香草的香味,但随着力气减弱,气味越来越淡……"

他放下笔记本,扫了眼四周,屋内鸦雀无声。

陈燏又拿起案件卷宗,在众人面前晃了晃,说:"发现骆小玲尸体的时候,她的物品散落一地,我们看看有些什么:化妆包、玫瑰护手霜、去屑洗发露、护发素、香草润肤露、芦荟沐浴露、薄荷牙膏、牙刷、指甲油、爽肤水……你们有没有注意到什么?是的,玫瑰护手霜和香草润肤露。而小红帽出场的时候,脸上散发着香草的味道,手上散发着玫瑰的香气,这不正是骆小玲吗?"

见众人没有异议,陈燏紧接着说道:"当然,这只是初步推测,之后的推理还有可能推翻之前的结论。我们都要做好这个准备。我们再来看,死在封闭房间的河源是谁?和骆小玲一样,我们从第一现场入手。因为我相信,杀人现场对古永辉的刺激是很强的,那时的画面深深印刻在了他的脑海中,以至于失常状态下,不自觉就会将脑海中的影像投射到童话里。我们可以用排除法:河源住在不透风的屋子里,首先排除小红帽,因为小红帽是骆小玲;排除青蛙王子,因为王子住的是宫殿,而不是密室;排除穿靴子的猫,因为它有一栋漂亮的别墅;排除住在仙女山上的灰姑娘,她的屋子有许多窗;更不可能是蓝胡子的城堡,剩下只有刺猬汉斯了。刺猬是一种小型哺乳动物,扒洞为窝,白天隐匿在巢内,黄昏后才出来活动。这样看来,刺猬洞和河源的'密闭之屋'倒有异曲同工之妙。除此之外,当青蛙王子第一次见到刺猬汉斯时,看见它正在认真地画画,它把水里的一条鱼画成好几条,又画了好多鱼缸,将它们都装进去。为什么要画很多条鱼呢?明明水里只有一条嘛!如果学过电影就知道了,其实刺猬汉斯并不是在画鱼,他是在画剧本分镜,也就是俗称导演剧本的东西!"

众人同时发出了一阵短促的惊叹。我也差点儿惊呼起来!

陈燏竟然能从这点细微之处入手,以刺猬画鱼作为切入点,推理出那是河源的剧本分镜,真令我吃惊!

"分镜头剧本是导演将整个影片或电视片的文学内容分割成一系列可摄制的镜头的剧本,有时像漫画一样被分为一格一格。所以在童话里青蛙王子会把分隔开的镜头误以为是好多鱼缸,装进了许多鱼。"

"你的结论,骆小玲是小红帽,河源是刺猬汉斯,是不是?"王芳仪想确认一下。

"是的。"陈燏回答的声音中不带有任何感情色彩。

"明白了,请继续。"

"然后是周伟成。他被杀时,房间很乱,所带的衣物和日用品都被凶手随地丢弃。但有一点却引起了我的注意,就是周伟成没有穿上衣。要知道,那个时候是冬天,即使馆内房间有暖气,这一举动也显得很异常。当然我们不能否认他有裸睡的嗜好,但下身穿着长长的睡裤,上身赤膊就很难理解了。要不就都穿上,要不就都脱了,这样才合理。所以我认为,周伟成的睡衣是被凶手拿走了。至于为什么,我先按下不表,之后会提到。不穿上衣,这让我联想到童话中,青蛙王子他们正要赶往下一国度时,由于太过匆忙,灰姑娘把她的外套都忘在了家里,没有带出来……"

"灰姑娘是周伟成!"我脱口而出。

"You said it!"陈燏伸出右手,在我面前打了个响指。

2

"可周伟成是男的,怎么会是灰姑娘呢?"祝丽欣突然问道。她的嗓音听上去有些嘶哑。

"原本我也在琢磨这个问题,直到赵警官对我说,周伟成的性取向和普通人不太一样,他经常在学校里骚扰一些男同学。这样一切都解释得通了。古永辉和他是朋友,知道他的兴趣爱好也很正常。周伟成很可能是个跨性别者,自我认知为女性。跨性别者在潜意识里,会将自己当成异性,性别意识模糊。周伟成就是这样的人,他喜欢男人,不喜欢女人,他不知自己是男是女,身体是男性,灵魂却是女性。对于性别,他不像我们非黑即白,而是灰色的。所以，他就是童话中，丢失外套的灰姑娘。"

陈燔的推理快刀斩乱麻，将一团复杂的线索整理得清清楚楚。对于他的这种能力，我甚至感到可怕。

"我们再来看刘国权医生被杀一案。刘国权是谁？剩下的选项似乎不多，我们可以在蓝胡子、青蛙王子、白雪公主和穿靴子的猫中选一个。我们依旧从案件现场开始观察，赵警官告诉我，刘国权所住的房间原来是古永辉妻子方慧用来存放世界各地搜集来的香水的，因为整理过的客房不够，拿来凑数的。而他被杀的时候，某种原因，可能是与凶手搏斗时或者凶手寻找东西时，将橱柜中的香水瓶都打翻了。这就会造成一个结果……"

"香味？"我接着陈燔的话说道。

"满世界香味！你能想象一屋子香水瓶被打翻的情景吗？你根本分辨不出是什么香味，各种各样的味道扰乱着你的嗅觉。这个房间，简直就是花之国。而刘国权则是花之国里那只穿着靴子的猫。"陈燔微微扬起下巴，自信地说道。

"只剩下青蛙王子、白雪公主和蓝胡子了！"我补充道。

"是的。被害者中，还有女作家齐莉没有提到。其实我不说，大家也已经猜到齐莉是谁了。因为只有一个女性角色，并且还有个很明显的提示。"

陈燔一边说，一边翻出赵警官给他的案件卷宗，从其中抽出一张黑曜馆的平面图。

他指着齐莉所住的房间，认真地对大家道："齐莉所住的房间原本是书房。在房间的中央，堆着两大排书架，所以要想从房门处走到窗口处，必须侧过身子才行。而在童话中，白雪公主被关在蓝胡子的房间，是一间特殊的房间，呈'工'字形。大家来对比一下，就不难看出，古永辉描述的蓝胡子的房间，其实就是黑曜馆一层的图书室。"

"照你的意思，小红帽、刺猬汉斯、灰姑娘、穿靴子的猫和白雪公主，就是二十年前黑曜馆被杀掉的五个人？"郑学鸿教授推了推鼻梁上的眼镜，紧接着发问，"那古永辉自己是谁？是蓝胡子呢，还是青蛙王子？"

"这个我们稍后再讨论。"陈燨突然停了下来，低头看着他的笔记本。

屋内一片静默。

"我们已知童话中每个角色在黑曜馆中对应的人物，接下来，我们就能依靠手中已知的线索，来求证未知的答案了。我们从哪里开始呢？就先从周伟成被杀一案来入手吧！"陈燨挑衅般地环视着众人，"大家都知道，周伟成和骆小玲的房间，位于黑曜馆副馆内。而要进入黑曜馆的附馆，必须得通过一条长长的观光通道。这条通道极长，慢走的话需要三分钟，请大家记住这个时间。好，我们回到案件本身。周伟成被杀死后，凶手出于某种原因，带走了他的睡衣。为什么是凶手带走的，我在之前已经论述过，衣服不可能是周伟成自己脱的，没有人会在冬天脱了衣服睡觉，就算裸睡也不会只穿裤子。如果是这样，我们就会碰到一个问题，亦即，凶手为什么要带走周伟成的睡衣呢？

"有两种情况：第一，凶手自己不穿；第二，凶手自己穿。我们来看第一种情况，凶手为何要带走一件自己不穿的衣服？可能在衣服上留下了自己是凶手的证据，比如血液。可根据警方的记录，周伟成的睡衣却完好地出现在了黑曜馆一层的中庭地板上。凶手并没有清洗这件衣服，也没有销毁它，所以说衣服上留有证据是不成立的。那么，只剩下第二种解释，凶手需要穿这件衣服。穿衣服为了什么？除了好看之外，最原始的功能是御寒，凶手不可能爱上周伟成衣服的样式，所以只剩下一个可能，凶手很冷，需要穿这件衣服。那为什么会感觉冷呢？为什么一开始进入副馆的时候不冷？也只有一个解释，凶手进入副馆周伟成房间的时候，并没有感到寒冷，行凶完毕准备离开时，气温骤降！这种情况，只能有一个答案，黑曜馆的空调系统突然出了问题！就在凶手行凶时，室内温度一下子降了下来，毕竟馆外大雪纷飞，馆内原本那些暖气根本撑不了多久！

"照这样看，凶手披上死者的睡衣，离开副馆就行了！可是，我们的凶手运气不太好，他碰上了一点麻烦。说到这里，我请大家回顾一下古永辉的童话，也就是在灰姑娘的国度——黑暗之国的情节。青蛙王子他们来到黑暗之国，要经过一条小道，可黑暗之国天上的云层很厚，厚到阳光都无法射穿它。他们什么都看不见，这个时候，却忽然闻到了一股青苹果的香味。实际上，他们闻到的，是一种苹果味的气体……"

"是瓦斯！"我想起那天和陈燏经过副馆时看见的管道。

"瓦斯是无色、无味的气体，但有时可以闻到类似苹果的香味，这是由于芳香族的碳氢气体同瓦斯同时涌出的缘故。我和韩晋检查观光通道，地上确实有被砸开修理的痕迹。加上童话里提到，经过小道时伸手不见五指，可能是通道中照明设备出了些问题。大家想象一下，空调设备、照明设备同时出问题，并且瓦斯泄漏，充斥了整个通道，一定是馆内电路设备发生了故障。观光通道两侧虽然有玻璃窗，但都是被有机玻璃镶死在墙壁上的，无法通气，所以那个时候，通道内一定充斥着高浓度瓦斯。瓦斯达到一定浓度时，能使人因缺氧而窒息，凶手运气很差，空调失灵后，又遇上了瓦斯泄漏，光是瓦斯泄漏，那他还能一口气跑到主馆，可偏偏照明设备失灵。没有了灯光，在这条弯曲狭长的管道中是寸步难行的。而且当时是夜里，月光被云所遮盖，眼前真是一片漆黑。"

陈燏神色郑重地说道。

"如果凶手自己有照明设备，还是可以憋着气，跑到主馆。少吸几口瓦斯应该问题不大，不会立刻中毒。"郑学鸿说道。

"郑教授说得没错，所以我们逐一来看，哪些人是没有照明工具的。首先我们排除齐莉和骆小玲，因为在她们遗体边上，都发现了手电筒，可惜不是坏了就是没有电。河源也不可能，他身上唯一的照明工具就是一把打火机，在充满高浓度瓦斯的空间中点燃火焰，这无疑是找死，会发生燃烧或爆炸。河源奋力跑过去，恐怕也来不及，在摸黑的环境中，人会失去方向感。而且健康的人如果连续三分钟吸入高浓度的瓦斯，会导致昏厥和休克。那么，我们的头号嫌疑人古永辉呢？也不可能，因为他的十字韧带受伤了，恐怕还没走完观光通道一半的路程，就会窒息而死。我们将以上嫌疑人都排除，那么剩下的那位，就一定是凶手了。"

陈燏向前倾了倾身，双眼烁烁有光。

"我的天，杀死周伟成教授的凶手，是刘国权医生？"

"韩晋，别急着下结论。照目前来看是这样，我们的凶手是有照明工具并随身携带的人。这是周伟成被杀一案，我所得到的答案。那么，回到其他案件，我们能不能把刘国权排除呢？当然不行，因为无法确定死亡顺序和死亡时间，这使我们这次的案子极度复杂。你也不能排除周伟成假死的可能，或许凶手当时没有杀死他，而他才是犯下另外四起杀人案的真凶！为了避免这种情况，我每一次推理案件，都会把嫌疑人从坟墓里拖出来，从万无一失的角度来进行推理，不放过任何一个人。好，从周伟成被杀案，我们掌握的凶手的条件是拥有照明工具的人，也就是刘国权医生。请大家记住这个条件。让我们继续。青年导演河源被杀案,我注意到现场一个非常奇怪的现象。"

陈燔在客厅来回踱步,滔滔不绝地进行着推理。

"没有窗户的房间?"王芳仪插嘴问道。

"这只是其中一点。根据赵警官的详述,我们得知河源死时,尸体周围散落着剧本、马克杯和叼在嘴边尚未点燃的骆驼牌香烟,并且尸体离书桌尚有一段距离。你们试想一下,是不是很奇怪?"陈燔从口袋中取出水笔,叼在嘴上,然后右手拿笔记本,左手从茶几上拿起一个茶杯,"你们看,是不是非常奇怪?如果我要喝水,何必叼着烟?如果我要点烟,左手为何拿着马克杯而不是打火机?请注意,尸体离书桌是有一段距离的,所以马克杯、香烟和剧本,不可能是书桌上掉下来的。河源当时就像我这样,站在门口的位置,然后被人袭击。他为什么要这样呢?"

被陈燔这么一说,我顿时也觉得不可思议。通常将烟放进嘴里,接下去的动作就是用打火机点燃香烟,如果要喝水,则必须从嘴中取走香烟。河源这样的举动非常奇怪,令人费解。

陈燔像是看出了我们的疑惑,微微一笑,继续说道:"所以,我认为这并非河源的本意。而是凶手强加上去的。"

"强加上去的?"

郑学鸿眼中流露出极大的兴致。

"是!剧本、香烟和马克杯,其中有一件东西,是凶手放在尸体边上,用来迷惑别人的!到底是什么呢?我首先排除剧本。因为剧本和其他两件物品并不矛盾,你喝着茶抽着烟,照样可以阅读剧本。那么,香烟和马克杯,哪一个才是凶手放置在尸体边上的呢?"

陈燔抛出这个问题,然后再次环视众人。

3

"看来没人有答案,那就容我继续说下去吧。如果你们仔细阅读过卷宗,那瞬间就可以辨别出凶手放了什么在河源身边。河源是用牙齿紧紧咬住香烟的,这点赵警官刚来时就说过。所以马克杯才是凶手留下的东西。是不是更奇怪了?凶手为什么要在现场留下一个打翻的杯子?其实很简单,杯子并不是重点,重点是杯子里流出来的咖啡。赵警官说过,杯子打翻在地,杯中的咖啡流出,沿着门缝流淌到外面,地上的咖啡渍还依稀可见。凶手打翻马克杯,一定有他的用意。凶手一定试图用这个举动掩盖什么。一杯咖啡能掩盖什么?我们可以开动脑筋思考一下。"

说到此处,陈燔略微停顿了片刻,见久久没人回应,才给出答案。

"对了,就是地上有其他的污渍。凶手企图用咖啡渍掩盖的其他污渍,究竟是什么呢?咖啡沿着门缝流淌出去,盖住了地上的什么?是血液!根据法医报告,河源死因系机械性损伤,身上多处有明显锐器伤。是的,河源被凶手刺了好几刀,流出不少血液,有些血液溅到地上也很正常。那凶手为什么要掩盖地上的血液呢?有没有必要?我们换个思路,会不会凶手要掩盖的,并不是尸体身边的血液,而是大门门缝下的小血滴?虽然很小,但是被发觉就完了!为什么不直接用血液?血液凝固了,流不动了,必须要使用咖啡。为什么门缝下方的地面上会有小血滴,因为凶手杀人的时候,门是打开的!这样血才会溅到地上而不是门上!没有错,这位凶手胆大包天,是敞着大门杀死河源的!"

屋子里响起一阵身体摩擦皮质沙发的声响。

"凶手行凶完毕后,发现了那些血滴,如果不掩盖将会被识破身份！那么，凶手何以开门杀人，而不是关上门？凶手不怕被人发现吗？他当然怕，不然就不会费尽心机，用咖啡来掩盖血滴了。其实，凶手这个奇怪的举动，和一种心理疾病有关。王芳仪教授、陶振坤医生，你们俩都是学心理学的，一定对幽闭恐惧症这种疾病不陌生吧？"

"幽闭恐惧症是对封闭空间的一种焦虑症，患者待在封闭的空间内会感到恐慌，因为无法逃离这样的情况而感到恐惧。严重者会觉得呼吸困难，甚至昏厥。"王芳仪应道。

"你说凶手是患有幽闭恐惧症的人，在当年那些人中，谁患有这样的心理疾病，你又如何知晓呢？"陶振坤问道。

陈燔像是早知道有人会提问一般，扬了扬手中的笔记本："答案还是在古永辉写的童话中。所以我说要破解这次的案件，必须将失落的线索和原有的线索相结合。在水之国，当青蛙王子初次遇见小红帽时，小红帽说：'这世界上我最恨两件事，监狱和狼人。监狱把人锁在屋子里，不让人出去，我最受不了没有自由，失去自由我会发抖。狼人吃人不吐骨头，伤害水之国善良的百姓，非常邪恶！'请注意，小红帽所谓的失去自由，就是被监禁，映射了在现实中的小红帽，即骆小玲对不能走出监禁之屋的恐惧。所以，杀死青年导演河源的，就是患有幽闭恐惧症的骆小玲！"

经过陈燔的推理，得出了杀死周伟成的凶手是刘国权、杀死河源的凶手是骆小玲这么一个答案。我不知道事实真相是否如他所说的那样，如果是真的，那就太令人震惊了！

"让我感到奇怪的，还有女作家齐莉被杀的案件。齐莉是被凶手勒杀的。她住在一层的图书馆，现场很奇怪，房间中央有两个书架，其中一面书架所有的书都被拿下，并丢弃在地上。走进现场，像是踏入茫茫书海一般。书被拿下书架，造成满地是书这样的情况，有两种可能：第一，书是齐莉拿下的；第二，书是凶手拿下的。第一种情况有没有可能呢？齐莉是客人，她如此举动是非常冒犯主人的，况且古永辉的书房中不乏一些古籍藏书，价值不菲，随意丢弃在地上，不像是一个爱书之人的举动。如果要找书，也可以慢慢找，没必要做这样的事。所以我认为，将书丢弃在地上，是凶手所为。凶手何必如此呢？我们可以从齐莉所住的图书室结构中，看出一些端倪。"

说着，陈燏又从一沓厚厚的案件卷宗中，抽出一张图书室的平面图。

"你们看，这间呈'工'字形的房间，两头都可以出入。我和韩晋去过图书室，东边是房门，西边则是一扇大窗户。窗台很低，普通人一脚就可以跨出去。房间的中央位置面对面放置着两大排书架，把屋子一分为二，分为东侧的房间和西侧的房间，而两排书架中间的通道，像是一条狭长的走廊。齐莉的尸体在门后，也就是东侧的房间。可见凶手是从房门处进屋，然后勒死齐莉再离开的。我之前说过，凶手在现场做的每一件事，都有必须做的理由，包括拿下书架上的书。看样子，他并非要找书，而是急于将书从书架上转移，搬空其中一面书架。为什么只搬空一面呢？我突然想起，当我走过两面书架中间时，会稍微侧一下身，如果凶手侧过身子，也无法通过这道狭长的通道呢？如果凶手是个胖子，出于某种原因，他不能从房门处离开，也许有人守候或者有人正在敲门，他在房里急得满头大汗，但必须逃走。这时，他灵机一动，打算从窗户翻出去溜走，但毕竟要经过这条又窄又挤的'通道'。以他的身材，挤过去完全无望！

"情急之下，凶手开始将一面书架上所有的书丢弃在地上，因为如果不将书架搬空，他根本无法移动书架。搬空后，就剩个空架子，只需用一点点力气，就可以将它移开，然后再搬回原处。至于凶手为何没将书籍重新归位，也许是时间紧迫容不得他做多余的动作，又或许他不知道书正确的摆放位置，弄错了可能引火烧身，总之凶手有凶手的理由。他选择直接从窗户逃走。那个时候应该还下着大雪，脚印会被之后的暴雪覆盖，所以不用担心暴露身份。根据以上推理，我得出的结论是，杀死齐莉的凶手一定是个肥胖的人。赵警官叙述时说过，河源重达一百多公斤，是馆内最胖的，而且古永辉在童话中也形容刺猬汉斯是'圆滚滚'的。除了导演河源，我想象不出还能有谁需要移动书架来逃生。"

如果陈燏的推理是正确的，那就是河源杀死齐莉、骆小玲再杀死河源，那这一连串谋杀案整个就是个循环？此时的客厅里，再也没有了低声细语，或者冷嘲热讽，所有人都竖起耳朵，生怕漏听了陈燏一句话。

"接着是刘国权被杀案。"

陈燏一开口，众人的注意力又集中到了他身上。

"满屋子打翻的香水瓶，这和齐莉一案有着相似之处。但相比其他几起案件来说，却是最简单的。根据当时第一个到达现场的赵警官描述，整栋黑曜馆弥漫着一股浓烈的香味，甚至有些刺鼻。我想，这恐怕就是杀死刘国权的凶手干的好事！他用毒药将刘国权毒死后，再次进入房间，在这个满是香水味的房间中，不小心打翻了一瓶香水。香水溅在了他的身上，气味非常浓烈。就算将衣服洗净，身上可能还是会留有香水的味道。这种突发事件，一时半会儿肯定处理不了。但凶手又何必将所有香水瓶打翻呢？只需要取同一香味的香水，偷偷潜入别人房间都倒上一点不就行了?这说明了两个问题:第一,凶手不认识外国的香水;第二,凶手闻不出味道。闻不出气味,他就无从判断哪瓶香水的味道和打翻的那瓶香水一样!甚至他如果打翻的是一瓶没有味道的自来水,他也会惊心动魄,认为身上有浓烈的气味。所以,在不能分辨气味的情况下,最好的选择就是让香气充满整个黑曜馆,这样大家的鼻子都会失灵,无法判断谁才是进入刘国权房间的那个人!"

"你是说凶手没有嗅觉?"

陶振坤瞪着陈燨,一脸的惊愕。

"也许吧,最大的可能性就是重感冒。只要我们着凉,就会患上伤风,这样就会使鼻子失去嗅觉,严重的时候连一部分味觉都会失去。"

"那如何找出那个感冒的人呢?还是从古永辉的童话中寻找?"陶振坤又问。

陈燨点点头,说道:"是的。从古永辉的童话看,感冒的人物有两个:一个是刺猬汉斯,即河源;另一位是白雪公主,即齐莉。刺猬汉斯在花之国打过喷嚏,其实他并非过敏,而是感冒了。而白雪公主则在蓝胡子的城堡里受尽折磨,导致身体异常虚弱,患上了感冒。原文也是这么写的。"

"二选一?"陶振坤不屑地哼了一声。

"需要吗?"陈燨的脸上展露出笑容,"答案已经呼之欲出了!"

4

可能话讲太多,有些渴了,陈燨拿起茶几上的水杯,一口饮尽。在众人还没有缓过神来的时候，他又开始了冗长的叙述。

"只要心细一点，你们就会发现，河源是个香水专家。赵警官，我说得没错吧？你跟我们讲过，他还在时尚杂志上开过专栏，特别谈过香水的品牌和种类。作为这样一位专家，我想他只需瞄一眼，就能认出他当时打翻的是何种香水了。所以我排除河源的嫌疑，杀死刘国权的凶手，必须要符合感冒和不认识香水两项，只剩下齐莉了。刘国权一案的凶手，是女作家齐莉。以上是我的推理。"

怎么可能？刘国权杀了周伟成、齐莉杀了刘国权、河源杀了齐莉、骆小玲杀了河源，这样的话，到底是谁杀死骆小玲的呢？只有古永辉了吧！如果按照陈燔的推理，被害人顺序应该是这样的：第一个被害者，周伟成；第二个被害者，刘国权；第三个被害者，齐莉；第四个被害者，河源；第五个被害者，骆小玲。

在陈燔停止解说的时候，开始有人窃窃私语起来，不一会儿便演变成了纷纷议论。陈燔举起手，示意大家安静，嘈杂声戛然而止。大家还想听听，陈燔是如何分析骆小玲一案的。假设古永辉不是杀死骆小玲的凶手，那到底是谁？这个时候，所有的嫌疑人都已经被杀死了。

"推理至此，我相信大家心里都有一张时间表，排列着受害者的被杀顺序。大家会觉得，这次的谋杀，犹如一条自我吞食状态下的衔尾蛇，无限地循环。而你们心中，恐怕早已认定杀死骆小玲的凶手是馆主古永辉。案件真相真是如此吗？"

陈燔说到此处，像是故意留个悬念，停顿了片刻。

"骆小玲被杀的案件有些复杂，涉及一个时间概念，我之后会详细解释。之前论证小红帽即是骆小玲的时候，我读过一段文字，大意就是青蛙王子闻到小红帽脸上有香草的香味，手上散发着玫瑰的香气。我们来看骆小玲散落的遗物，有化妆包、玫瑰护手霜、去屑洗发露、护发素、香草润肤露、芦荟沐浴露、薄荷牙膏、牙刷、指甲油、爽肤水等。我们要找出有香草气味和玫瑰气味的物品并不难，润肤露和护手霜。而且也和童话中小红帽脸上有香草的味道、手上是玫瑰的味道相吻合。也就是说，骆小玲洗澡完毕，都会在身上抹上香草气味的润肤露，在手上抹玫瑰气味的护手霜。直到这里，我相信大家都没有问题，那问题在哪儿呢？我们来看童话结尾部分，小红帽倒在地上，浑身上下都散发着玫瑰的香味，气味越来越淡……因为她被蓝胡子打败了。

"可是，为什么只有玫瑰的气味，而不是香草的气味呢？而且注意，原文中提到的是'浑身上下'，就是连脸、脖子，甚至身体都散发着玫瑰味。骆小玲被发现时是赤裸的，我有理由相信当古永辉或其他人发现她被杀死时，一丝不挂的骆小玲浑身都是玫瑰味。这说明什么呢？说明凶手将原本涂手的玫瑰味护手霜当成润肤露，给骆小玲浑身都抹了一遍。凶手根本分不清什么是护手霜，什么是润肤露！那凶手何必大费周章地给骆小玲抹上润肤露呢？凶手这么做的目的是什么？其实看似很难理解，实则不然，大家想一想，普通人会在什么时候抹润肤露呢？"

陈爔说到这里，又停顿了一下，然后扫视围观的众人。

"洗澡之后，在洗澡之后才会抹这些东西吧？"我说。

"是的，凶手就是要让你们误以为骆小玲是在洗澡之后被杀的，所以才故意为她抹上润肤露，谁知因为自己的无知，弄巧成拙，露出了狐狸尾巴。这样事情就清晰了，我们来看，凶手这样做，一定是因为其在骆小玲洗澡之前没有不在场证明。抹上润肤露后，所有人都会以为骆小玲是在洗澡之后被杀的，这样凶手本人就有了不在场证明。所以，凶手一定是骆小玲洗澡之前没有不在场证明的那个人。说起来有些绕，但分析起来就很简单。首先，我们如何知道当时他们都在干什么？老规矩，从古永辉的童话中寻找线索。'大家来到了小红帽的家。青蛙王子看见一台漂亮的钢琴，于是坐下忘情地弹奏起来。'我们知道古永辉的钢琴造诣很强，根据童话的内容，他一直在弹钢琴，没有停止过。如果古永辉停止弹钢琴，去干别的事，馆里所有人都会知道。因为琴声顿止，代表一定有问题。所以我第一个将他排除！不好意思，各位的怀疑是错的，古永辉不是杀死骆小玲的凶手！

"然后古永辉又写道'灰姑娘和穿靴子的猫忽然离开了，不知去了哪里'，也就是说，周伟成和刘国权离开了，不在现场。至于河源与齐莉，童话中没有描写他们的镜头。我们一个个来排除，第一个是齐莉，会不会是她呢？你们如果有心，会发现齐莉被杀现场也有一瓶进口的护手霜，她不会分不清润肤露和护手霜的区别，毕竟也是爱美的女性。所以我排除了齐莉行凶的可能。导演河源有没有可能？童话中，刺猬汉斯（河源）一直在听青蛙王子弹奏，一个小时后才离开。也就是说，河源在骆小玲洗澡之前，是有不在场证明的，故而排除嫌疑。现在只剩下灰姑娘（周伟成）和穿靴子的猫（刘国权）了！童话中，他们在刺猬汉斯离开之后才出现，正符合凶手的条件。那么，他们之中谁才是凶手呢？我注意到，凶手将润肤露和护手霜搞混，还有一个重要的原因，即护肤品的瓶身上都是英文，女明星骆小玲所用的都是进口产品。刘国权留过洋，毕业于德国海德堡大学的医学院，英文水平应该不会差。但周伟成虽是文学教授，可被学生爆出论文造假，甚至连英语都不会的丑闻。最后经校方调查，竟然还属实。那周伟成一定是看不懂护肤品瓶身上那些英文词汇了，才把护手霜当成润肤露涂抹在死者身上！所以杀死骆小玲的凶手，就是周伟成！"

"乱了乱了！彻底乱了！"朱建平用手拍打着脑门，似乎对陈燔的话难以理解。

"如果周伟成杀了骆小玲，那可真变成衔尾蛇啦！你杀我、我杀他，最后还绕一圈回来，什么跟什么嘛！"我抱怨道，"现在只能说，古永辉在这五起杀人案中没有嫌疑。但事实真相究竟是什么，还在云里雾里呢！"

陈燔摇摇头，微笑道："我刚才的推理，只是根据凶手的特质，对上了相应的人而已。你们还忽略了一个问题。二十年前在黑曜馆的杀人事件，如果是同一个人做的呢？我刚才的推理，形成了衔尾蛇，并不成立，所以杀死刘国权的并非齐莉，杀死河源的也并非骆小玲，以此类推，满盘皆错。那我若单单把这些条件抽出来，拼凑一下又会如何呢？"

"不可能有人能完全符合啊！"我说道。

"韩晋，你错了。我们都被警察误导了！我列出凶手的特质是感冒、幽闭恐惧症、胖子、不会英语和没有照明工具。如果我们要从黑曜馆六个人里找出满足以上所有条件的人，会是什么结果呢？"

陈燔拿起水笔，在摊开的笔记本上画了六个不相交的圆。

"空集！"陈燔大声说道，"你们会发现，这些特质没有交集，每个人只有其中一项是符合的，但并没有人完全符合。那是不是我的推理错了呢？依照逻辑的指示，我用推理还原了当时的情况。其中哪里出问题了呢？或者，我的推理没出问题，而是给出的条件有些问题？韩晋，你喜欢的福尔摩斯说过，排除不可能的，剩下的就是真相。而我所知道的真相，就是馆里有一个人，他是个胖子，有幽闭恐惧症并患了感冒，他不会英语，有手电筒。如果逻辑没有错,他就一定存在!所以我们都被骗了!一九九四年的黑曜馆里并不只有六个人,而是七个!那个人一直没有出现,但古永辉提示我们了!在童话中,出现的人物除去小红帽、刺猬汉斯、青蛙王子、白雪公主、灰姑娘、小红帽外,还有一个蓝胡子。童话中的人物不是六个,而是七个。而这个蓝胡子,就是黑曜馆连环杀人事件的真正凶手!"

"当年的凶手没有死?这……这怎么可能!"赵守仁紧张地站了起来。

王芳仪欲言又止,想说什么,但却紧闭着嘴。

"那……杀害古阳的,会不会也是当年那个凶手?"我不安道。

其他人也都忐忑不安地看着陈爝。

"这也是我最担心的情况。因为以上所有的条件,都是可逆的。感冒可以痊愈,幽闭恐惧症可以经过心理治疗克服,胖子可以减肥,英语可以学会,照明工具更不用说了。所以即使我们得到过去凶手的所有特征,也无法锁定我们之中,谁是当年黑曜馆的杀人魔'蓝胡子'。"陈爝精疲力竭地倒在椅子上,有气无力地说道。看来经过冗长的推理和解说,他也累了。"而我现在唯一能证明的,就是古永辉的清白。我的任务也算完成了。"

我环顾四周,在这栋馆内,除了我、陈爝和祝丽欣,其余几人的年龄都超过了四十岁,他们都有可能是黑曜馆的杀人魔"蓝胡子"。排除警官赵守仁,沉稳的郑学鸿、知性的王芳仪、狡猾的朱建平、中庸的陶振坤和老实的柴叔,究竟谁才是蓝胡子呢?

所有人就这样默默地坐着,陷入了深深的恐惧之中。黑曜馆里安静极了。

馆外,雨还在下。

第七章

1

"古阳当时还应了你一句？你怎么早没和我说？"

陈燏端坐在椅子上，一只手悬在半空，手中拿着茶杯。他半夜睡不着觉，就来敲我房门，说是讨论案情。我本打算去看看祝丽欣，他这么一来，把我原来的计划全都打乱了。

坐下后，我们就开始闲聊。

"一时紧张，我忘了。我想这也不是什么大不了的事啊。"

"韩晋，这可是个非常重要的信息啊！你说古阳当时回应了你，你能确定是他的声音吗？会不会是其他人假扮的？"

"不可能！虽然我和古阳不熟，但绝对不会听错！"

陈燏低下头，看样子碰上了难题。

"我和柴叔上楼之后，我先隔着门喊了他，古阳也回应我了，他说了句'我知道了'。然后我又问他几时下楼吃饭，可这次他没有说话，我以为他睡着了，便和柴叔一起下了楼。当时如果知道会这样，我一定会撞开门……"

"当时你的位置在哪里？"

"让我想想。我当时是在防盗门链的位置，想伸头进去看，可房门因为门链的关系，打开的角度很小，我看不清房间里的具体情况。柴叔站在我的身后,我都看不清,更别提他了。"

我努力回忆当时的情况,尽量还原给陈燨听。

"你和柴叔一同上楼,如果你没有说谎,那么当时古阳确实还活着。古阳的死,是在你和柴叔下楼之后,祝丽欣和陶振坤上楼之前这一段时间。可吊诡的是,这段时间所有人都在一起。除了你们四个,没有人离开过大厅,可你们两组人又相互监督,根本无法下手。除非……"陈燨抬头看着我,双眼流露出异样的光芒。

"你……你什么意思……"

"除非你们四人之中,有一组是相互串通的,合谋用某种方法杀死了古阳!"陈燨对着我大声喝道。

"你别血口喷人!"我真的动怒了,说话的声音都是颤抖的,"我韩晋对天发誓,如果我是杀死古阳的凶手或帮凶,我出门就让雷劈死!死后下地狱十八层,永世不得为人!你总相信我了吧!"

谁知陈燨哈哈一笑,说道:"我和你开玩笑呢!你和古阳非亲非故,和柴叔也认识没几天,虽然有这个可能性,但到底嫌疑不大。况且,如果这次的案件和二十年前的凶杀案有关,那时候你才多大呀!"

我重新坐回椅子上,生气道:"这种玩笑,以后不要开!"

"难道这世界上真的有魔法吗?凶手踏雪无痕,穿墙而入,杀死了古阳?"陈燨仰躺在沙发上,双腿搁在垫脚上。

"说不定,这栋房子真是鬼屋呢!"

"你是不是怕了?"

"胡扯!"

"那你为什么说这种话?"

我无法回答陈燨的问题。不知为何,初到黑曜馆时,我脑子里浮现的是电影《驱魔人》的场景。这是一九七三年威廉·弗莱德金（William Friedkin）导演的作品，讲述的是小女孩被恶魔附身的故事。当科学无法解决女孩的问题时，女孩的母亲转向神父求救。据说，这部片子是改编自美国马里兰州的真人真事。每次想到这里，我总会毛骨悚然。

我为何会把这部影片和案件联想在一起呢？或许在潜意识里，我认为二十年前的古永辉也是被恶魔附身了。他根本不是精神失常，而是被恶魔附体，才做出种种怪异的举动——杀死了馆内所有的人，然后又借助恶魔的力量，出现在五公里外的雪地上。古阳也是，这栋邸宅附有诅咒，继承者会一个个被附身，然后以奇特的方式死去。

然而陈燨的推理击碎了我的遐想，他证明，这一切是人为的。而且，凶手就是当年隐藏在馆内的"第七个人"。

"话说回来，你的推理还真有两下子。看似毫无联系的信息都能扯一块搅和，果然是你的风格。"我假装心不在焉地说道。

"这些零碎的信息我拼凑了很久，只有这样它们才可以严丝合缝地黏合。我也说了，这些都是我的推测，甚至说不上是推理。事实并不一定是我说的那样。就目前的情况来讲，它是最合理的，除非你能用证据来驳倒它。"

"不管怎么说，你总算洗清了古永辉的嫌疑，告诉大家还有另一种可能。我只是好奇，当时凶手是如何离开的呢？是否在警方赶到现场的时候，凶手就已经离开黑曜馆了？"

我把这个问题丢给陈燨。

"现在还不好说。"

陈燨总是这样，很多事他明明早就知道，偏偏喜欢卖关子。

推理小说中的侦探好像都这样，一定要等到所有人都被害，侦探才缓缓走上舞台中心,开始揭露真相。

不过可以看出,对于古阳的死,陈燧暂时还没有头绪。

"想到凶手还在黑曜馆中,我都无法睡觉了。总觉得房间里有什么人躲在角落里,手持匕首,等我睡着之后袭击我。"

"韩晋,你果然害怕了。"陈燧坏笑着说,"不如晚上把被褥搬到我的房间,我不介意分一半床位给你。"

"你以为我是三岁小孩吗?"

"我怕你吓出毛病来。心理方面的疾病可是很难治愈的,要是落下病根,我可担当不起。"

"多谢陈教授关心,我自己能照顾好自己。"

咚!咚!咚!

就在这时,有人在敲隔壁陈燧房间的门。

"有人来找你了。"我对陈燧说。

他点点头,起身从我房间走了出去,我则紧跟在他身后。

站在陈燧房间门口的,是物理学教授郑学鸿。他看见陈燧从我屋子里走出来,显得有些意外。不过惊讶的神色一闪而过,没有在他脸上逗留很久。

"郑教授,你找我?"率先开口的是陈燧。

郑学鸿点点头,接着说:"我有一些事情想和你谈谈。"

"没问题,进我房间谈吧。"陈燧推开房门,请郑学鸿进屋。可郑教授似乎有些顾虑,只是站在原地,看了我一眼。

陈燧领会了他的意思,哈哈笑道:"郑教授,既然你相信我,也请你相信韩晋。"

我忙摆手,说:"我还是先回避一下吧!"

郑学鸿听陈燧这么说,也拍了拍我的肩膀,示意我和他们一同进屋。

我们三人坐下后，郑学鸿取下眼镜擦拭，戴上，又取下，如此反复多次，这些举动令他看上去有些紧张。

灯光下，他脸像是被刷上了一层厚厚的菜油，略有反光，一副很久没有洗脸的样子。

陈爝给我们泡了红茶，然后坐在沙发上。

和之前的懒散不同，此刻的他，表情有些严肃。

"陈教授，刚才听了你的推理，我十分震惊。"郑学鸿抬起头，表情有些僵硬，"回房之后，我又把你的话在脑子里过了一遍。你的推理天马行空，很有想象力，非常精彩。不管怎么说，我没有能把这些信息整理在一起的能力，即便你是错的，我也比不上。所以我认为，如果我们之中只有一个人能看穿案件的真相的话，就只有你了。"

"郑教授过誉了，我也只是提出一个可能性而已。"

"我倒认为非常有说服力。每个细节都相互印证，就像亲眼所见一般真实。陈教授，你让我大开眼界。"郑学鸿由衷地赞叹道。

"愧不敢当，愧不敢当。"陈爝移开视线，不去看郑教授的脸。某些时候，陈爝显得非常腼腆。郑学鸿是个老顽固，和他接触过你就会知道，他吝啬夸奖，就像老葛朗台对待他的金币一样。所以他能认同陈爝，真是一个奇迹。

"没想到会这样。"沉默片刻，郑学鸿又抬起了头，"活这么大把年纪，什么事没经历过？我从前就喜欢讲这话。现在看来，真是可笑之极。"

我偷看了一眼陈爝，心想他是不是和我一样，对郑教授的话不明所以。陈爝没有接他的话，只是静静等待着什么。

"如果我告诉你，我认识古永辉，你会怎么想？"郑学鸿试探性地看着陈燔。

"很正常。"

"那如果我再告诉你,我和古永辉不单单认识,还是一生的挚友,你会怎么想?"

"也很正常。"

郑学鸿突然笑了起来,对他说:"陈教授,你真的很有意思。"

"你来我这里,不会只想对我讲这句话吧?"陈燔也在笑。

"当然不是。"

"你想和我说古永辉的事?"

"是的。只是我不确定这和当年的案件有没有关联,或许你能看出端倪。你的洞察力和推理能力都很强,是我见过最厉害的人。"

"凑巧而已……"

见到陈燔难为情,我情不自禁地笑了出来。

郑学鸿没有笑。

他不仅没笑,表情反而越发凝重了。他把脸别向一边,似乎在追忆遥远的往昔。过了好久,才回过神来,清了清嗓子。

"除了方慧,古永辉还有很多女人。"

"你是说古永辉有外遇?"陈燔尽量让自己的声音听上去平静。

"和所有有钱人一样,古永辉也很滥情。一个女人根本满足不了他,他的占有欲非常强烈。原本斯人已去,我不想背后非议好友。可兹事体大,我不得不说出来。"

"什么?"他的话勾起了我的兴趣。

"古阳不是古永辉亲生的。"

郑学鸿的这句话,像是在我心中扔下了一颗重磅炸弹。

2

"我比古永辉大十岁。"郑学鸿拿起桌上的红茶,润了润嗓子,"我们一九八〇年就认识了,在一个朋友家。那时我就觉得他不是普通人啊。古永辉非常善于辩论,只要和他观点不一致,他总能和你争论上一天一夜。现在想来当年真是精力充沛啊,我和他上至国家政策,下至文学艺术,争得面红耳赤。正所谓不打不相识,之后我们就成了莫逆之交。不过,我毕竟是搞学术的,和他这么一个生意人,不能走得太近,免得背后有人说闲话,讲我姓郑的贪慕虚荣,喜欢和有钱人交朋友。但私下里,我们联络相当频繁。他遇上什么不痛快的事,也常常会给我来电话,能力范围之内,我也一定会帮助他。"

对于郑学鸿和古永辉的故事,我表示非常惊讶,但陈燨却很镇静。

"别看他是个商人,对于文艺的爱好可不亚于我。对了,他还是个棋痴呢!每当我休假的时候,他总会来我家和我对弈几局。论棋力,刚开始他是远不如我的。但古永辉这个人,恐怖的地方在于异常的执着,做什么事都投入百分百的精力。对于围棋也是这样。几年之后,他竟然能和我杀得难解难分,有时还能胜我一两子。他好胜心极强,有一次,我吃了他一片大龙[①],他竟当场和我翻脸,摔了手上的棋子就走了,过了好几天才来向我道歉,承认自己棋品差。其实我知道,他是输不起的,无论在围棋上,还是爱情上。

"古阳的母亲方慧是个极美的女人,直到今天我还是这么认

[①] 围棋术语,一般指在棋局上尚未获得安定,可能受到对方攻逼、威胁的整块棋子(十几子以上)。

为。她真人比照片好看不知道多少倍，一颦一笑都光彩照人。如果说男人对这样的女人不动心，我是不相信的。古永辉也是男人。我认识古永辉的时候，他还在追求方慧。那时候追求方慧的人很多，竞争相当激烈。方慧是个内敛的女人，她很害羞，所以对众多追求者的态度是很冷漠的。最终她被古永辉的毅力打动，两人于一九八六年结婚。可就在结婚那年，古永辉就有外遇了。"

郑学鸿低下了头，显得很失望。

"有这样的美女老婆，还会外遇？"我不禁瞪大了眼睛。

郑学鸿对我笑笑，说："小韩，你还没结婚吧？"

我一时没有明白他问题的意义，不过还是点了点头。

"结婚后你就会知道，其实婚姻并不美好。"

"为什么这么讲？"我问。

郑学鸿继续说道："两个生活习性完全不同的人，同住在屋檐下，又要相互迁就对方，其实是非常困难的。所以夫妻为了琐事吵架，没有谁对谁错，因为原本就是不同的人嘛。因为容貌或者财富的吸引，他们走在了一起，可爱情改变不了本质。什么是爱情？其实爱情根本不存在！所谓一见钟情也只不过大脑里的多巴胺分泌导致的结果，因为对方的身高、相貌、财富和其他特质产生了吸引力。打从心底的爱不需要看条件？简直是笑话！人类原本就是动物，人类身上的动物性永远无法剔除！本质上，我们和马和牛和猪没有区别……不好意思，我扯远了。我想告诉你的是，现在社会越来越进步，将来很少能有夫妻相濡以沫到老的，因为没人愿意委屈自己。在我们那个年代，结婚是媒妁之言，离婚是不可能的。所以我们那时候谈恋爱，基本上不怎么谈爱情，就谈合适不合适，即使像古永辉和方慧那样，由自由恋爱走到了一起，比较少见，不过没想到婚后照样会出问题。"

"总之，外遇就是不对！结婚之后，就应该对对方负责！"我言之凿凿地说。

"世界上有没有对妻子绝对忠诚的男人，或是对丈夫绝对忠诚的妻子？"郑学鸿盯着我的眼睛说，"当然有，但我肯定地告诉你，是比较少数的。你还年轻，或许无法体会我这些话的意思。我是从你这个年纪走过来的，我和我的老伴也没有离婚。但你问我爱不爱她？我当然爱，可我也确定，和当初结婚时候的爱完全不同。是一种依赖，是亲情。"

"我能理解，可古永辉在一年不到的时间就在外面找女人，这未免太薄情了吧！"嘴上虽这样讲，我仍然无法理解郑教授。

"他爱方慧，这我知道。但他也爱白艳。"

"白艳？"我歪着头问，"是古永辉在外面包养的情人？"

听我这么一说，郑学鸿摇摇头。

"白艳是有夫之妇。"

"什么！"

我简直不敢相信，古永辉竟然和有夫之妇有染。这让古永辉在我心中的形象一落千丈。

"这件事说来话长。白艳虽然没有方慧这么惊艳，可也是个出色的美女。如果说方慧是热情的玫瑰，那白艳就是安静的牡丹。白艳是古永辉的私人秘书，从成都来上海念的大学。古永辉与她朝夕相对，自然有了感情。可白艳是一个有原则的女人，对于古永辉的追求，她都婉言拒绝。一方面她知道古永辉即将和方慧完婚，另一方面，她自己也有一个对她万般呵护的丈夫。如果事情就这么完结，那也不错。可我之前讲过，古永辉好胜心极强，在爱情方面也是如此，所以……所以……"

郑学鸿有些说不下去了。

"古永辉在违背白艳意愿的情况下，侵犯了她？"

陈燔把身体微微前倾，替他讲了出来。

郑学鸿沉痛地点了点头。

"他将此事告诉了我，说当时酒喝多了，控制不住自己。他想找白艳道歉，并且在经济上赔偿她一些心灵上的损失。可白艳自从那晚之后，就从公司消失了，同事找不到她，就连丈夫也寻她不到。我听闻此事后，非常愤怒，我呵斥古永辉，说他这是在犯罪，要去坐牢的！他没有反驳，甚至说如果我报警，他也不会怨恨我。他只是觉得对不起白艳。过了许久，公司同事才得到白艳已经自杀的消息，据说是跳楼自尽的。"

"方慧知道了吗？"

"怎么可能不知道。纸包不住火，整个公司都在谈论古永辉和白艳的不正当关系。而事实上，他们之间只是古永辉的一厢情愿。白艳是有丈夫的啊！之后她丈夫来公司闹过几次，都被保安挡在了门外。公司里的流言蜚语当然传到了方慧的耳朵里。她不敢相信才和自己结婚不到一年的丈夫，竟会和公司里的员工发生不正当的关系，还闹出了人命！于是方慧向古永辉提出了离婚。"

"古永辉什么反应？"

"他当然不愿意离婚，他还爱着方慧。"

"他爱方慧，为什么还会对白艳做出这种事？"我不服道。

"男人是可以同时爱上两个女人的。你别误会，我不是在替古永辉辩解什么，只不过我相信他对白艳的感情是真实的。方慧坚持要离婚，对于古永辉的苦苦哀求不屑一顾。方慧告诉古永辉，她打算出国，去巴黎，在那里重新开始她的人生，希望古永辉能尊重她的决定。他们离婚之后，古永辉经常会来找我，夜夜借酒消愁，日子过得昏天暗地。可事情总有转机。过了半年，方慧竟然奇迹般从巴黎回到了上海,出现在古永辉的眼前。古永辉大喜过望,立刻再次向方慧求婚,方慧也答应了他。"

"太奇怪了。"我喃喃道。

"我当时也这么想。可古永辉告诉我,致使方慧回心转意的人,不是他,而是他的儿子。"

"去巴黎前方慧就怀孕了?"

"没错,方慧怀了古阳。她告诉古永辉,当她初到巴黎时,身体一直不舒服。吃什么都没有胃口,早上起床还会干呕。她去医院验了血,才发现自己怀孕了。方慧说,她不想打掉这个孩子,打胎是谋杀,她不会这样做,但让孩子一出生就没有父亲,更是她不愿看到的。古永辉趁这个机会,对天发誓再也不会出轨。方慧这才原谅了他。"

"你刚才说,古阳不是古永辉亲生的。难道在此期间,方慧也有外遇?"

"没错。"

"那古永辉知道这事吗?"

"直到他死的那天,他还认为古阳是他的亲生儿子。"

"这……"我张口结舌,不知该说什么好。

"这才是方慧的可怕之处。她的归来,只是为了报复古永辉。离婚不足以平复她心中的怒火,她要以这种方式来惩罚古永辉。让他的资产、让他所有的一切都归这个与他毫无血缘关系的儿子手中。我认为这是她的计划!好狠毒的女人!"说到这里,郑学鸿转头看向我,"韩先生,这个世界上,女人是最惹不起的。谨记!"

我惊愕得说不出话来。如果郑学鸿的推断是真的,那方慧实在是个厉害的女人。

"你怎么知道古阳不是古永辉的亲生儿子?"

"古永辉的血型是 AB 型,方慧是 B 型,可古阳却是 O 型。从遗传学上讲,AB 型和 B 型血的父母是生不出 O 型血的孩子的。"说完,郑学鸿又补充道,"古阳的血型是我和古阳闲谈时他告诉我的,那时我们正在谈论血液中结缔组织的问题。他是个爱好学习的孩子,唉,可惜了。"

"这件事除了你,还有谁知道?"我又问。

"恐怕没有了。"说完,郑学鸿取下眼镜,对着镜片哈了口气,接着用眼镜布仔仔细细地擦拭了一遍。

过了好久,他才满意地将眼镜重新架回鼻梁上。

3

"肚子有点饿了。"

郑学鸿教授走后,陈燨看看墙上的挂钟。现在已是深夜十一点,不知柴叔睡下了没有。不过晚餐时候陈燨确实吃得很少。

"不如去厨房看看有什么可以吃的吧。不用麻烦柴叔了,我自己做一点。"

被他这么一说,我也饿了。晚上吃东西容易长胖,反正我身上的肥肉也够多了,不在乎这一两顿。打定主意后,我便跟着陈燨下楼。楼道里鸦雀无声,配合着黑色的墙壁,使得周围的气氛更显诡异。我们在这幽暗的环境中行走,除了寂静还是寂静,黑曜馆内只有屋外的雨声和我们两人的脚步声。

下楼右拐就是厨房。柴叔果然不在,应该是睡觉了。陈燨走进厨房,打开冰柜,开始寻找食材。我对烹饪一窍不通,帮不上什么忙,就站在陈燨身边看着他。陈燨从冰柜中取出两块牛排和几个鸡蛋。他说:"煎两块牛排吃吧,韩晋,你把那边的垃圾桶拿来。"

我取来垃圾桶放在陈燨脚边,桶里面虽然没有东西,一股鱼腥味却呛得我透不过气。我想起今天晚餐柴叔做了一桌海鲜,多下的蟹壳鱼骨都丢在桶里了吧。即便是把桶中的垃圾倒了,腥味一时半会儿还残留在桶内。

"据我所知,古永辉在结婚前私生活也不检点。"陈燨用刀背反复拍打牛排。

"没想到他竟然是这样的人,亏我们还帮他洗脱污名呢!"

陈燨捶松牛排后,从调味料中选出小苏打、食盐和蒜粉,涂抹在牛排上。

"明天是最后一天了。"趁着腌制牛排的空隙,陈燨拿了酒杯和醒酒器,开了瓶红酒,和我面对面坐在餐桌上。

"凶手是谁,你还是毫无头绪吗?"

"是的。"

"你和赵警官的赌约怎么办?"

"我这人赌品不好。"陈燨一脸严肃地说道。

"你打算耍赖?"

"是的。"

我原本满怀希望的心,像泄了气的皮球一样干瘪下去。我说:"连你都放弃了,这世界上恐怕没人能找出真相啦!我对警方的能力不抱任何希望,你看他们对一九九四年谋杀案的态度就知道——完全靠不住!"

"谁说我放弃了?在没有思路的时候,把头脑放空,会有意想不到的效果。"陈燨摇晃着手中的红酒杯,看着挂杯沿着酒杯壁缓缓流淌下来。

"我听不懂你说的话。"

"提示已经够多了,但我还是抓不住……"

"陈燨,你也别太自责。你知道的已经足够多啦,我们只能说这个凶手太狡猾,把我们大家玩弄于股掌之中。"

"他也会犯错的。"陈燨抬起头对我说。

"我们现在要做的,就是保障馆内所有人的生命安全,等到警察来了,一切都会好的。而且你可以拜托宋伯雄队长,让你介入此次事件的调查啊。再怎么说,你也算是洛杉矶警方的顾问,协助他们破过案的人!"

陈燨没有说话,眼神飘忽地看着酒杯。我们就这样相对而坐,谁都没有开口。我所认识的陈燨,永远是那么自信。可今天,我却从他眼神中读出了疲惫和无助。古阳是他在大学唯一的好友,他的死给陈燨的打击可想而知。陈燨是个内敛的人,虽然平时嬉笑怒骂看似随性,实则相当敏感,他不会把自己的内心世界流露在脸上。

古阳被杀之后,虽然陈燨没有在公开场合表示过悲伤,没有流过一滴泪,但我知道他是悲伤的。他比谁都悲伤。

"时间差不多了。"陈燨放下酒杯,起身回到厨房。他把平底锅烤热,加入一点油,把牛排放进锅内,起大火分煎两面。他的烹饪手法熟练,无论是刀功的运用和火候的掌握都恰到好处。我一直怀疑他是不是做过厨师这一行。在食物方面,我确实没有什么追求,从小味觉就不发达,只要能吃饱就行。这方面陈燨和我完全不同。

两分钟后,陈燨再把煎好的牛排包入锡纸中,丢进烤箱里烘烤。

牛排的香味从烤箱中弥漫开来,我的肚子更饿了。为了转移注意力，我随便说道："陈燏，和我说说你在美国侦破过的案子呗！"

陈燏瞥了我一眼，笑了笑道："待会儿要吃东西，你确定要听？"

"怎么？美国的杀人案都很恶心？"

"是。"

"有多恶心？"我好奇道。

经不住我的死缠烂打，陈燏只能举手投降。他和我讲了许多稀奇古怪的案件，其中就包括大名鼎鼎的洛杉矶黑蜘蛛案。

对这个案件的报道很多，我第一次看见此案的相关报道是在二〇一一年的暑假。这位自称"洛杉矶黑蜘蛛"的杀人犯，每次犯案都会把女性受害者捆绑在用麻绳编织的"蛛网"上，然后对其进行性侵，最后将受害者杀死。

这起连环杀人案自二〇〇九年发生后，直至二〇一一年底才告破。当年十一月十日，警方在洛杉矶市南区一处住宅逮捕了一名叫罗伯特·约翰逊的嫌犯。他曾是一名昆虫学家。报道说，嫌犯二〇〇九年起在洛杉矶地区共杀害了十名年轻白人女性，与女性受害者生前一般有不同形式的性接触。约翰逊涉嫌在过去两年杀害了十人，被控十项谋杀罪和其他罪名。

我没想到这起轰动全美的杀人事件，竟然也是陈燏解决的。

"再等一会儿，黑椒汁做好就可以了。"

陈燏将剩下的肉汁加入适量的水调匀，加入黑胡椒、生粉等调料，中火炖至黏稠。然后浇在牛排上。完成以上工序后，他把牛排放在盘子里，端到了我面前。我切下一块牛肉放进嘴里，能清楚感受到牛排里的汁水在口腔中散溢开来，肉质的口感也相当不错。

"你是怎么知道那个罗伯特·约翰逊'就是洛杉矶黑蜘蛛'的？"

我嘴里咀嚼着牛肉，说话有些含糊不清。

"我说过，每个罪犯都会留下……"说到这里，陈燔突然瞪大双眼。

"你怎么了？"

"我真是个白痴。"陈燔放下刀叉，从椅子上起身。

"你没事吧，陈燔？"

"真相就在眼前，我竟然没有发现……"

"你知道杀死古阳的凶手了？"

"不，我还不知道。"

"那你大惊小怪什么！"

"我破解密室之谜了！"陈燔看着我说道。

我立刻道："快告诉我，凶手是怎么进入密室的？古阳明明把房门都锁得很严实啊，而且从防盗门链处杀他，也很难实现！"

"凶手非常狡猾，他抓住了一个千载难逢的机会！"

"什么机会？你话不要说一半行不行！"

"其实很简单，凶手用了……"

陈燔刚准备说明，忽然听见楼梯间有脚步声。

"好香啊！"

是王芳仪。她见到我们，莞尔一笑，优雅地绕餐桌到另一边坐下。她说半夜睡不着觉，想在楼道里随便走走，没想到闻到了牛排的味道，被吸引下楼。她说自己本来不饿的，现在被我们馋得肚子咕咕叫。陈燔说厨房还有牛排，如果她愿意，他可以下厨做给她吃。

"那我可就不客气啦！"王芳仪显得很高兴，催促陈燔快去。

陈燔走后，王芳仪开玩笑道："你们俩还真相亲相爱啊！深夜烛光晚餐，就差玫瑰花了。"

"半夜饿得不行，他没睡觉，就一起夜宵了。"我说。

我和王芳仪有一句没一句地聊着。她说过几天原本准备去海南的一个海岛上考察，那儿有个监狱，关押了许多有心理问题的罪犯，眼下这趟出行恐怕要泡汤了。我心不在焉地听着。过了一会儿，陈燔就把牛排从厨房端出来，放在王芳仪面前。她尝了一口，对陈燔的厨艺赞不绝口，说煎牛排也极考验功夫，时间要恰到好处，多一秒太多，少一秒太少，掌握好时机，煎出来的牛排才鲜嫩可口。

"今天我才算真正认识你，陈教授。"王芳仪用纸巾轻轻擦拭嘴角，"我佩服的人不多，你绝对是一个！一开始，古阳介绍你的时候，说你曾经是洛杉矶警署的特别顾问。那个时候，其实我并不相信，有些怀疑。直到今天下午，听了你在客厅的那番推理，真是精彩！原谅我的词穷，有种……有种天外飞仙的感觉！"

听了王芳仪的形容，我强忍住笑意。陈燔显得有些难为情。

"你独特的想法，对刑事侦破工作非常有帮助！"

"哪里哪里……"陈燔苦笑道。

"只是……"王芳仪低声道，"虽然洗清了古永辉的嫌疑，但这些被害者被杀的顺序，我们还是一无所知。我想如果能弄清被害者的顺序，对侦查的帮助会很大，破案概率也会增加。当然，陈教授你千万别误会，你能推理到这一步，已经非常非常了不起了！况且时间又过了二十年……"

"你想知道五位被害者被杀的顺序？"

“嗯？”

“这或许并不像你想象的那么难……”

“陈爝，真的吗？”我不禁大叫起来。

“嘘，轻一点，大家都睡了。”陈爝把食指放在嘴唇中央，让我降低音量，“对于二十年前的案子，我们手上的线索可以说越来越多了。都是靠逻辑推理得出的结论。既然如此，我们就放胆继续推理！”

“推理案件发生的顺序吗？”我问。

陈爝叹了一口气，然后把杯子里的红酒一饮而尽。

4

“其实利用逻辑推理，你会发现案件中一些不寻常的举动，往往是开启真相之门的钥匙。就拿周伟成来说，我们都知道，他是在黑曜馆的副馆被杀害的。赵警官对我们说过，浴室的洗衣机里，发现了许多周伟成带来的衣服。周伟成为何要把如此多的衣服全丢进洗衣机里清洗呢？当我注意到这个异常举动时，真相就又离我们近了一步。王教授，想必你对刘国权医生被杀的案件还有印象吧？”陈爝问道。

王芳仪认真答道：“嗯，就是死在放置名牌香水房间的那位先生。”

“没错，正是他。刘国权被杀的时候，凶手为了掩盖自己身上的香水味，把房间里的香水瓶全部打翻在地，并依次将香水洒在每个人的房间，想以此来迷惑大家。当然，周伟成的衣柜也遭了殃。所以，周伟成必须把被香水浇过的衣服放进洗衣机里清洗，洗去异味。”

"可是别人却没有这么做……"王芳仪这话刚说出口，就捂住了自己的嘴巴，像是想到了什么。她后悔讲这句话。

"没错！这就是关键！为什么这么多人之中，只有周伟成把衣服洗了，而其他人却没有洗呢？古永辉我们可以理解，因为除了衣柜里的衣服，他在储物柜里一定还有其他衣物，毕竟这是他家。可是其他人都是客人，却没有把被香水篡味的衣服进行清洗，那只有一个可能——他们做不到！因为在这个时候，他们都已经死了！"

"按照你的意思，周伟成是最后一个死的？"

"是的，因为他是最后一个死的，只有他能清洗自己的衣物。既然如此，我们也可推出另一个事实，亦即刘国权是在周伟成之前死的。如果把受害者遇害的顺序从第一排至第五，周伟成就是第五位，而刘国权则是第四位。周伟成是紧接着刘国权死的，这么说你们都能明白吧？"

我和王芳仪都点了点头。

"我们已知第四、第五位受害者的名字，还剩下第一到第三位受害者。我们再来关注一下青年导演河源。河源房间的床头柜上，座机的电话线被人用刀片割断了。这原本没什么奇怪的，因为在二十年前，黑曜馆内所有的电话线都被割断了。唯一和其他房间不同的是，河源房里的听筒悬挂在机身边上。这说明有人用过他。会是河源吗？应该不是，因为根据之前的推理，河源嘴里叼着烟，一手拿着打火机一首拿着剧本，没有空出来的手去打电话。既然不是被害者，那是凶手吗？也不可能，凶手既然已经割断了电话线，何必拿起听筒？这不是多此一举吗？排除了凶手和被害人，那只剩下幸存者了。是的，当时黑曜馆其他人见到河源被杀，立刻就在河源房间里拨打电话向警方报警，此时却发现电

177

话线被割断，于是随手将听筒一扔，形成了这样的现场。他们都知道了电话线被割断的事实，所以没有人再用过电话。打电话报警这个举动，在河源房间里是第一次。所以根据以上推理，我们有理由相信河源是黑曜馆的第一个受害者。

"目前分析到这里，我们推理出第一受害者是河源，第四、第五是刘国权和周伟成。还剩下骆小玲和齐莉。在她们两个之中，要推理出谁先谁后也并非难事。我们知道，齐莉害怕坐飞机，所以从不出国门。那她那瓶进口护手霜是哪里来的？而且还和骆小玲的是同款。我有理由相信这瓶东西是骆小玲送给齐莉的。大家应该还记得骆小玲被杀时，浑身赤裸，被抹上了很多玫瑰护手霜。我们假设先遇害的是骆小玲，作为一名女性，见到尸体时又闻到玫瑰护手霜的味道，试问还会再用吗？自己手上的味道和尸体的味道一样，普通人一定受不了！可是齐莉却用了！在发现齐莉尸体的时候，警官闻到了她手上的玫瑰味。如此看来，两人遇害的顺序应该是齐莉在先，骆小玲在后。"

王芳仪若有所悟道："按照你的推理，二十年前黑曜馆杀人事件中死者被杀的顺序应该是河源、齐莉、骆小玲、刘国权、周伟成，这样没错吧？"

陈燔回答说："照目前的线索看来是这样没错。当然，也不排除我忽略了什么，毕竟是过去的案子，我也无法确定百分百正确。逻辑推理只是还原最大概率会发生的事，如果遇上那些吹毛求疵的人，世界上恐怕没有一个推理能站得住脚。因为总有意外。"

王芳仪笑道："陈教授，你已经很厉害了！不对，应该说太神了！我从没见过像你这样纯粹靠头脑来破案的人。我本以为这样的人物只存在于推理小说中！"

因为陈燨的绝妙推理，我们得以一窥二十年前黑曜馆杀人事件的全貌。我担心的是，即便知道了受害者被杀的顺序，也难以帮助我们破获当年的谜案。陈燨却不这么认为。他说至少我们了解了一些凶手行凶时的犯罪心理。我不明白他在说什么。

我们和王芳仪又聊了一会儿，然后各自回房。走到房间门口时，陈燨忽然一把拉住我的衣袖，把我拽到了他的房间。

"喂！你干什么！"我惊叫起来。

陈燨反手把门关上说："我突然有些想法，想找人交流一下。"

"什……什么想法？"

"关于过去的黑曜馆杀人事件，刚才在和王芳仪教授讨论时，我突然注意到一件事。但王教授在场，我不方便说。毕竟现在谁都可能是凶手。"

"那你就相信我？"

"因为我知道，你不是。"

"你为什么这样肯定？也许我就是那个杀人魔！"我笑着说。

"我就是知道，你不必再问了。"陈燨背过身去，把身上的汗衫脱下，换了件干净的短袖衬衫。他背脊上的肌肉线条很明显，但穿上衣服却一点都看不出。

"你把我叫进屋子，不单单只想对我炫耀你的腹肌和人鱼线吧？"我摸了摸日渐发福的肚子，愤愤道。

陈燨换好衣服，从写字台的抽屉里拿出一张白纸和水笔，弯腰写下一堆名单：篮球、银色的指甲钳、玻璃相框、迷你电风扇、汉语大字典、扫帚、口红、可乐瓶、旧毛毯、木质画板、铅笔和东芝T4900CT笔记本电脑。这些物品看上去很眼熟，但就是想不起来在哪里见过。

"这是在古永辉消失的房间里找到的物品,被杂乱地堆放在房间内。对此我一直很奇怪,却没有细想。现在看来,这些物品和案件有着重大的关系!"陈燏把写好的纸张递给我,然后表情严肃地说道。

"在我看来,就是一堆准备丢弃的垃圾啊。你看,电脑也是坏的,还有空可乐瓶,这和杀人案能有什么关系?"

我歪着脑袋看那些物品列表,实在想不明白。

"刺猬汉斯的画板。"

"你说什么画板?"

"在古永辉的童话中,刺猬汉斯曾向青蛙王子表示,自己弄丢了画板,以至于闷闷不乐。你在看这张清单,古永辉消失的房间里,也有一块木质的画板。韩晋,你认为这是巧合吗?"

确实,列表里是有木质画板。

"你的意思是?"

"这块木质画板,可能是导演河源的。你还记得河源会自己画分镜稿吧?"

我点头表示同意,然后又问道:"就算是河源的画板,那又如何?"

"问题就来了!古永辉为什么把河源的画板带去那个房间呢?或者,根本不是古永辉,这块画板很可能是凶手带去的!"

"凶手要画板做什么?画画吗?"

陈燏像是在看白痴一样看着我,无奈地说:"你要记住,任何人都不会做无谓的事,凶手更不会。无论是古永辉还是凶手,他们把河源的画板带走,一定有他的目的。而我们要做的,就是深挖他们的动机。因为这很重要。"

"好吧,虽然我看不出什么名堂……"

"不仅如此，如果认真阅读童话，你会发现童话里每个人都缺少了一件东西。而这件东西，总能在列表中找到。"他用手指了指那张清单。

"还有什么？"

"多着呢，只要你细心。还记得花之国那个穿靴子的猫吗？他满世界找回忆水晶，什么回忆水晶，其实找的就是玻璃相框。赵警官也说过，在刘国权的包里有一张全家福照片。照片为什么不放钱包或者相框里呢？因为相框被人拿走了，而那个人对相片似乎没有兴趣。换言之，刘国权被拿走的东西就是他的相框。再说说白雪公主。她被蓝胡子囚禁在城堡的密室里，百无聊赖之际，她想念公主房里的那本《智慧之书》，童话还提到，这本书会让公主认识很多新词。以此来对应的话，齐莉丢失的应该是列表上的字典。也许这本字典并不是齐莉的，而是图书室的。但对于自己书房缺了哪本书，作为馆主的古永辉应该很清楚。

"我们已经找到画板、玻璃相框和字典，我们继续。童话故事的最后，众人与蓝胡子决战，魔法师小红帽不幸战败，原因竟是她的魔法盒忘在了水之国。这个魔法盒是什么呢？我们一样样来对应。毛毯、扫帚、篮球和银色的指甲钳一定不是，铅笔、口红和可乐瓶更不像，那只有迷你电风扇和笔记本电脑了。很明显，风扇是无法被称作'盒'的。而笔记本电脑更像是拥有魔法的盒子，你可以用它浏览全世界的网站，几乎无所不能。所以，骆小玲丢失的物品，就是这台东芝T4900CT笔记本电脑。至于灰姑娘，童话中已经写得很清楚了，众人寄宿在灰姑娘家时，因为毯子少所以非常冷，为此灰姑娘还感到非常抱歉。周伟成的房间，缺少了一块毛毯，这样讲，你没有意见吧？"

我没有说话，不置可否。

"而且我认为，把这些东西带进那个房间的，不是古永辉。"陈燨补了一句。

"为什么？"

"因为其中某些东西，只有凶手能够拿到。"最后，陈燨总结道，"由此可知，凶手在干掉他们的同时，也取走了他们的物品。从河源房间拿走了木质画板；从齐莉房间拿走了字典；趁骆小玲洗澡从她房间拿走了笔记本电脑；从刘国权包里带走了相框；从周伟成房间拿走了毛毯。画板、电脑、字典、相框和毛毯，凶手为什么需要这些，这些物品和当年那起神秘的消失案究竟有什么关系？"

"和密室消失案有关？你是说古永辉消失之谜？"我追问道。

陈燨表情略带苦涩地笑道："很遗憾，韩晋，它们之间的关联，我一时也想不明白……"

第八章

1

嘈杂的脚步声把我从梦中惊醒。

我挣扎着想睁开双眼,可眼皮却像有千百斤重。身体也不听使唤,只想赖在床上。我听见有人在门外呼喊我的名字,我只觉得讨厌,不想去搭理。然后传来的是房门被猛地撞开的声响。有人闯了进来。

我躺在床上,迷迷糊糊,听不清他们在说什么,但能感觉出气氛非常紧张。

"韩晋,你醒一醒!"

是陈燔的声音。我感觉他扶起了我,拼命摇晃我的肩膀。

"还让不让人睡觉了……"我揉了揉眼睛,"别摇了,我晕车……"

"你没事就好。害我们还担心。"这次说话的人是王芳仪教授。

我睁开双眼,扫视了一圈,发现馆里所有的人都来到了我的房间。

"你们……这是干什么?"我有些窘迫,特别是刚才那副睡相竟被祝丽欣看见。此时此刻,我只想挖个地洞钻下去。

"出大事了!陶振坤医生他……"朱建平欲言又止。

"陶医生怎么了？"

我又把站在房里的人看了一遍，果然没有陶振坤的身影，登时睡意全无。

"陶振坤被杀了，今天早上柴叔打扫房间时发现的。而且……而且现场被凶手布置得非常古怪。柴叔很担心我们的安危，依次把我们都叫醒。只有你，我们不停敲门，你却置若罔闻，我们怕你遭遇不测，所以才破门而入。"

陈燨见我没事，恢复了往日说话的语调，把话说得慢条斯理。

穿衣服的时候，我开始观察房间里这些人。

祝丽欣因为不安而浑身发抖，站在她旁边的魔术师朱建平也是面无血色，两手不停地摩挲着衣服。物理学教授郑学鸿一脸忧虑地和犯罪心理学家王芳仪讨论着什么。王芳仪教授也是吓坏了，说话的声音有些沙哑。矮小的管家柴叔站在赵守仁警官身后，像是隐身一般。也难怪，他原本就没有什么存在感。赵守仁也一副无精打采的模样，恐怕这次的杀人事件，是他刑警生涯中永远无法抹去的污点。

古阳和陶振坤都死了，凶手的下一个目标是谁呢？

"赵警官，我想去看看现场。"我对赵守仁说。

赵守仁耷拉着脑袋，整个人显得很没有精神。听了我的请求，他点点头，但表情却是一副看与不看都无所谓的样子。看来，他是彻底放弃了。

陶振坤是在他自己的房间遇害的。

他的房间位于三楼，正对着祝丽欣的房间。我跟在陈燨身后上楼，同行的还有赵守仁和郑学鸿。陈燨打开了门，站在他身后的我，险些失声尖叫起来。我终于明白陈燨口中的现场"古怪"在哪里了。首先扑鼻而来的是一股浓重的油漆味，令我一阵眩晕。眼前的房间俨然是一片红色的海洋，四面墙壁都被人用红色的油漆涂满了，和古永辉的房间一模一样。房间中央摆着一套古典式的沙发，沙发边上躺着陶振坤的尸体。

陶振坤扭曲着身体侧躺在地上，浑身赤裸，喉咙已经被凶手用刀割开，死状非常惨烈。

"太可怕了，像血一样。"我不由收回视线，往后退了一步。

门外边的赵守仁和郑学鸿也低下了头，不忍再看。

陶振坤极度扭曲的面孔垂在一边，喉头还留有黑褐色的血液。他流了很多血，血液经过他的脖颈、肩膀，汇聚在了一起。从血液的凝固情况来看，死了有段时间了。

"和二十年前的手法一模一样。"

陈燨环顾四周，好不容易才挤出一句话来。

"凶手为什么要这么做？"郑学鸿向前走了几步，看了看屋内说，"为了模仿二十年前的案子，还是？"

"他在下战书。"陈燨面若死灰地说。

郑学鸿无奈地摇了摇头，说道："他为什么要这样？"

"你看墙上的油漆，刷的方式，和当年古永辉的房间并无二致。"陈燨深深地吸了一口气，然后把脸转向我，"韩晋，我们碰上大麻烦了。我的预言不幸成真。当年黑曜馆的杀人狂魔，古永辉童话中隐藏的第七人，就在我们之中。"

郑学鸿吃惊地看着陈燨的脸："这怎么可能！"

陈燨指着墙壁，沉重地说："不是可能不可能的问题，而是，已经发生了。"

继古阳之后，凶手又杀死了陶振坤。和古阳的密室不同，凶手煞费心机地将陶振坤的房间刷成了红色，和二十年前一样。他想证明什么？向陈燨挑战吗？

我不知道。

明天警察就要来了,也许我们会熬过今晚,所有人都会在明天得救。又或者我们都会死在这里,一如二十年前那群不幸的访客。很奇怪,此时此刻,我的心情竟然能平静下来。是我不惧怕死亡了吗,还是我接受命运的安排?我想我是放弃了。看看陈燔,自负的陈燔,他竟然也会低下高贵的头,让懊悔的情绪吞噬着他。

陈燔绕着陶振坤的尸体转了一圈,从床上扯下床单,盖在了陶振坤的身上。

关上房门,我们一行人回到了大厅。

王芳仪和祝丽欣并肩坐在沙发上。王芳仪紧锁眉头看着我们,祝丽欣则怯弱地低着头。柴叔呆立在她们身后,一副不知所措的模样。朱建平在中庭来回踱步,不时用手绢擦拭额上的汗珠。他们见我们下楼,便围了上来。

"现在只能坐以待毙吗?不如冲出去吧!"朱建平战战兢兢地说。

"没有车的话,会迷路的。"柴叔喘着气,看上去有些焦急。

"总比任人宰割强吧!难道你希望看见我们一个个被杀?"朱建平狠狠瞪了柴叔一眼,然后把视线投向我们,希望得到我们的认同。

郑学鸿闻言,摇着头说:"离开黑曜馆不明智。明天警方就会来了,我们现在贸然离开这里,只会留给凶手更多机会。我建议从现在开始,大家不要分开,睡觉也都在客厅睡,别回房了。两个人为一组守夜,大家轮班。"

"也只有这样了。"王芳仪默默点头。

"陈教授,你怎么看?"郑学鸿征询陈燔的意见。

"嗯。"

"大家还有异议吗？"郑学鸿像个会议主持人似的巡视了一下客厅里的每个人。见众人都不发表意见，郑学鸿如同在答复自己般说道："好，那就这样决定了。"

我抬起手腕，看了看表。现在是八月十八日上午九点四十二分。距离十九日早晨，还有将近二十四小时。若照郑学鸿的说法，大家围拢在一起度过二十四小时，我觉得有些难。但就目前的情况来说，这似乎是最好的方案了。单独行动非常危险，随时可能被狡猾的凶手袭击。于是，所有人都待在了客厅。

柴叔从厨房拿了些早上烤的面包，大家分吃了一些。祝丽欣说没有胃口，拿起面包只吃了一口就放着不动。我看着她消瘦的侧脸，不禁有些心疼。

吃过早餐，柴叔又从厨房里拿来了咖啡壶和咖啡杯，默默地开始为大家冲调咖啡。

所有人都很安静，并各怀心事。

陈爔先是喝了一口柴叔递过来的咖啡，再对赵守仁说："赵警官，待会儿陪我再回一次现场吧。韩晋，你也一起。"

"好的，没问题。"我把方糖放入咖啡杯，用银质的调羹搅拌。

赵守仁对陈爔的邀请似乎兴趣不大，随口敷衍了几句。

"你还没有放弃吗？"

说话的人是祝丽欣，她的声音轻到几乎听不见。

陈爔看着祝丽欣，毫不犹豫地点头。

祝丽欣像突然明白了什么似的，大声说道："那古阳的事情就拜托您了！我知道，如果这里还有人能抓到凶手，一定是陈教授你！求求你，一定要抓住杀死古阳的凶手！"

她非常激动，声音里带着些许哭腔。见她如此，我的心中一阵酸楚。

"凶手为什么要脱下陶振坤医生的衣服？"王芳仪紧皱眉头嘟囔着。

"我也很在意这点。"郑学鸿接过王芳仪的话，继续提出疑点，"古阳被杀的时候，凶手并没有这样做。而且在古阳的案子里，现场是个密室，这次陶振坤的现场却不是。这到底是凶手有意为之，还是另有玄机？"

王芳仪抱起双臂，赞同地点了点头："两个案件唯一的相同之处，就是都以红漆刷墙。这个行为如何解释？凶手为何要把现场布置成这种宗教仪式色彩的样子？从犯罪心理学的角度来看，凶手的行为可以投射出他内心的欲望，比如把红漆视为血的代表，涂在墙上以表示用有罪人的血液来清洗他的罪行。可脱下陶医生的衣服，又意欲何为呢？"

朱建平挠了挠乱蓬蓬的头发，语调淡薄地说："也许凶手是个变态呢！"

郑学鸿绷着脸说："变态？我不这么认为。"

"在这里胡乱猜测也不是办法！"陈燨倏地站起来，走向楼梯间，"凶手一定会在现场留下他的印记。他逃不掉的！"

2

陈燨站在陶振坤尸体边上，表情说不上是悲悯还是失落。

我所认识的陈燨是个坚强的人，不会把心事放在脸上，不会让你察觉到他内心真实的想法。可是，这一次却不同。我很明显地感觉到了他的情感波动。陈燨被凶手激怒了，这一次，他却像一个毫无还手之力的拳击手，心理防线在对方的狂轰滥炸下渐渐崩溃。

但陈爔毕竟是陈爔，即便倒下，也还会再一次起身。

所以，他又站在了案发现场，闭上眼睛，让大脑高速运转。

过不多时，陈爔睁开眼睛，对我说道："韩晋，我现在需要知道以下三件事。第一，这些红漆是从哪里来的？第二，昨天晚上，有没有人听见可疑的声音？第三，陶振坤的衣服在哪儿，馆内能不能找到？"

"好，我现在就去办。"我应了一声，转身走出房间。

按照陈爔的指示，我先向柴叔打听起红色油漆的事。柴叔告诉我，红色油漆是古阳为了重现二十年前黑曜馆的模样而买的。当年，黑曜馆杂物间的矮柜里就有两桶红色的油漆。后来的事大家也都知道的，油漆被凶手用来刷在了古永辉的墙壁上。

我跟着柴叔来到杂物间，发现油漆桶还在原来的位置，只是桶内的红漆都被用得差不多了。看来凶手正是用了矮柜里的红漆。我问柴叔，这里放置油漆的事还有谁知道。柴叔想了半天，说应该没人知道，不过杂物间没有锁，谁都可以溜进来，所以就难说了。

关于半夜有没有可疑动静，还真让我煞费苦心。

我一个个询问，最后还是无功而返。大家不是睡觉就是在房间里看碟，没人注意到奇怪的声音。至于衣服，更是海底捞针。我寻遍黑曜馆每个角落，大家也都很配合我的搜查工作，纷纷打开私人箱包，让我随便检查，可是连衣服的影子都没见着。我整整找了两个小时，最后我认为，陶振坤身上的衣物，一定是被凶手丢弃在黑曜馆外了。我把今天的调查结果回报给陈爔听，但他并不同意我的看法。

赵守仁警官的心情，一整天都很低落。

他原本以为自己能够阻止这一切。谁知事情的发展完全超出了他的预计,每况愈下。在他的眼皮底下,已经有两人归西。我能看出他心情非常复杂,和陈燨在现场时也显得心不在焉。他是觉得自己被彻底地打败了。从二十年前初到黑曜馆,直至今日,他整整输了二十年。这一切,也是他在许多年后才吐露的心声。

而当时的赵守仁没有释怀,可以说有点自暴自弃。我之所以这样写,是因为当时记录了一段他与陈燨的对话。

"没有用的,我们斗不过他。我甚至不清楚凶手到底是人是鬼。"

赵守仁说完,轻轻叹了口气。

"赵警官,难道你想放弃?"

"不是我想放弃,而是……根本没有胜算。"赵守仁淡淡地回答道。

"我倒不这么认为,难题就是用来攻克的。赵警官,其实我很欣赏你。在你的身上,有普通人没有的毅力,这点倒和我们数学家很像。安德鲁·怀尔斯[1]如果惧怕费马猜想,那么费马大定理[2]就无法被证明!格里戈里·佩雷尔曼[3]如果在庞加莱猜想[4]面前止步,也不会有之后的学术荣耀!你要坚持当初的信念,案件一定会被解决的!"陈燨郑重地说道。

赵守仁苦笑道:"我是很想坚持下去,我也确实这样做了!我不顾同事反对,来到黑曜馆,我想阻止这一切,可结果呢?越

---

[1]安德鲁·怀尔斯(Andrew Wiles)或译外尔斯,英国著名数学家。
[2]费马大定理,又被称为"费马最后的定理",由法国数学家费马提出。它断言当整数$n>2$时,关于x、y、z的方程$x^n+y^n=z^n$没有正整数解。被提出后,经历多人猜想辩证,历经三百多年的历史,最终在一九九五年被英国数学家安德鲁·怀尔斯证明。
[3]格里戈里·佩雷尔曼(Grigory Perelman),1966年6月13日出生,俄罗斯数学家。
[4]庞加莱猜想是法国数学家庞加莱提出的一个猜想,是克雷数学研究所悬赏的七个千禧年大奖难题。

来越糟！我的信念已经开始动摇了……"

"赵警官，你信不信我？"陈爚露出了严肃的表情。

一阵沉默。

"我知道你很能干，你的想象力和推理能力也令我惊讶！难怪你会成为市局刑侦大队的特别顾问，真是名不虚传！可是这次的案子很特别，我没有怀疑你的能力，但它真的是无法被解决的。你可以说是我怕了，我确实怕了。我不想再有杀戮，我不想看到有人死。陈教授，你能明白我的意思吗？"

赵守仁的语气中带着一丝悲凉。

"我不会放弃的，而且，我需要你的帮助。"陈爚直视着他。

"对不起，我不想再面对尸体了。我帮不了你。"

赵守仁看了陈爚一眼，随即低下头。

我想，他应该是无法面对陈爚热切的眼神。说完这句话之后，赵守仁就离开了房间。看来陶振坤的死对他打击之大，远远超过我的想象。这件事使我知道，人一旦失去了信念，就会变得非常脆弱，一阵风就能被吹倒。

"韩晋，你认输吗？"陈爚低着头，用不带半点感情的声音问道。

"我？"我指了指自己的脸，茫然道，"陈爚，你在和我说话吗？"

"我不认输，我会赢的。凶手只是普通人，普通人就一定会犯错！韩晋，我们一起把他的错误挖出来，揭穿他的真面目吧！"自信再次回到了陈爚的双眸之中。这正是我所期盼的。我说过，陈爚真正可怕之处，不在于他神乎其技的推理能力，而是他那永不服输的毅力。

"好！有什么需要帮忙的，尽管吩咐！"我大声回应陈爚，语气非常激动。

陈燔忽然露出一脸鄙夷的表情，戏谑道："韩晋，我随口说说的，你为什么这样入戏？喊得这样大声？"被陈燔戏耍，也不是第一次了。我只是没想到，今后竟会如此频繁地被他鄙视、嘲笑，以及玩弄。当然这都是后话，先按下不表。

陈燔提议想先去一层的杂物间看看。

杂物间占地不大，灯光灰暗，但被柴叔打扫得还算干净，至少没有太多灰尘。靠右侧是一排旧衣柜，左侧是一排低矮柜。陈燔打开旧衣柜，衣柜中挂着一些过时的衣物，还有浴巾浴袍之类的东西。另一个则存放着两件偏大的雨衣和套鞋。

陈燔蹲下身子，打开矮柜的门。矮柜被各种杂物塞得满满的，有旧报纸、鞋盒、文件夹和一些旧杂志。我记得柴叔跟我讲过，矮柜中有许多杂物，都是二十年前的东西。柜子没有一点空隙，在二十年前也是这样。陈燔沿着一排矮柜，一扇扇门打开，终于找到了油漆桶。

这两罐金属桶中的红色油漆，基本上都被用完了。

陈燔拿出不知从哪儿来的卷尺，开始测量矮柜的空间。矮柜里分两层，每层大约高三十厘米，深四十厘米，取出油漆桶，两边空出来的空间约为四十厘米。他又测量了油漆桶的长宽，一桶油漆高为二十五厘米，直径为十八厘米。我问陈燔，为什么要测量这些东西，他没有和我解释，似乎陶醉在自己的思考中。他思考的时候就是这样，我也无意打扰。

量完后，陈燔像是想起了什么，让我去把赵守仁给他的一沓厚厚的案件资料拿来。反正我也习惯了他的差遣，便小跑上楼取资料。此时，我心中又生出几百个问号。像陈燔这种喜好卖关子的人，做这些事的原因，不到最后一刻他是不会告诉我的。

拿到资料,陈爝把文件夹扔在一旁,将纸张铺在地上,用黑色的自来水笔记录着什么。我发现他正在物品一栏中标记符号,然后把标记出的物品信息,誊写到笔记本上。我努力伸长脖子,才勉强看清他写下的文字:相框,长三十五厘米,宽二十二厘米,高三厘米;画板,长三十八厘米,宽三十五厘米,高两厘米;字典,长三十六厘米,宽二十厘米,高八厘米;羊毛毯,长七十厘米,宽七十厘米,高零点五厘米;东芝T4900CT笔记本电脑,长三十五厘米,宽二十六厘米,高五厘米。

写完后,陈爝的心情好了不少,嘴里开始哼起难听的曲子。他把两罐空油桶重新塞进矮柜中,然后把散落在地上的资料整理分类,重新用文件夹装好。我很知趣,没有多问。不过据我观察,他一定是又发现了什么重要的线索。

"接下来,必须搞清楚凶手为何要把现场装饰成红墙!"刚离开杂物间陈爝就对我说。

"他是疯子呗!"

"韩晋,你错了,凶手不仅不疯不傻,还特别聪明呢!"

"哪里聪明了……"

"普通人一定会认为,凶手将墙壁刷成红色,是一种个人标记。就好比美国罪犯理查德·拉米雷斯[①]那样,在尸体上留下倒转的五角星,作为杀手的标志。这样大家都会认为,古阳和陶振坤的死是有某种联系,都有某种仪式感。实际上,我倒认为'红墙标记'是凶手的一种心理误导,为的是把调查引入歧途。而且,我还是那句老话,凶手这么做一定有他的理由,他非这么做不可!"

[①] 理查德·拉米雷斯(Richard Leyva Ramirez)全球十大连环杀手之一,美国著名连环杀手,绰号"恶魔的门徒",曾制造轰动美国的血案。

陈爔弯下腰，伸手弹去膝盖上的尘土。他忘了刚才是跪在地上书写的。

"你的意思是，凶手用油漆涂墙，是有非做不可的理由？"我难以置信。

"是的，他不这么做的话，可能会被抓住。"

"那二十年前的案子呢？凶手没有杀古永辉，为什么要在墙壁上刷上红色油漆？难道也是非做不可？"

"是的。"

"那跨越二十年的刷墙行为，动机是不是相同呢？"

"目前还不知道。"陈爔突然停下脚步，视线看着前方，"我觉得我离真相越来越近了，近到触手可及。可惜还差那么一点点，我就需要一点点灵感！"

"你是不是已经知道凶手是谁了？"

"八九不离十。"

"究竟是谁！快告诉我！"我拉扯着陈爔的衣袖，神色紧张道。

"我没有证据，不能瞎讲。因为我目前所做的假设，只是空中楼阁而已，随时都可能被我自己推翻。连我自己都说服不了的推理，我怎么可能拿出来现眼呢？"陈爔看着我，语气真诚地说到，"不过你放心，如果我掌握了新的线索，并用逻辑推理证明谁是凶手时，韩晋，我会第一个告诉你的。"

事实证明，陈爔再一次欺骗了我。

3

离开杂物间，我上了三楼。

内心深处，我还是担心祝丽欣的。

一个女孩遇上这种事，不知会对她的心理造成怎样的损害。走近门口，伸出手想叩门，我的心中忽然萌生退意。怎么面对祝丽欣呢？对她特殊的感觉让我变得很犹豫。我想帮助她，保护她，为她做任何事。可古阳的身影却在我脑海中挥散不去。他像是对我说，在这种恶劣的情况下，我还惦记着别人的女友，真不是个东西。

我转过身，正准备离去，房门却"吱嘎"一声打开了。

门后是祝丽欣那张秀丽的脸庞，额头上还贴着几缕湿发。

"韩先生，你来找我？"祝丽欣像只受惊的小鹿，怯生生地问道。

"我在客厅里没见到你，王教授说你回房了，我想来看看你，确定下是否安全。现在的情况你也知道，不能放松警惕。"我挠了挠头，半天才憋出一句话来。

"哦，我没事。"

我注意到祝丽欣手上还拿着条白色的毛巾，一直在擦拭头发。

"你在洗澡吗？"我问。

她点点头。"昨天吃过晚饭后，自来水就没了。"

"昨天停水了？"我讶异道。回想起来，昨晚我和陈燔都没洗澡，去楼下做饭用的也是桶装的纯净水。

"昨天晚上没能洗澡，身上臭烘烘的呢。刚才多亏柴叔替我烧了好几壶水，让我在浴缸里泡了泡，不然真受不了。"祝丽欣说话间甩了甩头发，我感到有些许小水珠洒在了我的脸上。很奇怪，我竟然很喜欢这种感觉。

"啊，太失礼了。进来坐吧！竟然让你在门外站这么久！"

祝丽欣瞪大眼睛，像是做错事一般，不停对我道歉。

祝丽欣坐在床上，然后招呼我坐对面的椅子上。见她只穿了一件薄薄的睡衣，我连头都不敢抬，生怕无意间看了不该看的，唐突佳人。我进屋后，故意把门虚掩，没有关上。

"为什么昨晚不去找柴叔呢？"我问。

"发现没水的时候已经很晚了。柴叔忙了一天，应该很累了，所以不忍心再去打扰他。"祝丽欣低着头，用手指玩弄鬓发。

真是个善良的女孩，我心想，如果凶手敢伤害她……

"韩先生，你怕不怕？"

我转头看向祝丽欣。她还是低头，专心挑弄垂下的鬓发。

"我……"

"要说真话哦。放心，我不会笑你的。"

"有点儿。"说出这句话后，我开始后悔起来。

祝丽欣淡褐色的眼睛望向我，目光从我脸上匆匆掠过，之后又看向窗外。她淡然道："如果我说，我现在不怕了，你信吗？"

我用力点头，也不管她瞧见没有。

"韩先生，你真是个好人。"祝丽欣意味深长地说，"我想过了，就算我们怕得要死，该发生的还是会发生。我们越害怕，越是中了凶手的诡计。他杀了古阳，我恨死他了。如果让我见到他，我一定会狠狠地还击！"

祝丽欣的视线还是盯着窗外，没有移开，只是眼圈微微泛红。恐怕是因为想到了未婚夫古阳的关系。

"我们都会没事的。还有一天，只有一天而已。"我鼓励道。

"嗯。"

"而且，陈燔也在很努力地调查。你看他推理能力那么厉害，搞不好能在警察来之前就抓住凶手！到时候我们把凶手五花大绑起来，我一定亲自揍他几拳，给你出气。"

"不，我要亲自揍他！"

祝丽欣忍不住笑了起来。我也跟着傻笑。

这时，我听见有人在门外敲门，房里的气氛又紧张起来。

"小祝，怎么这么久？下楼吃午餐啦！"听见是王芳仪的声音，我这才定下心来。

"我马上来。"祝丽欣对着门喊道。然后她把头转向我，对我挤了挤眼。我知道她要换衣服了，于是很识趣地在门外等她。

待祝丽欣换好衣服，我们并肩走下楼，来到客厅。这时候，住在黑曜馆里的客人们全都聚集到了一起。柴叔依旧在忙碌，从厨房端出一盆盆佳肴。由于古阳吩咐他做了半个月的储备，所以冰柜里的食材还有不少，食物也相当丰盛。

我真好奇古阳是哪里找来柴叔这么一位能干的管家，尽管在形象上稍有不足，但手艺和职业素养真心没话说。

"昨晚水管爆了，真对不起大家。如果各位要洗澡，和我说一声，我去烧水。"

柴叔捂住嘴咳了几声，然后欠了欠身子，表达了歉意。

大家忙说没关系，反正只剩一天，我们几个大老爷们不洗也无妨。

这时，我清楚看见陈燔的嘴角抽动了一下。虽然只是瞬间，稍纵即逝，但逃不过我的眼睛。他一定是想到了什么。

可能是因为早上的事，大家胃口都不怎么样。桌上的菜剩下不少，都被柴叔收拾进了厨房。午餐后的大厅里，充斥着一种紧迫压抑的气氛。赵守仁一言不发地站在玄关抽烟；陈燔手捧着一本从图书室借来的书看；祝丽欣去给柴叔做帮手；其余人都围拢在一起玩牌。朱建平正在教王芳仪打八十分。不得不说，他的牌技确实一流。

"你们打算怎么办?"朱建平一边看牌,一边咧着嘴笑道。

"该怎么办就怎么办呗?"郑学鸿的声音听起来颇为镇定。

"该不会真想就这么待到天亮吧?我还有大好前程,可不想死在这里。"

"如果你想离开,门就在那边,别他妈煽动大家的情绪!"郑学鸿瞪了朱建平一眼。

"老头子,你的日子到头了,难道想拉着我们做垫背?"

"用你垫背?我还嫌脏呢。"郑学鸿冷笑道。

"你这老东西,早死早超生……"朱建平恼怒道。

"够了!"我为两人打圆场,"现在需要大家同舟共济,而不是内讧!一人少说一句就行了,打牌。"

王芳仪没有劝架,漠然地打着牌。陈燔也只是侧目瞟了两人一眼,继续低头看书。

打了几副,朱建平和郑学鸿各有胜负。我把牌一丢,说不玩啦,接着打了个哈欠。大家也感到无趣,纷纷放下手中的扑克,闲聊起来。我抬起手腕看了看手表,才下午一点四十分,距离第二天早上还相当遥远。

陈燔从原本急躁的状态中脱离开来,此刻的他,显得很闲散。我把他拖到客厅一角,问他案件有什么进展。

"应该快了吧。"陈燔有气无力地说。

"凶手是谁,现在总能告诉我了吧!"

"啊。"

"啊是什么意思?"

"就是'啊'的意思。"

"陈燔,你别敷衍我!你算什么态度?"

沉默。

"你发现了什么,对不对?"

陈燔先是点头,接着又摇头。在我看来,他的行为很反常。

"你能不能说句人话!"我越发地焦躁起来。

"我不就在说人话嘛。"

"好吧,你赢了。"我气急败坏地对陈燔说,"你就保密吧!等这儿的人都被杀死,你就称心如意了!"

"不会再有人死了。"陈燔平淡地说。

"你怎么知道?"

"因为没必要了。"

"什么叫没有必要,难道你和凶手谈过了?"

"没有。"

我已经无法与陈燔正常交谈了。他就像灵魂被抽走一样,心不在焉地回答着问题。我转身走开,留给他一个背影。我相信陈燔也感受到了我的愤怒。有时候,我真是非常讨厌他这样欲说还休的性格。

"怎么啦,和你男朋友闹别扭了?"朱建平对着我贼笑。

"去你妈的!"我恶狠狠地盯着他。

"啊哟,这么凶干吗?"也许没想到我会这样,朱建平吐吐舌头,把脸转向一边。我发誓,他要是胆敢再对我出言不逊,我一定揍得他满地找牙。

祝丽欣表情忧虑地看着我的眼睛,微微摇了摇头。

我知道,她不希望我太冲动。其实我只是生陈燔的气。他明明什么都知道,就是不肯说。那个时候,我哪里知道他的苦衷。

赵守仁从玄关走入客厅。他紧咬着牙根,眉头都拧在了一起,像是做了一件重大的决定似的。众人同时也把视线投给他,仿佛知道他有话要讲。赵守仁的视线从我们的脸上一一扫过,犀利中带着些许亏欠。

最后,赵守仁鼓足勇气向我们宣布了他的决定。

"我要把你们全都逮捕!"

4

赵守仁疯了!他竟然要逮捕我们所有人!

我第一时间把目光投向陈爔,发现他面无表情地站在那儿看着赵守仁,没有任何反应。其他人则炸开了锅,纷纷责难起赵守仁来。最先发出不平之声的人是朱建平,他气愤地表示,至今未能抓到杀人凶手,责任全在赵守仁身上,凭什么把大家都抓起来?难道还想给所有人戴上手铐?赵守仁对着唾沫横飞的朱建平,只是淡淡地说了一句:"用绳子绑,手铐不够。"

场面有些失控了,不仅朱建平表示绝不会配合,就连平素温文尔雅的郑学鸿都认为这样的处理有失妥当。更别提祝丽欣和王芳仪了,她们脸上惊愕的神色说明了一切。

"我只想保护你们。"赵守仁从牙缝中挤出这句话。

我明白赵守仁的意思。他想把我们都控制住,等到第二天报警。因为他知道凶手在我们之中,只要限制我们的行动,那凶手的行动自然也被限制了。他想用这样的方式来终止凶手继续作案,说明他已别无选择。这是个无奈的抉择。

"手脚都绑起来吗?"祝丽欣不安地问我。

"不会的。"我搜肠刮肚地想找些话来安慰祝丽欣,可什么都说不出来。

实际上,我连自己的情绪尚无法平复。我脑袋里涌出许多问题,暂时无法解决。

"老赵，为什么由你来控制我们？你怎么证明自己不是凶手？"王芳仪摆出一脸不悦的表情说道。

"可不是！我们手脚被你铐住，这下可真任你宰割了！"朱建平见机不可失，忙声援王芳仪，以表示他们同一战线的意图。

赵守仁从腰间取下一副手铐，然后向朱建平走去。此刻，他的表情很复杂，我无法从他的脸上读出喜怒哀乐，他这张脸上任何情绪仿佛都不存在。

"你……你想干什么……"朱建平面朝赵守仁，不住往后退步。

"刚进黑曜馆的时候，我就应该把你们都铐起来。"赵守仁淡淡地说。

如果任由他们这样，我怕事态会发展到无法收拾的地步。于是我推了陈爌一把，朝他眨眨眼。我希望他能阻止赵守仁。

陈爌对我的暗示无动于衷，还是呆立在原地。这让我急得满头大汗。当我再去看朱建平时，我发现他正微微弓起的背部，像是一只随时准备进攻的狼。而赵守仁也不退缩，眼中迸发出一股狠劲。若不加以阻止，他们两人一定会打起来。

"够了！"我一个箭步，挤在他们中间，并且张开了手臂把他们隔离开来，"万一受伤怎么办！"

赵守仁冷笑道："受伤？我情愿有人受伤，也不愿再有人死去了。"

"不会有人死了。"陈爌的声音轻若蚊吟。

也许是充耳不闻，也许是没有听见，总之赵守仁没有停下手上的动作，一把抓住了朱建平的衣领。朱建平也大吼一声，用力朝他扑去。两个人很快扭打在了一起。尖叫声呼喊声充斥了整个大厅，大家都被这突如其来的一幕惊得目瞪口呆，一时不知如何是好。

可朱建平毕竟不是赵守仁的对手，脸颊挨了赵守仁两记重拳，眼神就开始涣散起来，小腹又被狠狠踹了一脚，彻底失去战斗力，整个人便重重地摔倒在地上。赵守仁顺势骑到他的身上，把他双手反剪，铐上手铐。到底是久经沙场的刑警队长，整个动作一气呵成，非常漂亮。赵守仁拽起朱建平，把他往沙发上一推，然后怒道："你们是不是要我一个个抓？"不得不承认，赵守仁身上散发出的那种迫人气势，令人胆寒。

"你这是违法行为！你没有权力这样做！"由于太过激动，王芳仪失去了往日的优雅，显得歇斯底里，说话语调都变了。

"这件事结束之后，我会去自首。"说完，赵守仁把目光从王芳仪的脸上挪了开来，转而去看站在我身后的祝丽欣。我知道他在想什么，于是高声道："你铐我，我没意见，你不能碰她。"说着，我便挡在祝丽欣身前。我迎着赵守仁的怒视，心中毫不畏惧。或许这就是爱情的力量吧。为了祝丽欣，我愿意拼命。

"你让开。"赵守仁冷冰冰地说。

"有我在，你休想动他。"我往前踏上一步。

赵守仁脸上忽然浮现出一种似笑非笑的表情："韩先生，我再说一遍，请你让开。"

"不让！"

看见祝丽欣惊恐的双眸，我更坚定了决心。

赵守仁见我不肯退让，双目顿时暴出凶光，向我冲来。我低下身子，想躲过他的进攻。谁知赵守仁的速度极快，见我向右躲避，立刻转身抓住我的手腕，然后一个扫堂腿将我踢翻！当时我脑子一片空白，据陈燨事后回忆，整个过程可能只有十秒，但我总感觉过了好几分钟。我被他掀翻在地后，赵守仁用膝关节抵住我的左手，而我的右手则被他制住，丝毫动弹不得。现在人为刀俎，我为鱼肉，前一分钟还豪气万丈地说要保护祝丽欣，现在想想真是可笑。

不自量力说的就是我。

郑学鸿走上来，想推开赵守仁，可惜没有成功，于是破口大骂。赵守仁假装没有听见，伸手去腰间摸索手铐。那个时候我虽被制住，可他的表情我还是看得一清二楚。他先是双目圆睁，然后面色忽而转白，猛得回过头去。

因为他发现，别在腰上的手铐不见了！就在他转头的刹那，陈燔一脚蹬在了他的侧脸。这一脚看似不重，赵守仁却像没了电池的玩偶一样倒在了我的身上。我迅速翻身，利用身体的力量把他压在下面。

陈燔不紧不慢地说："他已经昏迷了，你放开他。"

说着，陈燔就取出刚才从赵守仁身上拿来的手铐，把他铐了起来。然后，陈燔在赵守仁身上找出钥匙，把朱建平解开。朱建平死里逃生，对陈燔感恩戴德，还说等后天出了黑曜馆，一定好好谢谢他。陈燔摆摆手，显得很不耐烦。瞬息之间，他就结束了战斗。

事后陈燔告诉我，如果一对一的话，他根本不是赵守仁的对手。他只是瞄准了赵守仁的耳蜗，用力一踹而已。攻击人的主要血管位置和神经密集处，能使其暂时昏迷。特别是耳蜗附近，可以让人身体失去平衡，陈燔这样说。

如他所料，过了几分钟后，被打晕的赵守仁渐渐醒来。刚开始，他还试图挣扎，可尝试几次后便放弃了。他比任何人都了解这副手铐。血肉之躯怎么挣得过钢铁呢？心灰意冷后，赵守仁开始苦笑，脸上弥漫着绝望。

"我们都会被杀的，就像二十年前……"赵守仁开始喃喃自语。

"你给老子闭嘴!警察了不起?信不信我揍死你!"朱建平揉了揉脸上的瘀青,准备上前对手无缚鸡之力的赵守仁实施打击报复,被我拦下。

看见自己老友被这样对待,土芳仪动了恻隐之心,对陈燏说:"不如我们要他答应别再胡来,就放了他吧,好不好?"

祝丽欣也在一旁帮腔:"是啊,万一被告袭警,麻烦可就大了。韩先生,你说对不对?"

话还未说完,她就把求助的目光投向了我。

我心里虽有一百个不情愿,但瞧在祝丽欣的面子上,也开始劝陈燏。

"我等会儿就会放了他。"陈燏说,"但不是现在,而是把我想说的话说完之后。"

他很认真,不像在开玩笑。

"你想说什么?"郑学鸿正视陈燏。

"一幕悲剧。"陈燏仰着头,"一幕关于黑曜馆的悲剧。"

郑学鸿一脸吃惊地望着他,问道:"陈教授,难道你已经知道凶手的身份了?"

"是的。"

"既然你早知道凶手是谁,那为什么不早说!"郑学鸿的语气中,带着一丝责问的味道。

"因为没有证据。"陈燏道出了原因,"一切都是我的臆测。"

"臆测?"

"在理论层面上能够成立,可惜没有实际证据支撑。"

"那你现在为何又决定说了呢?"郑学鸿双臂抱胸,言语中充满了不满的情绪。

"因为再不讲，就来不及了。"

说话的时候，陈燚看了一眼沙发上的赵守仁。赵守仁故意别过脸，怒意未消。

那时我有种感觉，对于眼前的陈燚，我一无所知。有时候，他会让我感觉很亲近，像是一位熟识多年的好友，但更多时候，他却让我感觉到了距离。他浑身散发着谜一般的气味，没有人真正了解陈燚。

"韩晋，麻烦你去一下我的房间，取一下案件的卷宗。还有，我离开的时候忘记关窗，外面雨很大，请替我把窗户关紧，不然会弄脏地毯。"

我上楼取下卷宗，把它交到了陈燚手上。

陈燚低着头，用手掂了掂卷宗，仿佛是在估量它的重量。沉默超过了十秒钟，这期间所有的人都暂停了手上的动作，也没有人讲话。

远方传来雨水的滴答声，像是为了这幕戏剧伴奏。

我抬起头，撞上了陈燚的目光。他看着我，眼神像是征求意见。我朝他用力点了点头。

终于，陈燚抬起了下巴。

"我们开始吧。"

第九章

1

陈爔的样子与之前有些许不同,他像是在等待着什么。

他神情严肃,锐利的目光从众人身上一一划过。房间里是一阵令人尴尬的死寂,没有人大声说话,也没有人喃喃低语,大家都泥雕木塑般地坐等着。我忍不住偷看了一眼腕表,下午两点三十分。

一切准备就绪,陈爔从容地看着一屋子默不作声的观众,开始了他的演讲。

"古阳和陶振坤在这里被杀害了。二十年前,同样是在这里,所有人都被杀了。古永辉背上杀人魔的恶名,在医院自尽。而造成这一切的罪魁祸首,就在我们之中。"

陈爔的语气相当平静。他把案件卷宗摊在桌上,用笔画了几条线。

我屏息凝神,生怕听漏一个字。

"我将要开始讲述我对这个案子的推理。如果大家有任何疑问,欢迎随时打断我。在进行推理之前,我还是要说明一下。这个案子并未盖棺定论,因为我们尚无物证。但我相信只需明早警察一来,物证就有了。我为什么这样说呢?相信大家听完我的推理就会明白了。"陈燔稍作停顿,再次环视众人。见没人有异议,他才继续下去。

"我们进入黑曜馆,最初是受古阳所托,前来破解二十年前的谜案,洗清古永辉的冤屈。根据我之前的推理,古永辉并非黑曜馆杀人事件的元凶,凶手另有其人。那凶手究竟是谁?我们目前尚无法知晓。可凶手所做的事也并非天衣无缝。在犯下罪行的同时,他也留下了无法磨灭的印记,凭借这个印记,我们可以把他从阴暗的角落揪出来!"

大厅里响起了讨论声。

"是什么印记?"王芳仪问道。

"红色的房间。"陈燔迅速地说道,"请大家记住'红色房间',因为在之后,它将起到锁定凶手的作用。好,我们暂且放下二十年前的命案,把视线拉回到现在。回到古阳与陶振坤的案子,大家想到什么?也是'红色房间'。这个如宗教仪式般的现场,是凶手在向我们彰显他的胆量吗?它是用来作为连环杀手的标记吗?目前不得而知。我们姑且认为,二十年前的凶手和二十年后的凶手是同一人。当然,除了他们刷油漆的手法很相近外,我没有任何证据,所以我说的是先假定,再求解答。在古阳被杀之后,郑教授说过,凶手就是黑曜馆中的人,也就是在我们当中。理由很简单,凶手如果躲在馆外,鉴于户外地上泥泞不堪,潜入馆内必定会留下脚印。可是古阳的房间却很干净。或许有人会说,凶手可以脱下鞋子再进屋犯罪。不好意思,黑曜馆内没有地方藏下他的鞋子和雨衣。就算有,以馆外的雨势,打着伞也不可能不湿透裤脚,而房间内外却一点痕迹都没有。由此可见,凶手一定在我们之中,也就是黑曜馆里的人。"

"凶手如果戴上鞋套呢?这样就不会留下脚印了!"

大厅的角落里传来了说话声。在众人的注视之下，朱建平站起身来。

"这不可能。黑曜馆一层被我们占据，凶手无论从哪个方向进屋，我们都没道理视而不见。凶手若想要溜进黑曜馆，只能攀爬至二层或三层。可是，馆外大雨倾盆，黑曜馆的外壁又滑不溜手，穿着鞋套会减小摩擦力，凶手根本爬不上来。就算他先爬至二楼，再换上鞋套，那二楼的地上也会留下他的脚印。"

陈燔盯着朱建平的眼睛，看得他有些狼狈，他只得悻悻坐下，继续玩弄手上的扑克。

陈燔继续说道："现在我们手上，有两个条件：条件一，二十年前的凶手和二十年后的凶手是同一个人；条件二，凶手不是来自馆外，而是馆内。结合这两个条件，我们能得到什么样的答案呢？如果我没记错，我们在场的人中，只有我、韩晋和祝丽欣三人，在二十年前还是孩子，不可能是凶手，故而排除。赵守仁在当年是刑警，第一次进入黑曜馆即和警队一起，所以也不可能。"

"为什么不可能？赵守仁也可预先躲在馆内，之后再与警队集合啊。"

朱建平提出了异议。

"如果他是躲在馆内，杀人后再回警队，那他必须回去。可大雪封路，又没有车，他是怎么回警局的呢？再者，他是一名警察，在警局工作，一连数天找不到人影，却在出警时忽然出现，也不现实。所以赵守仁不是凶手，由此推论，凶手是朱建平、王芳仪、郑学鸿和柴叔中的某个人。"

我心中默算，一九九四年，朱建平二十七岁、王芳仪二十一岁、郑学鸿四十五岁、柴叔三十二岁。陶振坤因为被杀，所以排除在外。

“各位没有异议吧？那我接着讲。一九九四年的黑曜馆内一共住着七个人：导演河源、女作家齐莉、明星骆小玲、医生刘国权、文学教授周伟成和黑曜馆馆主古永辉，另一位就是凶手，他的身份目前我们不知道。凶手依次杀死被害人后，在古永辉的卧室做了一件非常奇怪的事——他在卧室的墙壁上刷满了红色的油漆。我认为，凶手这么干不是因为他心理变态，或者有着某种宗教情结，而是他必须这样做！为什么呢？为什么凶手必须把房间变成红色？他要掩盖什么？”

陈爝将右手插入裤兜里，伸出左手用食指抚摸客厅的墙壁，若有所思地说：“对，掩盖线索。这才是重点。凶手认为他只需把房间涂成红色，就可以掩盖自己的身份。我们来分析，有没有这种可能性。以下我会列出几种情况，我们再来讨论。第一种，掩盖指证自己的线索，如被害者的死亡留言；第二种，掩盖自己的印记，如手印，脚印；第三种，凶手对油漆过敏，所以刷上油漆以证明自己无法进入这个房间；第四种，误导犯罪时间，比如把四面墙壁用油漆刷满需要一个半小时，而凶手拥有完美的不在场证明。以上四种情况，我们逐一分析，看看有什么问题。”

郑学鸿疲倦地叹了口气，向椅背上靠去。他知道这将是一场漫长的演说，所以调整到自己最舒服的坐姿。

陈爝正色道：“实际上，以上四个情况都不能用来解释凶手的行为。为什么？因为缺少一具尸体！在古永辉的房间里，没有人死去。因为在古永辉的房间里没有发生谋杀案，刚才那些假设都不攻自破。凶手在房间里刷上红色油漆，一定另有目的。我承认，这可难住我了。但我坚信凶手花大力气办这事，绝不会是一场玩笑。所以我决定换个思路，凶手在墙壁上刷油漆，不一定是要掩盖线索。不掩盖线索，却必须这么做，于是我想到了，凶手必须做的其实是用掉这些油漆！是的，凶手必须把杂物间柜子里的两罐红色油漆用掉，再将罐子踩扁。涂红墙壁，只不过是为了掩盖他需要搬空柜子的借口而已。凶手如果单纯取出油漆罐丢掉，很容易让人联想到他的目的——为了搬空柜子，从而放进去其他的东西。而且，丢掉两罐油漆谈何容易？倒在别处也会引人怀疑。一不做二不休，他索性把油漆用在恐吓上，这样一举两得，既成功掩盖了自己的意图，又起到了转移注意力的目的。当时，凶手一定非常得意。根据古阳和柴叔的介绍，杂物间的布置和二十年前并无二致，许多物品甚至都没有动过，其中包括摆放两罐油漆的位置。"

"凶手在古阳的密室杀人案中，也在房间的墙壁刷上了油漆，这和当年的理由是一样吗？"王芳仪忐忑不安地问道。

"请不要打断我的推理。我想循序渐进，一步一步来讲解凶手的意图。"陈燔的语气稍稍有些严厉，"凶手移出两罐油漆，空出一个空间，用来做什么呢？我们先来看看，那个空间有多大。之前我和韩晋去杂物间测量过。我们先来做个简单的算数。如果不放油漆桶，柜子空出来的空间长宽高分别为40厘米、40厘米和30厘米，经过计算，得出的空间大小为4.8×10^4立方厘米。油漆桶直径为18厘米，高为25厘米，体积约为0.63×10^4立方厘米。我们再把两罐油漆桶相加，体积为1.26×10^4立方厘米。凶手取出两罐油漆，偷出了这么一个空间，为的就是把某些东西存放进去。于是，我想到，在黑曜馆杀人事件中，每个被害人都被拿走了一件东西。河源的画板、齐莉的字典、刘国权的相框、周伟成的羊毛毯和骆小玲的东芝笔记本电脑。我们来计算一下这些东西的体积，看能不能放进柜子里去。"

陈燨说完，取出笔记本撕下一页，然后奋笔疾书起来。不一会儿，他把写好的公式高举过头，让我们过目：

相框：$35 \times 22 \times 3 = 2.31 \times 10^3 \text{cm}^3$

画板：$38 \times 35 \times 2 = 2.66 \times 10^3 \text{cm}^3$

字典：$36 \times 20 \times 8 = 5.76 \times 10^3 \text{cm}^3$

毛毯：$70 \times 70 \times 0.5 = 2.45 \times 10^3 \text{cm}^3$

电脑：$35 \times 26 \times 5 = 4.55 \times 10^3 \text{cm}^3$

"把所有遗失物品的体积相加，得出约等于 1.77×10^4 立方厘米的答案，这是可以放进 4.8×10^4 立方厘米的柜子的。这样看来，单论体积，即便不拿出油漆桶，柜子里剩余的空间还是可以放入这些物品的。但是，考虑到特殊情况，比如画板的长为38厘米，且木板不像毛毯那样可以随意折叠，所以必须取出油漆桶才能把所有物品放进去。"陈燨用左手撑着桌子的边缘，右手则挥舞着手中的稿纸。

或许读者会觉得他这样做纯粹是多此一举，但我认识的陈燨就是这样，无论做什么事都一丝不苟，非常严谨。

"结论就是，凶手用红色油漆刷满了古永辉的房间，为的就是让柜子腾出空间，用来放置他从死者那儿偷来的物品。那么，他千辛万苦隐藏这些物品，却又把它们随意丢弃在古永辉消失的房间。凶手为什么要这样做呢？"

陈燨把稿纸用手掌用力地压在桌上，扬起眉毛，仿佛在等待一个答案。

2

安静极了。众人像是渴望陈燔继续说下去，没有人打断，没有人打扰。就连最讨人厌的朱建平，也像着了魔似的盯着陈燔。更不用说王芳仪和祝丽欣了。她们几乎是竖起耳朵在听，完全沉浸在陈燔的推理世界中。

郑学鸿扶着桌子，稍稍向前倾了倾身子，说道："天马行空！很有想象力！但是不足以说服我。特别是取走油漆罐那段。凶手真会花如此心血，只为把这些物品隐藏起来？我表示怀疑。我记得那年雪下得很大。如果我是凶手，只需抽个空，溜到后院用雪埋起来就行了，何必大费周章，做这些无谓的事？"

"埋在雪地里？是个不错的主意。但前提是，他能够离开黑曜馆的大门。"陈燔不紧不慢地回答道，双眼闪闪发光。

"你的意思是……"

"案发的时候，黑曜馆外大雪纷飞，地上也是积雪盈寸。如果凶手每次都拿着从现场偷来的物品去户外掩埋，雪地上会留有他的足迹。而这些足迹，一时半会儿无法消失，只要有人朝窗外看一眼就可能发现。对凶手来说，这可能搭上被识破身份的风险。狡猾的凶手应该不会选择这种方式。在馆内寻找藏匿之处，对他来讲安全得多。"

听到这里，我突然冒出一个想法。假设我是凶手，手里拿着笔记本电脑，也绝不会用雪来掩埋。这等于毁掉电脑，除非我有理由这么做。

"我们回到刚才的问题，凶手为什么要从现场取走这些物品？在我看来，他们之间毫无联系，看不出对凶手有何帮助。他把这些物品放在古永辉最后消失的房间，是不是有着不可告人的目的？我们再来回顾一下赵警官冲入那间屋子时的情形。那里的物品有：篮球、银色的指甲钳、玻璃相框、迷你电风扇、汉语大字典、口红、扫帚、可乐瓶、旧毛毯、木质画板、铅笔和东芝T4900CT笔记本电脑。我们取出凶手从被害人那儿偷走的物品，再来看一眼——篮球、银色的指甲钳、迷你电风扇、扫帚、口红、可乐瓶和铅笔。你们有没有发现一个问题？这些物品，和另一组从杀人现场拿走的物品，在某方面有着显著的区别。也因为察觉了这方面的不同，我才破解了二十年前，古永辉的密室消失之谜！"

就凭这些毫无意义的物品，就能破解密室消失之谜？我想破脑袋也不知道陈燔葫芦里卖的什么药。难道古永辉利用了这些东西来实施自己的隐身魔法，还是用什么不为人知的手法，在短时间内制造出可以翱翔于天空的机械装置？我越想越觉得离谱，越想越觉得不可思议。我最终还是放弃了思考，把目光投向陈燔。

"两组物品间最大的不同在于，一组'平稳'，另一组'不平稳'。"陈燔看着我们，露出狡黠的表情。

"什么叫不平稳？"一直没有说话的赵守仁忍不住问道。

"简而言之，就是无法用来垫脚。"

"垫什么脚……啊……"

赵守仁张大嘴，却没有发出声音。他明白了陈燔的意思。

篮球、扫帚、银色的指甲钳、迷你电风扇、口红、可乐瓶和铅笔，这些东西是无法用来垫脚的。因为它们不平稳，或者体积太小，根本无法让人站立。反之，羊毛毯、笔记本电脑、相框、字典和画板，都非常稳当。人可以站在它们上面。

"大家是否还记得，古永辉消失的房间，亦即祝丽欣现在所住的房间，窗台很高，起码有一百四十厘米。"讲到这里，陈燔伸手在自己胸口比了比,"大约在我这个位置。我身高一米八二,攀爬这个窗台还是有些吃力的,不借助外物,勉强能够越过窗台。众所周知,古永辉的身高和我差不多,所以他爬上窗台,也不需要用这些物品垫脚。那么,凶手为何要把这些物品留下呢?答案只有一个,凶手自己需要。好,回到这些物品,如果一个人需要拿它们垫脚才能爬上去,那这人得有多矮呢?我们来计算一下,相框高三厘米、画板高两厘米、字典高八厘米、羊毛毯高零点五厘米、笔记本电脑高五厘米。羊毛毯可以对折再对折,高约为两厘米。这样的话,将这些物品自下而上摞起来,可供垫脚的高度为二十厘米。"

祝丽欣微微仰起脸,似想说什么,可最终没有开口。

陈燔用指关节有节奏地敲击着桌子,嘴上说道:"身高一米八的我可以勉强攀爬过窗台,如果窗台再高五厘米,我也无能为力了,说明跨过窗台的人身高必须在一米八以上。既然如此,我们可做一个加法。有谁的身高加上二十厘米,可以等于一百八十厘米?首先排除的是郑学鸿教授,他比我还高一些,完全不需要垫东西;再排除的是王芳仪教授,虽然身为女性,身高却有一百七十厘米,也不符合我们对凶手的推测。而剩下的朱建平和柴叔,身高均为一百六十厘米。所以,当年黑曜馆杀人事件的凶手,就在你俩之中。"

"你开什么玩笑!浑蛋!"朱建平忍不住吼道,而柴叔却平静地看着陈燔。

"当时难道在房间里的,不止古永辉,还有凶手?"我赶忙问道。因为在我的记忆中,赵守仁警官叙述的情况是他紧跟古永辉,目送他进入房间后反锁房门,并没有其他人和他一同进入屋子。除非凶手一直待在房间里。

陈爔把脸转向赵守仁，问道："如果我没记错，你当时是这样叙述的。你说，进入黑曜馆后，你发现了一个身披浴袍的男人，在你眼前一闪而过，向三楼跑去。你还说男人的浴袍血迹斑斑。是不是？"

赵守仁点点头。

"你有没有看清那男人的身形？是胖是瘦，是高是矮？"

赵守仁想了想，摇头道："太快了，我……没有看清……"

"你为什么确定，你看见的男人就是古永辉？"陈爔发问道。

"因为古永辉被捕的时候，身上披的就是这件斑斑血迹的浴袍。"赵守仁理直气壮地回答道。

"如果浴袍有两件呢？"

"两……两件？"赵守仁皱起眉头，"你的意思是，当时我目击的很可能不是古永辉，而是真正的凶手？"

陈爔颔首道："实际上，当你们进入黑曜馆的同时，古永辉就已经跑了，所以他才能到达五公里外的地方。"

"就算是我眼花，把凶手看成了古永辉，但那个男人确确实实进入了房间，你又怎么解释他在房间里消失的事实呢？窗户打开，窗外雪地上没有脚印，他是如何办到的？"也许是过于激动，赵守仁的眼球上布满了血丝。

"这是凶手的诡计。"陈爔毫不犹豫地说道。

众人再次骚动起来。赵守仁惊讶得睁大了眼睛，仔细聆听着陈爔的推理。

"进入黑曜馆后，我去过祝丽欣的房间。爬出窗外时，我尝试伸手去抓窗户上方的屋檐，可惜距离太远了，我完全碰不到。况且馆外的墙壁非常滑，根本不适合攀爬。房间左侧虽然有窗户，可即便把隔壁的窗户打开，用手抓住这扇窗，另一只手去够隔壁的窗框，还是有距离。我几乎要成功了，就差几厘米。作为普通人的凶手，到底是怎么做到的。"

陈燔有意无意间偷看了一眼赵守仁。

我随他的目光望去，只见赵守仁紧绷着脸，脖子上暴起青筋，表现出了内心的极度紧张。

困扰他二十年的谜底就要揭晓，他怎么能不激动、不紧张？

"矩形的对角线，比它另外四条边都长。"

陈燔在众人的面前开始缓缓踱起了步。显然所有人都没能明白他这句话的意思。陈燔沉默了片刻，目光在屋中来回扫过，观察着大家的反应。

确认我们没有弄懂他的意思后，他才继续补充道："黑曜馆的窗户是长方形的，如果平稳推开窗，对于隔壁房间来讲，它的长度至多是窗框的边长。可单单一条边太短了，凶手必须延长它。于是，在密室消失案之前，凶手就在隔壁房间，即对王芳仪房间的窗户动了手脚！他拆下了窗户上下两个铰链中的一个，令窗户向外倾斜，这样就延长了窗框的长度。当赵守仁目睹凶手跑进房间后，凶手先是反锁房门，然后打开窗户——他必须打开窗户，不然就无法表演这起'密室消失'的好戏！接着，他用羊毛毯、字典、笔记本电脑、相框和画板摞在一起作为垫脚的工具，借助它们爬上窗台，再用某样东西打翻这些垫脚的物品——比如房间里的扫帚。他故意把屋子里弄得杂乱不堪，随手堆砌了许多无用的物品，以此来扰乱警方，误导调查，掩盖他真实的意图。接着，凶手用手抓住窗框，轻易地爬到了王芳仪的房间。因为倾斜的窗户大大缩短了两扇窗户间的距离。到达王芳仪房间后，凶手做了一件大胆的事情，也正是至今警方未能破获这起'密室消失案'的原因。他耐着性子，冒着风险，在王芳仪的屋子里把窗户的铰链重新安装好。天衣无缝！修复完毕的窗户毫无痕迹，即使警方的侦查员也没能看出问题。凶手就此完成了一场天衣无缝的魔术表演。"

赵守仁脸色铁青，静静地看着陈燨。我知道，此刻他的心情是复杂的。酝酿了片刻，赵守仁才重重出了口气，随即大声笑了起来。

3

"原来如此，这样就说得通了。赵守仁目击的浴袍男不是古永辉，真正的古永辉在警察进入黑曜馆之前就离开了。"郑学鸿慢条斯理地说。

"我的问题是，凶手为什么要做这种事呢？费尽心机地制造一个密室，有意思吗？"王芳仪趁机开口问道。

陈燨用手指了指太阳穴，冷静地说道："乍看之下，我们会觉得凶手这里有问题。诚如王教授所言，凶手这样做有什么意义呢？凶手制造密室的动机，必须要我们静下心来，细细思量一番，才能体会其真正的含义。很明显，凶手一手炮制这出'黑曜馆杀人事件'的初衷，在于诬陷古永辉。他对古永辉恨之入骨，单是抹黑他，不足以解心头之恨。他要做的，不是让凶手古永辉成为一两天的报纸头条，而是永远背负杀人犯的恶名。他不希望人们淡忘他。可时间是无情的，人们只道古永辉是个疯子。热闹过后，留下的是一片唏嘘，若干年后或许没人再会知道古永辉是谁。这是凶手不能忍受的，他要人们永远记得古永辉。我们可以换位思考一下，什么事件会让人们一直反复回忆？未知的、神秘的事件，每年都会有人把这些案子挖出来，重温一遍。如十二宫杀手①,如开膛手杰克②。所以,如果为'黑曜馆杀人事件'披上一层超自然的面纱,那样人们才不会遗忘它。"

我不知道如何形容这时候的心情。需要多大的恨意,才会设下这样的局。凶手对于古永辉的恨,真是切骨之恨。他不要古永辉的性命,而是要让他名誉扫地,遗臭万年。他深知,对于古永辉这样的人,是把名誉看得比性命还重要的。另外,困扰警方二十年的谜案,竟然在陈爝三言两语下解决了,这也让我对陈爝刮目相看。而现在,我迫切想知道凶手是谁!他的犯罪计划,竟让我背脊感到阵阵寒意。

"让我们回到眼下的案子。"陈爝又自顾自踱起步来。

之前的推理带来的惊愕尚未消化,第二波又向我袭来。我感觉自己就像风暴中的一叶扁舟,忽上忽下,忽左忽右,无所适从。唯一能做的,只是毫无主见地跟随着陈爝的思维,在风雨中激荡。

"凶手把古阳杀死在红色房间之中,这无疑是对古永辉的再一次复仇。杀死古永辉,似乎并不能平息凶手的愤怒。特别是在古阳意欲为古永辉翻案之后,凶手的怒火再一次被点燃了。古永辉血脉不断,凶手誓不罢休。带着这样的心情,他再次回到了这里,一个二十年前他曾经展开杀戮的地方。"

"你能不能说重点?"朱建平在一旁插嘴道。

"我怎么说话,不需要你来教。"陈爝面无表情地回道。

---

① 又译黄道星座杀手,是一名于二十世纪六十年代晚期在美国加州北部犯下多起凶案的连续杀人犯。直至一九七四年为止,他寄送了许多封以挑衅为目的的信件给媒体,并在其中署名。信件中包含了四道密码或经过加密的内容,目前仍有三道密码未被解开。
② 开膛手杰克是于一八八八年八月七日到十一月九日期间,在伦敦东区白教堂一带以残忍手法连续杀害至少五名妓女的凶手的化名。犯案期间,凶手多次寄信到相关单位挑衅,却始终未落入法网。其大胆的犯案手法,经媒体一再渲染,引起当时英国社会的恐慌。至今他依然是欧美文化中最恶名昭彰的杀手之一。

朱建平虽然一脸的不快，但之后也没再说什么。

陈燏继续说："在讲述这起神秘的密室杀人案之前，请容许我先讲述一下陶振坤的案件。至于原因，待我讲完之后，各位自有分晓。陶振坤一案在我看来，真是莫名其妙，完全出乎意料。我相信不仅我这么想，凶手也这么想。我认为凶手的目标只有古阳一人而已，为什么要杀死陶振坤呢？如果凶手有必须杀死陶振坤的理由，那也只有一个。就是陶振坤的存在，直接威胁到了凶手！"

"你是说陶振坤早就知道谁是凶手了？"王芳仪大吃一惊，抬起头来望着陈燏。

"恐怕是的。"陈燏一脸平静地说。

"听你们这么说，我似乎也想起来了。那天我和祝小姐从天台下楼，就看见陶振坤匆匆忙忙地跑回房间，像看见了什么不得了的事。具体几点我倒是忘了，不过陶振坤的表情我记得清清楚楚。是不是，祝小姐？"

我把脸转向祝丽欣，她表情严肃地朝我用力点了点头。

"陶振坤定是被凶手灭口的。他手上掌握指证凶手的证据，之后被凶手发现了。但是陶振坤却没有告诉我们，他可能是以此来胁迫、恐吓凶手，于是他们间达成了一个互惠互利的协议。但最后，凶手单方面撕毁了协议，杀了他。很奇怪，凶手在陶振坤房间杀死他之后，脱光了他的衣服，又模仿二十年前的场景，把整个房间刷成了红色。凶手这么做的目的是什么呢？凶手为什么要脱去死者的衣服？而这次的红色房间，又和二十年前的红色房间有什么联系？有一点是肯定的，两次行为的动机必然不同。凶手不需要像从前那样匿藏一堆物品，他有新的动机。那么，凶手的动机是什么呢？我们暂时把死者被脱去衣物这一现象晾在一旁,先来分析凶手制造红色房间的理由。

"乍看之下,凶手似乎是为了误导我们把陶振坤之死和古阳之死联系在一起。同样场景的杀人现场,很容易让人联想起连环杀手的印记。但真是这样吗?我个人不这么认为。我们面对的凶手,是个残暴无比,却又心细如发的人。他的每个举动,背后都有深刻的意义。这次的刷墙行为,不可能仅仅是为了模仿古阳被杀的场景,而是为了掩盖他留下的印记。我们可以用排除法来看。是不是陶振坤留下了死亡留言?他是被割喉而死的,会不会在死前用自己的血写下凶手的名字?现实毕竟不是小说,这种情况我认为不太可能。况且凶手一定是待在陶振坤身边,看着他咽气的,不会容许他有时间写遗言。那是凶手自己的血液留在现场?陶振坤死亡的现场没有搏斗的痕迹,应该是一刀毙命,除非凶手用刀割伤自己,不然怎么会留下血迹呢?但割伤自己的话,血液也是滴在地上的,他又何必用油漆去涂抹四面墙壁?怎么想都不对!真相究竟是怎么回事呢?于是我又想到,或许凶手想掩盖的,并不是我们能看见的东西……"

说到此处,陈燏又沉默了一会儿。时间像是凝结在了这一刻。此时,我的大脑完全放弃了思考和怀疑,完全臣服于陈燏的述说。相信不止我,其他人也有一样的感受。我们都在等待陈燏揭开真相的那一刻。

"你的意思,凶手想要掩盖一样我们看不见的东西?既然看不见,他又何必去掩盖呢?你这句话有矛盾。"郑学鸿肩膀微微颤抖地说。

他说这句话,与其说是提问,不如说是作为一个引子,以此来引出陈燏的解答更为贴切。

"虽然看不见,却能闻得出来。"

陈燔的表情，像是在宣判某个人的死刑一般。

"闻得出？"郑学鸿稍微顿了顿，立刻明白了陈燔的意思，"我懂了！凶手想掩盖自己留下的气味！"

"是的。新刷在墙壁上的油漆，有浓烈且呛人的味道，凶手正是以此来掩盖自己身上散发出的气味，并且这种气味，我们只需到现场一闻便能闻出来。何以这种气味在这间屋子里许久不散呢？恐怕凶手潜伏在陶振坤的房间里不是一时半会儿，或许正与陶振坤交谈，或许在翻找一些证据，谁知道呢！总之，除去已经排除的各位，比如身上有浓烈香水味的王芳仪教授，在这里能留下强烈气味的，只有一个人。"

我不断观察着朱建平和柴叔的表情，希望能从中读出一些信息。他们两人看上去都很紧张，相比之下，朱建平情绪更为激动，而柴叔相对平静。

陈燔的视线也在他们两人之间游走，最终，他把目光停留在了其中一人的身上。

"我想大家一定还记得，那天停水，凶手无法清洗自己身上的气味。但预定的计划又不得不执行。他坚持潜入陶振坤的房间，动手杀死了他。陶振坤被杀死后，威胁虽然解除了，可另一个问题却浮出水面。房间里都是他身上的气味！这股气味，即便凶手打开窗户都弥久不散。若是这样，第二天众人进入陶振坤房间时，会不会闻到，从而怀疑到他身上呢？凶手不敢冒险。情急之下，计上心来，何不将计就计，沿用二十年前的老办法呢？或许所有人都会认为，凶手之所以这么干，只是模仿行为而已！至于凶手掩盖的是什么味道，我想不必我说，大家都已经明白了。没错，这股挥之不去的气味，就是在陶振坤死的那晚，凶手为我们做海鲜大餐时留下的气味！水产的腥味很大，若不用肥皂或洗洁剂水冲洗，单用毛巾擦拭是完全去除不了的。更不用说凶手浑身上下沾满了腥味，真是跳进黄河也洗不清了。"

众人随着陈燔的视线望去，包括我在内，都不敢相信自己的眼睛，发出阵阵惊呼。

只有陈燔语气坚定地说道："柴叔，凶手就是你。"

4

即使被陈燔当众指名，柴叔依旧一动不动、面无表情地站着。好像刚刚所说的一切，和他本人毫无关系。

"陈教授，你在开玩笑吗？"过了好久，柴叔才从口中挤出这句话。他还是一副处变不惊的模样。如此从容的表现，甚至让我怀疑起了陈燔的推理。

"我手上有三颗子弹，每一颗都可以要了你的命。"陈燔低声道，"关于你身上腥味的推理，只是其中一个。"

"哦？我倒也好奇其他两个是什么，愿闻其详。"柴叔扬起眉毛，挑衅般地说道。

"是关于你为何要取走陶振坤的衣服。"

"为什么呢？"柴叔假装好奇地问。

"因为你怕刷油漆时，一不小心，让油漆粘上了衣服。这样会很麻烦。"

"所以呢？"

"所以你就脱下自己的衣服，穿上陶振坤的衣服来操作，这样即使衣服上粘上了油漆，也不会怀疑到你身上。反正陶振坤的衣服最后都会被你处理掉。可如果是你自己的衣服，第二天突然换装会使我们怀疑。但是，只留下陶振坤的内衣内裤的话，动机又太明显，不如索性把他剥个精光。"

"陈教授，你可真有想象力。那容我再问一句，为什么只有我会这样做，其他人不可以呢？换句话说，你凭什么单单怀疑我一个人？"

"因为杂物间里有雨衣。"

"对不起，我不明白你的意思。"

"杂物间有雨衣，但尺寸都偏大。很可惜，你穿不上。其他人可以套上雨衣犯罪，你却不行。因为你的身材太矮小了。披上大尺寸的雨衣，会让你非常难受，对刷墙的工作也有影响，所以你只能脱下陶振坤的衣服。"

柴叔的神色开始变了，从原本的镇定自若，转变为有些手足无措，脸上的肌肉也从松弛变为紧绷。当然，这只是我主观的看法，不代表其他人的意见。

"你说来说去都是臆测，没有根据的。如果说个子矮小便不能使用雨衣，那么朱建平个子也不高，他也完全符合嫌疑人的条件。你认定是我杀死了古阳和陶振坤，那么请拿出证据来！虽然我现在年纪大了，却也不是随便可以被冤枉的人，黑锅是万万不背的。如果你硬要说是我干的，那么我请问你，我是怎么杀死古阳的？难不成像我这般的老东西，还会穿墙术？"柴叔声音嘶哑地说道。

"杀死古阳，根本不需要穿墙术。"陈燔轻描淡写地说道。

"陈教授，请你清清楚楚地说明，不要糊弄大家。"柴叔催促陈燔。

"既然如此，我就给你个痛快！大家应该还对古阳被杀的密室留有印象，严格来说，古阳的房间不能被称为完全密室。因为在防盗门链的地方，还留有一段几厘米的空隙。而凶手正是利用了这个空隙实施犯罪的！柴叔，你方才说为何我不怀疑朱建平，因为除了他没有'气味'外，在杀死古阳这件事上，他也完全没有办法做到。杀死古阳的凶手，只有在吃饭期间曾接近房间的四个人而已，其他人根本没有机会接近谷阳的房间，遑论犯罪。你们四个，分别是祝丽欣和陶振坤一组、韩晋和你一组。根据之前的推理，排除年龄不符的人、身高不符的人，以及无法靠近房间的人，剩下的只有你了。"

"搞半天，你还是没有说明凶手是如何办到的。就算我是凶手，你也得告诉我，我是如何在韩先生眼皮底下杀死古阳的吧？"柴叔冷笑道。

回忆当时的情况，虽然如陈燏所说有防盗门链，可我确实没有瞧见柴叔在防盗门链处动什么手脚，也没拿出刀子。他在我跟前的行为，我是看得一清二楚。难道他在门上按了什么我察觉不到的机关？

"你就是在韩晋眼皮底下，杀死古阳的！"陈燏厉声说道。

"这是污蔑！赤裸裸的污蔑！你可以问问韩先生，当时我究竟做了什么……"

"当你在韩晋身边杀死古阳时，韩晋并不知情。"

"怎么可能！你说我是如何办到的？！"柴叔的情绪也开始激动起来。

"很简单，你用你随身携带的刀具，透过门缝，插入了古阳的喉咙里。"

陈燏这句话，像是遥控机的暂停键，瞬间静止了时间与空间，众人待在原地，似乎没听明白，或者来不及做出反应。过了片刻，大厅才爆出一阵狂笑。是柴叔。

"太可笑了！你自己也说过，利用防盗门链的空隙来刺死古阳,是非常困难的!况且又有人监视,根本无法办到!"

"我可没说,你是透过防盗门链杀死古阳的。要知道,当你们推开一扇门时,除了防盗门链处会留出空隙,门的另一边也会留出一段空白,也就是门的合页!"

听见陈燨这句话的时候,我的大脑出现了短路。

原来如此!

我像是被闪电击中,浑身战栗起来。

原来如此!一扇门,当你推开它时,另一边也会相应出现空隙,这是谁都知道的常识啊!我们竟然都忽略了!

当防盗门链被推开几厘米时,门的合页处也会空出一段相当可观的空隙,足以让凶手将凶器插入被害人的喉咙!

"对你来说,也是一场意外。"陈燨接着说,"我和韩晋说过,古阳是个很喜欢恶作剧的人。从前我和他在国外念书时,他就经常躲在门后,待我进门的瞬间跳出来吓唬我。在韩晋和柴叔上楼叫古阳吃饭的时候,他也筹划着一次恶作剧。他悄悄躲在门后,想给韩晋一个惊喜!然而,当韩晋推开房门,把头凑近防盗门链观察的时候,站在他身后的柴叔却从合页的缝隙中看见了背部紧贴在门缝上的古阳。一个可怕的计划在他心中诞生,电光火石间,柴叔从身上取出刀具,透过合页,狠狠刺向了古阳的颈部。与此同时,韩晋丝毫没有察觉身后的异常,依旧呼喊着古阳的名字。被刺中脖子的古阳疼痛难忍,却因咽喉受损发不出声音,他倒在地上,用尽力气爬到房间中央的时候就断了气。而脖子溅出的血液,也因为红色房间的掩护,被巧妙地藏叶于林,令我们无法察觉。这个诡计相当大胆,没有一定的心理素质,是无法完成的。可一旦完成,真是天衣无缝的密室杀人!"

"他……他在我背后杀人?"听到这个消息,我浑身颤抖起来。

"是的，也只有柴叔，可以随身带着刀具而不被怀疑。毕竟他是厨师，身上有水果刀或料理刀也很正常。"陈爔补充道。

想到柴叔用杀死古阳的凶器，为我们做了一顿又一顿的晚餐，我就有种想要呕吐的冲动。我能想象他当着大家的面，边用水清洗刀具上古阳的血液，边和我们谈天说地。这个人简直就是恶魔！是心理变态！

"在开门的一瞬间杀人，真是没有想到。"

就连见多识广的教授郑学鸿，也为柴叔的杀人计划惊叹不已。

"一派胡言！都是你信口开河的说辞！全是你的想象！"柴叔愤怒地挥舞着拳头，仿佛随时准备扑向陈爔。

陈爔相对平静，他看着因暴怒而五官扭曲的柴叔，眼神里充满了怜悯。

"你说有三颗子弹可以置凶手于死地，你只说了两个，还有一个是什么？"王芳仪走近陈爔身边，悄声问道。

陈爔有些犹豫。

他在犹豫该不该说。

有时候，真相本身比杀人事件更令人恐惧！有时候，真相是一幕人间悲剧，更甚谋杀本身！有时候，我们宁愿不要真相……而这一切都是我在经历过黑曜馆事件后才领悟的。那个时候，我和在大厅中的其他人一样，期盼着陈爔的答案。

一直沉默的祝丽欣，此刻如同洪水决堤般，对着柴叔嘶吼道："你为什么要杀古永辉呢？还杀死了古阳？什么事让你对古家有这样的深仇大恨，一个你都不放过？"

陈爔做了个手势，示意祝丽欣冷静片刻。他把头转向柴叔，冷冷道："祝小姐这个问题，由我来替你解答。"

柴叔欲言又止。

陈燔不等他有所反应，紧接着说道："据郑教授告诉我，在许多年前，古永辉曾经爱上了他的一个女员工，名叫白艳。他疯狂追求过白艳，但被拒绝了，原因是白艳有未婚夫，她不是个随便的女人。可是，古永辉好胜心切，越得不到的东西，越是珍贵。某一次，他兽性大发，强暴了白艳。谁知没过几天，白艳因接受不了这个事实，跳楼自尽。而这位白艳女士的未婚夫，就是柴叔你吧？"

"我不知道你在说什么……"

"这恐怕没什么可抵赖的，等警察来了，一查便知。你为了替未婚妻报仇，卧薪尝胆，假装成来应聘的管家，从而设计了一出连环杀人案，并把所有罪孽全都推到了古永辉的身上，是不是？"

"我不承认。"

"白艳是四川成都人，虽然你极力隐藏自己的口音，可我们还是可以从对话中听出一些方言来。比如我们刚进黑曜馆时，你招呼我和韩晋，说这里倒拐。实际上就是让我们这里转弯，倒拐是四川话。还有很多例子，我就不在此一一举出了。柴叔，你是四川人，这点不可否认吧？"陈燔一副胜券在握的样子。

"是又怎么样！"柴叔狠狠地瞪着陈燔。

"请耐心听我说完。得知丈夫背叛了自己，古永辉的妻子方慧非常气愤，一怒之下离开了他，独自去了巴黎，而归来的时候，已经怀有身孕。可是，这个孩子却不是古永辉的。直到古永辉去世，他都被蒙在鼓里，还以为古阳是自己的亲生骨肉。"

说到此处，陈燔有些语塞，他是吞吞吐吐地讲完这些话的。

柴叔面部的肌肉开始抽搐。这时，我也有种不祥的预感。

陈燔仿佛鼓足勇气般，对柴叔说："方慧为了报复古永辉，和其他男人结合，生下了古阳，然后把古阳送回古永辉身边，让他抚养成人。在这里，柴叔，我只想问你四个问题。第一，你的血型不是AB型，对吧？第二，请问你是不是从来没有见过古永辉的妻子方慧本人，所以并不认识她？第三，在白艳死后不久，是不是有个年轻貌美的少妇曾向你投怀送抱，有过几次关系后又人间蒸发？第四，你经常咳嗽，是不是有哮喘病？”

听他说完，我目瞪口呆，站在原地。

就算再让我猜一百次，我都猜不到这个结果。

方慧为了报复古永辉，找到了柴叔，然后和他发生了关系。而古永辉对此一无所知，他不知道，自己的儿子，竟会是仇人的骨肉。而方慧，或许一方面在用她自己的方式，来偿还古永辉对柴叔犯下的罪行，另一方面，又以这样的方式，来惩罚古永辉。

“不可能……不可能……不可能……不可能的……”

柴叔癫狂地摇晃着脑袋，似要把陈爝的言语从脑海中驱逐出去。

“我和古阳是同学，他患有先天性哮喘的事，我是知道的。而进入黑曜馆后，我发现你不止一次气喘、咳嗽，恐怕也是有同样的疾病。众所周知，哮喘属于遗传病的一种。我最初把这些事联系起来时，也觉得难以置信。我不忍心把事情的真相说出来，我希望我的推理是错的……”

“告诉我！这不是真的！不是真的！”

柴叔像野兽般对着陈爝狂吼。他跪倒在地上，奋力地用拳头砸向地面，一拳又一拳，血染红了地板，他也没有停止的意思。他仰起脖子，如鬼泣般吼叫起来，双眼溢出泪水。持续了数秒，他又开始号啕大哭，双手环抱着头。

精心策划的犯罪，竟尽数归还到了自己的身上。我看着趴在地上精神崩溃的柴叔，心里五味杂陈。不知是该为陈燨抓到凶手高兴，还是为眼前这场悲剧咨嗟惋叹。我相信，此时的柴叔，心中的怒气与怨恨早已烟消云散，留下的，只是无穷无尽的悔意。

"是的，你亲手杀死了你的亲生儿子。"

也许是出于负疚感，在进行总结发言时，陈燨颓丧地低下了头，只留下一声叹息。

终章

转眼到了年底。

大约在去年十月份的时候,我被一所教育机构聘请,开始了忙碌的工作。能够自己支配的时间很少,更别提休长假了,黄金周我仍是在备课中度过。尽管如此,也算有了份正当的工作,相比之前茫然的人生要好太多。我本以为充实的生活会让我忘记一些不愉快的事,可事实证明我错了。

离开黑曜馆后的两个月内,几乎每个晚上,我都会从噩梦中惊醒。那些死去的人在我眼前徘徊,只要闭上眼,他们的脸孔就会在我脑海内浮现。为此,我甚至去看心理医生。听完我冗长的叙述,医生沉吟片刻,对我说:"韩先生,我建议你把这次的事件用你的笔记录下来。这样对你精神状态的恢复会很有帮助。"

"记录下来?"我瞪大双眼,"我无法面对这一切,你却让我回忆它?"

"我是要你面对它。只有面对恐惧,你才能克服恐惧。"医生不容置喙地说道,"你这种案例我见过不少,按我说的去做,一定没有问题。"

既然如此,我只有照做。

方才各位耐心读完的,便是我对黑曜馆杀人事件的所有回忆。可是,陈爔在阅读完这篇回忆记录后,表示有许多方面的叙述和他的记忆不符。最后我还是决定不予理睬，坚持自己的记忆。由于写作时反复想起那些恐怖的画面，导致我睡眠质量比之前更差。整夜的失眠让我精神衰弱，这种状态持续了很久，直到我完成了这次事件的回忆录。写完最后一笔后，那夜我睡得特别沉。

至此，我终于挥去了缭绕在心头的那片乌云，黑曜馆杀人事件也彻底落下了帷幕。

作为补充，我还想在这里交代一下黑曜馆杀人事件的后续。对回忆录中其他人物没有兴趣的，可以跳过不看。

在陈爔推理出凶手身份的第二天清晨，运送食物的车就来到了黑曜馆。运输工人听了我们的叙述，非常惊讶，立刻报了警。刑警赶到后，迅速封锁了现场，让侦察员进行取证。面对警察，柴叔没有为自己辩护，坦率地承认了罪行。让我们没有想到的事，他还在警察面前和盘托出了二十年前杀人案的真相。他的供述和陈爔的推理差不太多，只是细节上有点出入。认罪之后，柴叔跪下对着警察磕头："人都是我杀的，请你们判我死刑，我只求一死。"

站在柴叔面前的那位年轻的刑警露出无可奈何的表情，扶起柴叔道："判不判死刑，法官说了算，我说了不算。"

至于有些疑问，我再次统一答复一下。

石敬周看了我的手记，对我说："二十年前一件案子中，凶手打翻了现场所有的香水瓶，并且把香水洒到别人房间，而这个死者根据推理是第四个。我觉得凶手不需要这么做，因为当时馆里只剩三个人，他只需要迅速把第五个人杀掉就行了。另外，他这么做也达不到掩饰自己身份的效果，因为馆里剩下的人可以去推理，推理出凶手可能不认识香水品牌或者有鼻炎。当时我记得另一个鼻子不通的人是齐莉，第二个死的。所以凶手这么做反而欲盖弥彰。"

我回答说："柴叔当时鼻子不通，身上又沾了香水的味道，他怕香水的味道会被怀疑，所以要将香水擦在其他人身上。但是，如果他只是把香水洒在剩余几人身上，那岂不是承认香水和谋杀案有关吗？就像是在说，洒香水是为了掩盖犯罪行为！而如果他把香水洒在整栋黑曜馆里，那迷惑性就更强了，谁都不知道凶手为什么要这样做，或者是不是凶手干的，可能这么做和杀人还无关呢！"

石敬周对我的回答似乎并不满意，追问道："二十年前柴叔也是管家吧？为什么不去换套衣服呢？"我又解释道："是有换洗的衣服，可有一个问题，他不知道香水的持久力如何啊！有些香水很厉害，你洗一次澡不一定能洗掉，所以保险起见，凶手会把香水洒一洒，这才是万全之策。"

"如果柴叔从杀人现场偷走物品，也就是每杀一个人，就从那人的手中取走一件物品，那会产生一个问题啊，油漆桶是几时从柜子中拿出来的呢？放置第一件物品时，油漆桶就得拿出来吧？"

"其实很简单，在凶手还未展开杀戮时，就已经把油漆桶取出，并涂抹在古永辉的房间里了。你想，凶手这么做真是一举两得。既可以起到恐吓的作用，令当时的访客们心惊胆战，自乱阵脚，又可以借此动作，把柜子空出来，以便藏匿自己的物品。"

石敬周点点头，又接着说："还有，既然凶手也在馆内，无法和外界联系，二十年前是谁报的警呢？"

"方法很多啊，毕竟这起连环谋杀案凶手从很早开始就策划了。我随便举个例子，他完全可以付钱雇用某个人，约定在某时某刻报警。"

石敬周摇头道："古阳被刀刺中喉咙无法发出声音，这个我能理解，但是溅出的血迹为什么没有发现呢？虽然房间被涂成了红色，难道门缝和门背后也被涂成红色了吗？"

我立刻说："那当然，关上门，房间内部全都被凶手刷成红色啦！四壁都是红色的，这样才能有藏叶于林的效果！况且，当时警方的注意力完全被古永辉的不可能消失案吸引过去，没有把精力放在搜查房间残留血迹的工作上。"

就算回答了他这些问题，石敬周依旧不依不饶："对了，还有关于二十年前凶手的消失问题，他为什么要花大力气去偷别人的东西，而不是自己预先准备一个高度合适的东西？他也不能保证偷来的东西能够凑出这个高度吧？"

我显得有些不耐烦，沉着脸说道："他可能按照自己的实际需要一件件拿来的。大致能用就可以了，如果最后实在不行，他会自己再找，没想到运气不错，还真凑到了这样高度的东西。但是如果直接拿个椅子，就会立刻被怀疑，必须用零碎的东西搭起来才看不出凶手的原意。当然这些都是我的臆测，如果你需要标准答案可以自己去问柴叔啊。"

"人都要被枪毙了，还问个屁？"石敬周撇了撇嘴。

"是啊，很多事情只有上帝和柴叔知道，那你问个屁呢？"我揶揄道。

石敬周无言以对。

另外，还有一个问题我可以在这里记上一笔。

黑曜馆被警察封锁后，柴叔躲进了另一个房间，他是如何逃出来的？据柴叔自己交代，那时候警力虽多，但警察们对黑曜馆的构造并不十分了解，这就给了他可乘之机。他在隔壁房间躲了一阵，过了十分钟，警方在五公里外的雪地上抓住了古永辉，大批的警力随之转移。这时柴叔才偷偷溜出了黑曜馆得以脱身。

那如果警方当即破门而入呢？

柴叔没有交代，也许他有他的二号方案，也许……世界上没有那么多也许。

柴叔真名叫吴汉民。这是我很久之后才知道的。虽然已经没有意义了，但还想在这里记一笔，这才是他的真名。最后的审判，陈爔和我都没有去，据说当法官宣读判决吴汉民死刑立即执行时，他长舒了一口气。我猜在人生结尾，他最想杀死的就是他自己。

事件结束后，朱建平去了美国，继续他的魔术事业，我们偶尔还会在电视上看到他的表演。每次见到他出现，陈爔总是忍不住大笑。郑学鸿到思南路和我们聚过一次，他一进门就把陈爔拖进书房，谈论一些我永远不会明白的学问。至于王芳仪教授，那次之后我们就没见过，她倒是打来几个电话问候我们。据她说，赵守仁退居二线了，准备写一部自传，讲述他的一线刑警生涯。王芳仪催促他快写，还主动提出替他联系出版社。我想，将来这部书若是写出来了，黑曜馆定会占据很大篇幅。不知他在书中会如何评价陈爔呢？我们只有拭目以待了。

还有祝丽欣。

很遗憾，我并没有得到她的垂青。或者说，她根本没给我机会。

我的心思她怎会不知？或许她真的对我没有感觉吧。

黑曜馆事件结束后，祝丽欣就只身飞往英国，她说去英国念书，可能不会回国了。我想挽留她，我有好多话想跟她说，但都忍住了。喜欢这种事是无法勉强的，况且深爱的男友刚刚去世，她恐怕还需要很长一段时间来恢复。不过就算如此，我也祝福她将来的生活越来越好，我将永远怀念和她在一起的时光。

我去机场送她的时候，她摆摆手，说韩晋我们永远是好朋友。我笑了，她终于叫我名字，不再叫我韩先生。我也迎着她喊，一路顺风。

我们之间有段距离，我想她一定没瞧见我眼里的泪水。

送别祝丽欣后，我失魂落魄地回到思南路的寓所，陈爔正坐在沙发上看书。

看着一脸坏笑的陈爔，有那么一秒钟，我想掐死他。说到陈爔，黑曜馆事件过后，他又恢复了以前的生活节奏，整天无忧无虑地过日子。郑学鸿为他联系过一些大学，希望陈爔能够重返校园，继续之前未竟的学术研究。陈爔好像对重操旧业提不起兴趣，表示再议。真是个怪人。说实话，我和这位小学同学合租有大半年了，可还是摸不清他的想法。他时而认真可靠，时而稀奇古怪，情绪多变，喜怒无常。这样的性格让人受不了，若不是我非凡的忍耐力，早就与他分道扬镳了。

黑曜馆事件对陈爔的影响很大，他是对这类杀人事件司空见惯，可死者却是自己最好的朋友。他平日里不会和我谈论黑曜馆的案子，也装得毫不在意。

只有一次，我感觉到了他心情的波动。

那天是十二月份的一天，我早早下班回到住处，见到陈爔闭着眼睛蜷缩在客厅的沙发里。他没有看书，没有会客，也没有出门。我进屋，他也不抬头看我。我知道他没睡觉，他从不会在沙发上睡着。再累再困，都会洗好澡，穿上睡衣再躺上床。

我承认这方面我很邋遢，不顾形象，不像他那么一丝不苟。

我走近他，刚想开口，眼角却瞥到了桌上的一份报纸。报纸摊开，我能看到头版上印得清清楚楚的铅字标题——诅咒成真！已故富商古永辉遗孀方慧女士车祸身亡。

"高速公路上，她的车撞向了隔离带，当场死亡。"陈燨用低沉地声音说。

"怎……怎么会这样？"

"不知道。"

黑曜馆的诅咒，难道是真的？

陈燨缓缓睁开眼睛，用模糊不清的声音对我说："韩晋，你是作家吧？"

"哪有，我哪里是什么作家！"

"托尔斯泰①，我看见你晚上偷偷在写书呢。"陈燨眼中闪过一丝狡黠。

我刚以为他为古阳黯然伤神，谁知又嘲讽起我来。我正欲发作回击他时，陈燨忽然从背后取出一本老旧的记事本，递给我。

这是古永辉临死前写的童话——《密室里的白雪公主》。

"我不喜欢这个童话的结局。"陈燨的口气似在奉求，"请改一下吧。"

---

①列夫·尼古拉耶维奇·托尔斯泰（Leo Nikolayevich Tolstoy），十九世纪末二十世纪初俄国最伟大的文学家，也是世界文学史上最杰出的作家之一。陈燨在此以大作家之名嘲笑韩晋写作。

修订版后记

自从八年前完稿之后,我几乎没有再从头至尾地读过这本小说。这次为了修订作品,重新翻阅,颇有点恍若隔世的感觉。其中很多内容和描写,让我感到十分惭愧,在当时肯定认识不到这点。所以啊,人果然是会成长的,但在成长的过程中,也会经历各种不够成熟的阶段,这也是生命中不可避免的。

按理说我应该大刀阔斧,把小说逐字逐句地改一遍,甚至连其中不满意的诡计,也用新诡计替代才是。其实我原来也是打算这么做的。让这部小说出落得更完美,给读者更好的观感,岂不美哉?可内心深处却有个声音在阻止我,告诉我不能这么干,这不公平,那是八年前正在书写这部小说的我的心声。这是一种很奇怪的感觉,仿佛这部小说并不属于我,而是属于过去的自己,然而比起过去的自己现在的我在思想上也变化了太多,所以,这本小说真是"我"写的吗?

听过一个说法:我们身体里的细胞需要新陈代谢,所以每天都在经历复制、再生和死亡,因而每过七年,身体所有的细胞都会更新一遍。换言之,我们每七年就会获得一个全新的身体,成为一个与过去截然不同的人。意识虽然保持不变,但观念也会因知识与见识的增加而发生改变。所以,我还是之前的我吗?

人的一生就像在攀爬楼梯（当然不排除有人永远止步于一个层面），站在五楼和站在十楼眺望窗外时，所能观看到的景色肯定是不一样的。但细究起来，也未必能够分出高低，是否属于"进步"也值得商榷，我认为只是头脑对事物的判断会变得不同。就比如，从前我是一个狂热的"本格原教旨主义者"，在初版后记中大放厥词，誓与非解谜的推理小说势不两立。我现在去看，只是一哂置之。算不算背叛了本格推理呢？我不这样认为，只是我对于推理小说的认识提高了，审美的范围更宽广了一点。但我也不敢保证将来的我不会再改变想法，正如这篇后记，仅能代表此时此刻我的想法。

因此，为了尊重过去的我，我还是决定将这本小说尽量保持原样，仅是修改了几个比较显眼的漏洞和一些语句上的问题。

这部小说最初是由长江出版社于二〇一五年出版，我在四年前出过一本长篇小说，之后暂停了创作。时隔四年后再写长篇小说，其实我心里很没底，也不知道能不能出版，毕竟还是个新人，仅是一股对推理小说的热情支撑着我。也因为是新人，对出书这件事并不抱太大的希望，感觉能出是幸运，不能出也很正常，但至少可以将自己当时对推理所有的认识和想法诉诸笔端，能与同好交流，也是幸福的。

二〇一四年底，作品完稿之后，我将稿子的电子版发给了许多朋友，也给了任职于知音动漫公司图书部的华斯比兄，不过华斯比表示因为作品太本格，未必能够出版，不过他可以试一试。结果当时新上任的图书总监对本格推理很感兴趣，于是一拍即合，决定将这部作品出版。与此同时，新星出版社的王萌老师也读到了这部小说，然后找到了我，说午夜文库可以出版这本书。我当时大喜过望，要知道，当时在我们这一批推理迷心里，新星出版社的午夜文库，相当于武侠世界中的武当少林，是泰山北斗般的存在，能够得到午夜文库的垂青，自然是我无上的荣幸。即便我内心更倾向在午夜文库出版这本小说，但我已口头答应了漫客悬疑，虽然还没签合同，但做人不能言而无信，只能婉拒新星，并表示这个系列下一本书，一定第一时间给午夜文库投稿。后来的故事大家都知道了，此作的第二部《镜狱岛事件》于二〇一六年在新星出版社出版，往后的"陈爝系列"的每一本，也都纳入了午夜文库之中。

现在想来，二〇一五年对我来说是个值得纪念的年份。这一年我成为了一个父亲，也是这一年，我创作出了这部对我个人来说意义非凡的推理小说，让我与过去告别，开启了一个全新的侦探系列。尽管作品还有着不少的问题，文笔过于青涩，内核过于强调游戏性，但换个角度来看，我将来也无法再写出这样"纯粹"的推理小说了。可以说它在我的创作生涯里确有着其他作品不可取代的地位。所以，作为系列作第一部的《黑曜馆事件》未能由新星出版社出版，对我来说也始终是一个遗憾。

如今与之前出版社的合约到期，终于得以重新出版。感谢新星出版社的各位编辑老师，让"陈爝系列"以最完美的形式展现在诸位读者面前，也完成了我多年以来的一个心愿。

二〇二二年五月

图书在版编目（CIP）数据

黑曜馆事件 / 时晨著. -- 北京：新星出版社，2023.2
ISBN 978-7-5133-5012-9

Ⅰ.①黑… Ⅱ.①时… Ⅲ.①推理小说-中国-当代 Ⅳ.①I247.5

中国版本图书馆CIP数据核字（2022）第147446号

午夜文库
谢刚 主持

黑曜馆事件
时晨 著

责任编辑：	王 萌
责任校对：	刘 义
责任印制：	李珊珊
封面绘图：	插 芸
装帧设计：	Caramel

出版发行：新星出版社
出 版 人：马汝军
社　　址：北京市西城区车公庄大街丙3号楼　　100044
网　　址：www.newstarpress.com
电　　话：010-88310888
传　　真：010-65270449
法律顾问：北京市岳成律师事务所

读者服务：010-88310811　　service@newstarpress.com
邮购地址：北京市西城区车公庄大街丙3号楼　　100044

印　　刷：	北京天恒嘉业印刷有限公司
开　　本：	910mm×1230mm　　1/32
印　　张：	7.875
字　　数：	113千字
版　　次：	2023年2月第一版　　2023年2月第一次印刷
书　　号：	ISBN 978-7-5133-5012-9
定　　价：	48.00元

版权专有，侵权必究；如有质量问题，请与出版社联系调换。